U0871136

[illegible]名著译文丛

二〇〇八年七月 邹家华

萍踪寄语

【初集/二集】

邹韬奋 著

生活·讀書·新知 三联书店 生活書店 出版有限公司

Copyright © 2018 by Life Bookstore Publishing Co.Ltd.
All Rights Reserved.
本作品版权由生活书店出版有限公司所有。
未经许可，不得翻印。

图书在版编目 (CIP) 数据

萍踪寄语 . 初集、二集 / 邹韬奋著 . -- 北京 : 生
活书店出版有限公司 , 2018.10
ISBN 978-7-80768-214-1

Ⅰ . ①萍⋯ Ⅱ . ①邹⋯ Ⅲ . ①游记—作品集—中国—
现代 Ⅳ . ① I266.4

中国版本图书馆 CIP 数据核字 (2017) 第 232148 号

文丛策划　邹嘉骊
责任编辑　刘　笛　孙　偲
封面设计　罗　洪
责任印制　常宁强
出版发行　生活書店出版有限公司
　　　　　(北京市东城区美术馆东街 22 号)
邮　　编　100010
经　　销　新华书店
印　　刷　河北鹏润印刷有限公司
版　　次　2018 年 10 月北京第 1 版
　　　　　2018 年 10 月北京第 1 次印刷
开　　本　787 毫米 ×1092 毫米 1/32　印张 13.125
字　　数　208 千字
印　　数　0,001-4,000 册
定　　价　58.00 元
(印装查询：010-64052612；　邮购查询：010-84010542)

韬奋第一次流亡上船前留影（1933 年）

韬奋出国前与夫人及三个
孩子合影（1933 年）

韬奋出国时与毕云程等合影
（1933 年）

韬奋海外考察时寄回的“海外风光”照片刊登在《生活画报》

《萍踪寄语》(初集)书影

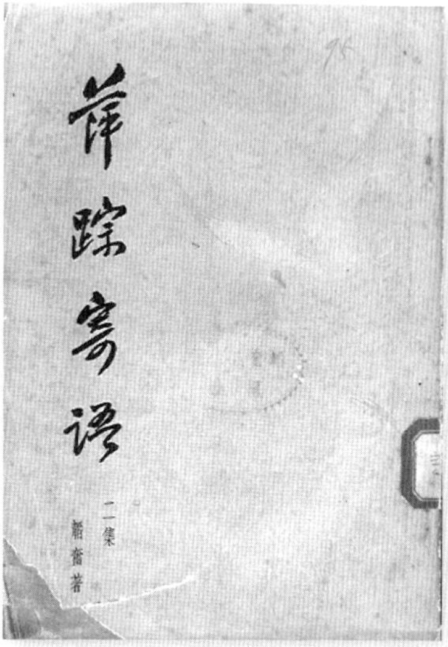

《萍踪寄语》(二集)书影

写在前面

“韬略终须建新国，奋飞还得读良书”，郭沫若为韬奋图书馆拟写的嵌名联，今天仍挂在韬奋图书馆的门口。今年适值三联书店成立八十五周年，经邹嘉骊先生提议，我们合议出版一套“韬奋著译文丛”，以纪念三联书店创始人韬奋先生。

韬奋先生倡导的“竭诚为读者服务”宗旨，开创的书刊互动的事业格局、前店后厂的经营模式，既是当年生活书店的特色，也是三联书店延承至今的传统。我们相信，纪念韬奋先生最好的方式莫过于读他的作品，传承与弘扬韬奋精神，最好的方式莫过于为广大读者提供一套能展现韬奋先生著译实绩和基本面相的代表作品。因此，我们精选其生前编订的别集，辑为这套文丛，希望既能反映韬奋先生文字生涯的基本面貌、韬奋思想的主要脉络，又适合普通读者购藏阅读。

韬奋先生于1926年接办《生活》周刊后，以“暗示人生修养，唤起服务精神，力谋社会改造”为宗旨，对周刊进行大幅度改革，《生活》周刊发行量逐年攀升，影响日渐扩大。1931年，“九一八”事变后，韬奋先生在《生活》周刊连续发文，针砭时弊，痛陈国事，以犀利笔触对国民党当局的妥协退让和卖国行径进行猛烈抨击，使《生活》周刊成为宣传“抗日救国”的舆论阵地。1933年年初，韬奋先生加入由宋庆龄、蔡元培、鲁迅发起的“中国民权保障同盟”，并当选为执行委员，之后便积极投身争取民众自由权利的民主运动，因此遭到国民党当局的仇视。同年6月，著名民主人士，中国民权保障同盟总干事杨杏佛遭国民党蓝衣社暗杀，韬奋先生同样被列入迫害黑名单，因此不得不流亡海外。

韬奋先生于1933年7月14日由上海乘坐佛尔第号轮渡启程前往欧洲，开始了他的第一次流亡生涯。此次出行，韬奋先生除意在增长见闻以外，还期望将沿途所见所闻结合其个人感悟写成通讯，“借《生活》周刊报告给国人”。无奈《生活》周刊于1933年12月间被迫停刊，故韬奋先生只得将所著通讯汇编成集，以《萍踪寄语》为名。

《萍踪寄语》本分三集，此版本将初、二两集合为一卷，共收录文章65篇，记录了韬奋先生在意大利、瑞士、法国、英国、荷兰和德国等地寻访考察的情况和感想。其中初集51篇，着重描写记录了当时法国的社会经济状况、在法华人的生活和处于经济危机中的英国；二集14篇，着重记录了第二次世界大战前夕的德国。此段经历使韬奋先生深切体会到资本主义“是朝着‘油干灯草尽’的路线走去，这是很显然的趋势”，为日后其思想的转变埋下了重要伏笔。

值得一提的是，由于职业敏感的缘故，韬奋先生在游历过程中特别注意考察和分析了法、英、德三国的报业发展，重点以巴黎《时报》（*Le Temps*）、《巴黎晚报》（*Paris-soir*）、《泰晤士报》（*The Times*）、《孟却斯特导报》（*Manchester Guardian*）为例，意在取其精华，去其糟粕，总结经验，为己所用。

《萍踪寄语》系列以及其后的《萍踪忆语》绝非仅为韬奋先生自言的“拉杂写来”，其中记录的内容包罗万象，不仅有作者游历期间所到之处的政治、经济、文化以及本国人的物质和精神状况，还有在当地生活的中国人的境遇，最重要的是他一直在思考“世界的大势怎样”和“中华民族的出路怎样”。读者从书中不仅能够看到20世纪30年代真实的欧洲，更能深切体会到老一辈出版人和新闻人为民主抗争、为人民发声的勇气和决心。韬奋先生的“寄语”和“忆语”系列，不妨视为“五四”后一代知识分子“开眼看世界”，并努力寻求中国出路的思考和探索方案。

《萍踪寄语》初集由上海生活书店初版于1934年6月，1936年5月4版，1937年5月5版。《萍踪寄语》二集由上海生活书店初版于1934年9月。初集、二集在汇集出版单行本之前，各篇大部分曾先后在《生活》周刊、《新生》周刊发表。上海生活书店另于1936年3月初版了《萍踪寄语选集》，后由重庆韬奋出版社和上海韬奋出版社分别于1945年和1946年再次出版，后又多次加印。三联书店1955年版《韬奋文集》、上海人民出版社1995年版、2015年增补本《韬奋全集》均收录了《萍踪寄语》。

此“韬奋著译文丛”中所收版本以上海生活书店1936年初版为底本，参校以1955年三联版《韬奋文集》第2卷及1995年上海人民出版社版《韬奋全集》第5卷、第6卷中所收录《萍踪寄语》。书中多处外国人名、地名的翻译方式都与现行翻译方式有所差异，为遵循还原民国版本原貌的编校标准，在人名、地名等翻译方式上均保留旧版原貌。一般文字及标点符号使用问题，除确认为笔误或排校错误以外，皆未作改动。

本文丛和本集的编选成书，得到了韬奋先生的亲属，全国人大原副委员长邹家华、资深编辑家邹嘉骊的亲切关怀和大力支持，上海韬奋纪念馆、出版博物馆慷慨援手提供图片支持，在此表示由衷的敬意和感谢！

生活·讀書·新知 三联书店
生活書店 编辑部

2017年9月

目 录

萍踪寄语（初集）

萍踪寄语（二集）

萍踪寄语（初集）

弁　言

记者自去年七月十四日离国赴欧以来，转瞬已经半年了。记者此次除自己存着学习的态度到欧洲来，还想常就自己观感所及，尽力写些通讯，借《生活》周刊报告给国人，写到现在，以英国为一段落，已积有五十一篇，共约十万五千言左右。不幸《生活》周刊于去年十二月间“迫于环境，无法出版”，《萍踪寄语》仅登出一小部分，暂时搁置，现在先把以英国为段落的编成初集出版，就正于国内外的读者和朋友们。

在这半年里面，一面忙着看，一面忙着谈，一面忙着阅看有关系国的书报刊物，抽出一些余下的时间“走笔疾书”，而且仅就观察所及，拉杂写来，当作面谈，并不是什么有系统的著述，谬误之处，倘蒙指教，不胜欣感。有的情形，《生活》周刊上的国外通讯里已经说过的，在这《寄语》

里都从略，以避重复。例如关于法国的报纸，征言先生曾经有过一篇《每天离不开的报纸》（参看《深刻的印象》生活书店出版），把法国重要的各报内容说得很详细，我关于法国报界情形的通讯，便注意到别方面去。又例如关于英国的“长衫工人”（在英国称为“black-coated workers”，重溪先生这样译，英国人虽无所谓长衫，但在意译方面似很切近），重溪先生最近在《生活》上也有一篇《英国的长衫工人》，说得很透彻，所以我就不再赘述了。

这些“寄语”虽然是“拉杂写来”的零篇短简，但是记者在观察研究的时候，在持笔叙述的时候，心目中却常常涌现着两个问题：第一是世界的大势怎样？第二是中华民族的出路怎样？中国是世界的一部分，我们要研究中华民族的出路怎样，不得不注意中国所在的这个世界的大势怎样。这两方面显然是有很密切的关系。关于这两个问题的答案，记者很想于《寄语》全书末了的总结论里，就浅见所及，提出一些和国人共同讨论，此时还想暂为保留，虽则在叙述的客观的事实里面，有时候也许已零星流露了一些管见。

欧洲是国际舞台上最重要的一个部分，而在西欧的英国，更是所谓“民治国家”的老大哥，资本帝国主义国家的最后壁垒；帝国主义对中国的关系，除日本外，她要算是最重要的了，所以我对她也特别注意，在已往的半年中，有四个月的时间费在英国，这本初集的《寄语》，关于英国的通讯也占了大部分。

关于欧洲全局的形势和对于远东的关系，要在“总结论”中研究，但是关于上面所提起的这位“老大哥”的现状，却有一件最近发生的事情，可以借来做代表的形容。

本年二月六日——就是记者执笔作此“弁言”的前一天——在英国销路最广的一种日报《每日传知》（*Daily Herald*）上面载有一段新闻，标题是《母亲为着子女饿死》（*Mother Starves Herself for Children*），内容大概如下：

有着三个子女的一位母亲，名Mrs. Gwendoline Edith Hickley，年三十三岁，住伦敦Balton-road，Hampstead，N. W.，她的丈夫原是一个保险业经纪人，失业九个月了，他的失业救济金领满之后（普通只有廿六星期），每星期只领得所谓“过渡救济金”十四先令六辨士，这母亲情愿自己挨饿，使她的丈夫和子女不缺粮食。

她从来没有对过任何人说一句埋怨的话，只于每天费了许多时候到店铺里去东张西望，寻觅最便宜的东西带回来。

回家后假说自己已经吃过了，使她的丈夫子女吃得饱。

她太疲劳愁苦了，前几天她竟死去，倒在汽灶的附近。昨天由检验官白璀斯（W. Bentley Purchase）检验，判为“神经不健全而自杀”。但据他检验的报告，死者的胃里一点食物的形迹都没有。所以他（指检验官）又说道：“这个妇人大约是自己挨着饿，使子女吃得饱。她曾经留下了一封和她的老母告别的信，里面就说起她所要做的事情。死的那一天，她还出去过一次，事前告诉她的丈夫，说她出去到店铺里去看看。她回来的时候，已在她的丈夫上床睡觉之后。当他正在睡中，她下楼去自尽。”这检验官又接着说道：“倘有值得我们同情的事件，这就是了。”他说后，送一个金镑给死者的丈夫。

据死者的丈夫所述，她对于子女的爱护，实无微不至，死前最后的一件事还替两岁半的最小的女儿挑织一件外衣。他说：“自从陷入困境以后，我的妻常忧虑，但却从未有过怨言。当我出外去寻工作不得，回到家里的时候，我的餐食总是预备好等着我，孩子们都已吃饱，她自己总说已经吃了些东西。在过去的三星期里，她必是暗中把买回来的粮食更多分给我和子女。我如果早知道，也许可以救她的命。”

这幕母爱的惨剧，听者大概无不为之凄然酸鼻的。

我引证这件事，当然不是说英国人大多数都到了这样饿着肚子的时候，英帝国的“剩余力量”当然还够支持多少时候。中国有句俗语叫做“油干灯草尽”，资本主义进展到了第三期，它的渐渐地崩溃，在目前“油”虽还未“干”，“灯草”虽还未“尽”，但这样下去，是朝着“油干灯草尽”的路线走去，这是很显然的趋势，这是可注意的一点。检验官于“同情”之余，奉送金镑一个，这在检验官，我们固然不能苛求，因为这类事当然不是检验官所能解决的，但这样的“慈善为怀”“奉送金镑一个”的办法，对于此事无法彻底解决，却很可以象征现在英国统治阶级对于失业日益尖锐化之无法彻底解决，这是可注意的又一点。

在《萍踪寄语》的续集里，当特别注重德国和苏联的最近情形，尤其是后者的建设事业的实况——物质方面和精神方面——我希望能在最近的将来完成，早些贡献给《生活》周刊的读者和朋友们。

韬奋记于伦敦。

廿三，二，七，晚十二时。

一　开端

人生的变化，静默地想来，往往使人愕然，记者提着笔写这篇文字的时候，此身还坐在生活周刊社的编辑室里，等到这篇文字和读者诸友相见的时候，我已在佛尔第（S. S. Conte Verde）号的船上，海天遥隔，破着波澜向印度洋前驶了。本期的本刊依例于本月十五日出版，记者定于十四日由上海乘意轮佛尔第号离国赴欧，所以当读者诸友看到这篇拙作的时候，我已不在陆地上了——但却很不幸地尚在人间，我说很不幸，因为尚未得到死得其所的机会。

我在未写此文以前，原想题为“暂与读者诸友告别”，既而仔细一想，觉得不很恰当：一则因为本刊的读者遍海内外，我和国内的读者告别吗？但同时和国外侨胞里的读者却反而接近了，不能算告别；二则因为记者在本刊上以文字与世相见，和读者诸友原是神交，此后我虽暂时离国，但对本社的业务仍负全责，每期仍为本刊撰文，这样和诸友在思想上或精神上仍是未曾“离别”，也不能算告别。所以我就叫这篇是我的“萍踪寄语”的开端吧。

赴国内外考察，原是记者数年来萦回梦寐的一件事，但就最近情况说，赴国内各地考察，显然是一件不易实行的事情，所以这个心愿，只得俟诸异日。赴国外考察，也是很勉强的，幸而本社的同事已渐渐的较前充实，我暂时离开，在总务，编辑，及营业各方面，都有得力的同事分工主持，我才能放心走。此外便是我出国的经济问题，幸而也得凑借了一笔款子，可以等到我回国后分期归还。我觉得用我自己血汗得来的钱，于心最安，只须勉强借得到，已是很幸运的了。这两件事有了相当的办法，我才决定作出国之行。

其次我想可以和诸友谈谈此次出国的动机和计划的大概。我滥竽本刊的业务七八年，常自愧恨自己学识经验的浅薄，对社会没有什么贡献，愈干便愈觉得自己的知识荒，所以此次赴欧很自然而简单的第一个目的，便是要借此机会增广一些识见。俗语说“百闻不如一见”，我正是要想“见”“见”看。其次是想像我自己代表了读者诸友的耳朵眼睛去，因为我要尽我的心力，把在国外所见到的，或所感想的，陆续地写出来，在本刊上向诸友报告。当然，以我的浅陋的眼光，恐怕“买椟还珠”，没有什么好报告，不过我已说过，只得“尽我的心力”。

至于在国外的计划，因经济关系，很不能如我的意。我大概在英国住的时候多些，因为颇想在伦敦政治经济学院及该处著名的图书馆，费些时间研究研究，此外并想酌游德，法，意，苏联等国，但因所准备的经济能否玉成我的心愿还不可知，只得做一步算一步再说。我自省自己所仅有的微薄能力，只能在文化的工作方面竭其绵薄——如再把范围说得明确些，只能在新闻事业方面努力。所以我此次赴欧考察的内容，当特别注意各国新闻事业的实际状况和趋势。此外关于政治经济及社会各方面，也想加以注意。能否得到有价值的材料，此时不敢预说，深怕贸然发出了空头支票，将来没有法子兑现。

有一位很知己的好友听见我有出国之行，满腔热诚地赶着写了一封令我十分感动的信来勉励我，里面有这样的几句话：“你将离开这紊乱的祖国，绕过半个地球，到那西欧的古邦去了！记得什么人，也许是郑振铎？在出国的轮上作诗说：‘祖国现在需要战士，我却离开了她，那似乎不该，但，我离开她不是一种消极的退避，是到别的地方去，擦亮我的铠甲，磨锐我的兵器，预备来做一个更勇猛的战士！’那诗的大意是如此，我觉得你也正是这样的情形……”

“做一个更勇猛的战士！”这几个字旁的密圈，也是这封信的作者自己加上的，这位好友的殷切的盼望，可谓溢于言表了。我只常常感到深深的惭愧，从不敢自命是“勇猛的战士”，没有“更”字之可言，那更是不消说的了，不过倘有“死得其所”的机会，对于斗争——有益于大众福利的斗争——只须是我的力量所能贡献的，我却也不愿退怯。

记者此次离国，实带着苦闷和憧憬而去。漫漫长夜，不甘同流合污的谁都感到苦闷。但黑暗势力的劲敌是大众的意志，决不是铲除几个个人就能高枕而卧的。最伟大的莫过于大众意志的力量，只须朝这方向努力，不会感到孤独，因为深信大众必有光明的前途，个人的得失存亡是不足道的。

倚装待发，枨触万端，敬祝读者诸友康健愉快。

二　前尘影事

记者离国之后，关于编辑方面的事务，不得不偏劳寒松先生多费一些时间。他和我约，要我至少须每期替本刊作一篇文字，这在我当然是义不容辞的。我的行期在七月十四日，等到途中来稿，恐怕来不及接得上，所以在起程前特先“贮蓄”三篇，本文是所“贮蓄”的第二篇（第一篇是上节登的开端）。写这三篇的时候，我这个人还在上海。预计这篇文字达到读者诸友的眼帘时，我所乘的那只船已经过香港，新加坡，而正达到了哥伦坡（Colombo），和诸位相距有一万二三千里了。

我此刻和诸友要谈些什么呢？谈谈国内的事情吗？公开的秘密都摆在我们的眼前，而且谈了徒然惹起诸友的感伤。谈谈国外的事情吗？我人还在国内，未曾见着，不便捏造。我偶尔想起从平日常常看到的许多读者的来信里面，常有人表示要知道两件事，一件是关于我个人的历史，一件是关于本社发展经过及内部组织的概况。我似可乘此“青黄不接”的机会，就这两方面略为谈谈。（关于第二件事，当于下节一文里叙述。）

我想读者中所以有人要听听关于我个人的历史，似乎也有几个原因。第一个大概是由于本刊从开始到发展，不是凭借什么名人的牌子，始终是由于我这样一个无名小卒来滥竽其间，以致令人有“不知何许人也”之感。第二个原因是我虽是一个无名小卒，但因由本刊的媒介，承蒙读者诸君的不弃，获得不少神交，对于一个朋友常喜听听他的生平是人之常情，所以读者诸友也许由于友谊的动机，要知道一些关于我个人的经历。我本想，个人的历史原无多谈的价值，何况像我这样一个很平凡的人的一些很平凡的事实！但想到这第二个原因，并且想到个人不能脱离社会，谈谈个人所感受的辛酸苦辣，也许可以看出他所处的社会环境的一些情况。因此我便不避冒渎，腼然追述一些前尘影事，和诸友谈谈。

我是生在一个没落的地主豪绅官僚的家族里。从小所接触到的，是封建思想与旧礼教的“熏陶”。当然，在当时家族中人都自诩是所谓“书香之家”。我得受到所谓“新教育”，实有些偶然的。最初长时期和我的一个弟弟同被桎梏在家塾里，受着西席老夫子诗云子曰的熏陶，浑浑噩噩，只觉得终日是闷坐在牢狱里，大家族所希望于我的似乎不外乎是做官。后来因为西席有了高就，要换过一个，一时没有物色到，刚巧邻居的有一位“少爷”进了“洋学堂”，据他的老子告诉我的父亲，说“洋学堂”也还不算怎样大逆不道，我才糊里糊涂地得到家长的准许，姑往投考，贸贸然由牢狱式的家塾进了ABCD的洋学堂。

那时以“南洋公学”（即今交通大学）的声誉最隆，家长希望我把自己造成一个工程师，我也很羡慕工程师的职业，在当时并不知道工程师对社会有什么伟大的贡献，只因为工程师的职业似乎被人重视，而且听说一来就有好几百块钱的收入，所以很勤勉地学习，同时也鉴于家人嘱望的殷切，认为也应该勤勉地去学习。不料我的个性不是做工程师的坯子，对于国文，历史及外国文学等等科目，觉得尚能应付裕如，看见数学便感到害怕，在中学时代（当时所谓“中院”），因虚荣心的督促，不甘落人后，拼命用功，教师们看见我的表面上的成绩，误把我当作什么“高材生”，其实我自己已深深地知道是外强中干的。后来硬着头皮读到大学

（当时所谓“上院”）电机科一年级，被微积分和高等物理学困窘得实在没有办法了，才像逃难似的考入圣约翰大学的文科。我回顾求学的经历，很抱憾的一点，是太不经济地耗费了不少时间和精力，如一路都得有相当的指导，能对于自己个性所最近的学科有系统的切实研究，也许在知识上可得到比较好的基础。

我从没落的封建的家族里，暗中摸索着撞入了充满资本主义化的学校，从中学到大学，都做着自食其力的苦学生。在中学时代，自给的方法，是做家庭教师，投稿，拼死命读书，求得考列前茅，获得校里“优等生”的资格，由此得到豁免下学期学费的待遇。记得第一次投稿被录取的是登在冷血主编的《申报》的《自由谈》，我看见自己的稿子第一次登在报上，快乐得什么似的，到具名盖章取稿费的那一天，我和我的弟弟（同在南洋肄业）同往申报馆领取，“出乎意表之外”地得到了六块亮晶晶的大洋，三步做两步地踉踉跄跄一奔出了申报馆的大门，两人都狂笑着跳跃着好像发现了金矿似的！两人一路嘻嘻哈哈由望平街连奔带走地跑回徐家汇。

在大学初年级的第一学期末了，因经济方面实在罗掘俱穷，无以为继了，只得辍学，由一个素来承蒙他敬重我的同学介绍到内地（宜兴）一个村镇上去当了好几个月的家塾教师，教三个十一二岁到十三四岁的孩子，其中一个是聋子，教起来很费力，除算学，英文外，还要讲历史，讲《孟子》，天天出作文题目，改文章，夜里还有夜课。

在大学时代自给的方法也是于课余当家庭教师，教的是预备投考中学插班的学生，算学要教几何，代数，英文要教文学，国文要教古文。晚间便在本校图书馆里做一个钟头职员。（每月有九块大洋的工资！）此时虽在贵族化的学校，当然不能和富有的哥儿公子比拟，往往他人身上穿了棉袍，我还只穿着一件破旧不堪的夹袍打抖；在夏季蚊帐破得窟窿太多了，脸上就常有东一点西一块蚊虫劳绩的表现。有一次做了一个全暑假的苦工，学费还凑不够，在开学的前一天还是一筹莫展，行李是暂时搬进学校了，独自一人静悄悄地坐在房里发呆；不知在当时和我不过在朋友家里晤谈过一二次的毕新生先生怎的间接听到了我的苦况，赶坐着汽车送来一笔款子，强要我收下，我感于他的诚意，最后决定借用了；他别后一跨出了房门，我回身把房门关上，不知为什么竟感伤得独自一人哭了一顿。

离校后做了几年编辑，同时兼做了几年英文教员，其余的时间和精力便都用在本刊上面，且学且做，困知勉行，以迄今日。我竟把这样平凡的事实烦扰了诸君的清听，心里终觉得是很歉然的，所以只简单地谈谈，不敢再唠唠叨叨了。

三　以往和现在

记者在上节曾和读者诸友约，要在本节谈谈本刊发展的经过和内部组织的概况。

本刊第一任的编者是王志莘先生，前几天在友人宴会席上遇着他，他还笑眯眯地谈起本刊初办时没有人看，由报贩来一捆一捆称斤两买去，有一次雇人在天文台路的运动场前广发赠送！他的这几句不无含着幽默的话虽似乎简单，其实很足以描写本刊呱呱堕地时的凄凉状况。几个月以后，王先生因去办银行事业，把这个零仃孤苦的孩子交给我，我其初觉得毫无把握，还不肯接受，后来因一时找不到别的保姆，我又觉得这个孩子怪可怜似的，便接受过来，抚育抚育看，原也没有想到就能把他养得大起来。

在未谈到这个孩子怎样长大以前，有些情形也许可先提出来说几句。我在小学四年级的时候（南洋公学附属小学），有一位级任教师沈永癯先生是最崇拜梁任公的（沈先生兼授国文和历史，他是我生平最敬爱的一位先生，现已逝世了）。凡是梁氏的著作，他都有，藏在好几个书橱里，承他异常地爱重我，常借那些书报给我看。后来我升入了“中院”（即当时的南洋公学附中），还常到他那里去借书看，尤其喜看的是沈先生所存的全份的梁氏《新民丛报》。当时我的思想很混沌——说得更老实些，就是无所谓思想——但觉梁氏文字充满着动人的情感，看得津津有味，常在夜里看着舍不得释卷，熄灯后还违背校章偷点着洋蜡烛看。从此时起即梦想将来要做一个记者，随后凡遇着比较有精彩的刊物都很注意研究，虽则同时还勉强埋首于味同嚼蜡的数学，物理学等科目——这是指我个人的感觉，我的弟弟就觉得这种科目异常的有兴味。

我的意识中既潜伏有这样的倾向，所以王先生“托孤”——借用一下，王先生仍是永年益寿的——之后，我既已接受过来，便也一团高兴地聚精会神地执行我的保姆的职责。最初帮助我的只有徐伯昕，孙梦旦两先生，我们都是傻瓜，好像乐此不疲似的，常自动地干到夜里十一二点钟，事情还干不完，只得恋恋不舍地和办公桌暂时告别。没有什么人强迫或监督我们这样发傻，我们自己也只觉得傻得有趣，并没有存着别的什么奢望。后来志同道合的同事日增，现在已有三十余人了，分工也比较的可能，虽不必像当初那样傻得厉害，但我们仍好像是一个“短小精悍”勤奋迈进的军队，在此黑暗的旧社会到光明的新社会的过渡期间，共同为大众努力，希望能尽其一个小小支流的贡献。倘若社会认为我们的工作不是毫无意义的话，这不是我们里面任何一个人的劳绩，是我们这一群兄弟姊妹们的共同的血汗的结晶，同时也是由于社会给与我们的鼓励和直接或间接的种种赞助。

讲到本社内部的组织，记者要很欣然地宣布，我们已采用了生产合作的办法了，具体的细则虽不能都在这篇短文里说出，但不妨就原则上大概的意思谈谈。我们全社的资产已归全体同事（连“茶博士”都在内）所公有，除短期的雇员外，现在本社的职工任职在六个月以上的都有做我们这个“合作社”社员的资格，也就是这个机关里的“主人翁”之一。本社资本每股十圆，任何一个社员，至多不得过一千股，不到此数的每年将所得一部分红利加股，逐渐一同加到此数。新进职工，于任职时起，每月就其薪水中扣除百分之十，于任职满六个月时，并计作为入社的股份，以后继续每月扣除薪水百分之十，至入社满一年时，再行并计，作为增加股份。社员认缴股份所得享受的利益为股息，于每年总决算后，除应提之公积金，社员福利基金，及职工红利外，由社员大会依营业的盈余，议决按股分配股息。总之这个生产合作社的原则，以社员共同投资，经营出版事业，促进文化生产为宗旨，除用在服务社会事业上的费用外，所得赢利归于全体。这虽不能算是合于理想的办法，但至少已没有谁剥削谁的存在，各人一面为社会服务，同时也为着自己工作。

本社的信条有四：（一）服务社会，（二）赢利归全体，（三）以共同努力增进全体社员福利，（四）社务管理民主化。关于头三点，上段所述已可略明大意，关于第四点，还有略加解释的必要。本社的最大权力在全体社员大会，由社员大会选出理事组织理事会，由理事会互选经理，为理事会的代表，总揽社务，并由全体社员大会选出监察人二人，查核会计账目，并保障社员利益。这样，各人都是自己管理自己，因为理事产生于全体社员大会，而经理则由理事中互选而来的。

我们这一群傻子的这一个组织，所以要这样挖空心思来尽量使它合理化，目的却不是仅仅为着我们自己，我们要利用这样的比较合理的组织，希望能对社会有更切实的贡献。我常勉励我们的兄弟姊妹们，我们是在一个血腥的黑暗的时代，如不为整个社会的前途努力，一个机关的内部尽管如何充实，如何合理化，终不免要受黑暗势力的压迫摧残的。我们这班傻子把自己看作一个准备为文化事业冲锋陷阵的一个小小军队，我们愿以至诚热血，追随社会大众向着光明的前途迈进！

起程前二日写于上海。

四　首途

两三星期以来忙得不可开交，现在才得安静下来，坐在佛尔第号的“经济二等舱”的吸烟室里，在一个小小的铺着白台布的四方桌上，时而仰首望着窗外的海天一线的无限际的碧波，和往复回旋着美丽绝伦的雪白的浪花，静默沉思，脑际涌现着不可捉摸的种种幻想，时而俯首持笔疾书，想像我是和无数的读者诸友促膝叙谈着。

这两三星期以来所忙的不外几件事，一件是交代本社职务上的事情，一件是准备旅行途中所需要的一切，还有一件是嘴巴忙——一部分忙着和临别来访的朋友谈话，一部分忙着吃喝，就是知道我将要出国的朋友们的殷勤厚意的饯行。我已不敢惊动朋友，所以在首途前并不通知，能守秘密的总是守着秘密，但两三星期来中餐和晚餐几乎全被朋友们所包办，这是出乎我预想中所有的一件事。嘴巴虽欢迎，心里也愉快，但肠胃却不免常常提出抗议。心里感到愉快的是在乘此聚叙的机会，可于谈话中获得朋友们不少的指教，不过这种“饯行”的习俗，有一点却很需要改革一下，那就是供给嘴巴的东西要力求简单，不然，虽为时甚暂，用不着“长期抵抗”，肠胃的服务方面恐怕要发生问题。总之这种习俗有利用用膳时间增加朋友谈话机会的优点，所当避免的是给与肠胃以临时加重的工作。

在准备赴欧旅行的这件小事上，我却得到一个颇有意义的教训，那就是凡事必须自己亲身经历过，才能彻底明了，否则多少不免隔膜，要改正错误或要做得更完备，也必须由实际经验中去寻觅出来，体会出来。我有位同学沈寿宇先生，曾经告诉我关于他学习游泳的一个故事。他在未入水学习以前，买了一本关于游泳术的很详细的英文书，又买了一本关于此术的中文书，都很仔细的看了一遍，以为原则都懂了，后来大胆跳入游泳池，还是没顶，浮不起来，游而且泳就更不必说了。但实际在水里学习后，往往能在几分钟的短时间里面学得书本上说了一大堆还不明白的诀窍。我此次在起行前，和几位到过欧洲各国，尤其是最近游历欧洲回国的朋友，都有过详谈，请教一切。但刚刚上了行程之后，即觉得不是漏了这样，便是忽了那样。这不能怪我所请教的几位朋友说得不周到，因为有的事物，在他们认为可以无须说的，在我却是应该预先知道的，这就非由自己学习不可了。靠我第一次游欧的经验，如有第二次重游的机会，所准备的一切必能完备得多。但是将来若有只听我说说的人，要借此作为游欧的“指导”，等他亲历其境的时候，也还是不能无膈膜之感。这不是前人的经验毫无补益于后来的人，当然，它有很重大的帮助，但却只能供作参考。爱迪生在发明电灯以前，凡是当时关于电学的所仅有的一切书报，他都极力搜寻，都先看过，就是这个理由。

记者于昨日（七月十四日）上午十时登轮，下午一时许开驶。所乘的这艘佛尔第号，是意邮轮船公司走华意航线三艘轮船中的一艘，有一万八千七百六十五吨，为航行印度洋吨数最大的一只船。头等舱每人约合华币一千五百圆，二等舱一千二百圆，经济二等舱六百余圆。上几等舱的搭客可随意到下几等舱里去瞎跑，下几等舱的搭客不许到上几等舱里去走动，活跃着资本主义制度下的不平等的现象。经济二等舱四个人一个房间，布置颇洁净，但究竟狭隘，油漆气味和郁热令人不耐，所以除夜里钻进去睡觉外，白天终日不是在吸烟室里写文看书或谈话，便是在吸烟室两旁外的甲板上走走，甲板上有藤椅可躺，不必出租钱。不过吸烟室仅开至晚间十一点钟，逾时连甲板上也去不得，因为到甲板上要经过吸烟室。每日晨餐一次，午晚大菜两次，下午五时许还有茶点一次。大菜很洁净丰富，以我的吃量，还嫌多些。同桌四人，第一次同桌后，以后即每次照旧。记者同桌的有赴德参加农村经济会议的张心一君，前广西教育厅长雷宾南君，及赴德学医的周洪熙君，张君幽默健谈，追述去年和他的夫人往甘肃时途中遇盗情形，令人忍俊不住。他们夫妇俩和一个同行的学生都戴有近视眼镜，拦途掠夺的几个丘八抢了钱不够，望望他们的眼镜，也认为奇货，要动手抢去。张君觉得这东西抢去不得了，壮着胆和他们商量，说这东西你们拿去无用，失者却成了瞎子。他们不相信，那个同伴的学生大发其急，赶紧把自己眼上的那副眼镜脱下来，替一个丘八老爷戴上，这个丘八老爷觉得看东西反而糊里糊涂，认为确是无用，竟肯割爱，他们三位才免做了瞎子。我说这几个丘八老爷也是实验主义者！

船上的职员和“仆欧”都是用意大利人，都能英语，虽则多数说得不好。仆欧都穿白色制服，白皮鞋，很整洁。今晨我初次到餐室里去用早餐时，同桌中只我一人先到，仆欧问“早安”后，问我要吃什么，我一时却发了呆，除说了一杯咖啡外，不知道再要说些什么好，转念一想，问他有什么，他一连如断了贯珠似的说了六七种点心的名称，我比做学生时候倾听教授讲学还要注意地听了之后，只懂得最后变音变得很不像的“boiled egg”（烧蛋）一个名称，就马马虎虎地照他口音四不像的重复了一句，心里不知道究竟是什么，结果吃到了两只烧得半生熟的鸡蛋。看看别桌上，却有人吃着很好的早点。

在船上天天吃大菜，在我却是借了债来吃的！可谓矛盾得可笑。

写到这里，船身比先前摇动得更厉害一些，我只希望不致晕船躺倒，能多写一些报告给诸友听听。

廿二，七，十五，上午，佛尔第轮上。

准备十六日到香港时付邮。

五　到香港以前

由上海起程及到香港以前的船上情形，记者在今天上午（七月十五日）所写的一文里已略谈大概了，此时是在同日的下午，再谈些琐屑的见闻。

记者此次所乘的是意轮，其实这种意轮虽号称邮船，也在墨索利尼积极准备海军作战计划的一部分。据说墨氏鉴于海军平日给养所费的浩大，故除在正式海军上力谋扩充外，特把全国的商轮集中起来，由政府加以津贴，力谋整顿和扩充，使全国的商轮在管理及发展方面均趋于系统化，得随时由政府作有计划的指挥，一旦世界大战发生，商轮亦可一变而加入海军应战备上的需要。所以最初意邮轮船公司开始华意航线时，因乘客及货物不多，每到上海航行一次，意政府即与津贴十万列拉（lira，意币名，约等华币两角半）。目前各国在华邮船竞争中，意邮船实予英，法，日等邮船以颇大的打击，因走得快而取价又比较的低廉。在上海出发前，往各国领事署签护照时原须缴费（大约十圆左右），但如持所购意邮轮船公司的船票往意领事署签护照，即可免费。此中关系，可以想见。

记者在船上天天有大菜吃，似乎阔了，但同时又有一件矛盾的事，便是不得不自己洗衣服。船上洗衣用金价计算，非常昂贵（即小件亦须八角大洋起码），一件衣服经不得几次一洗，所费要比做过一件新的还要贵，路途较近的——例如由上海到香港的搭客——可将换下的衣服积在一起，等到上岸后时洗，我在船上却要经过二十三天的水程，夏季每天又换惯了一天一套的内衣，不得不自己洗了。昨天夜里十时浴后便在浴室里大洗其内衣及衬衫等。我在国内虽做过苦学生，但因洗衣费比较的便宜得多，故把时间用到别的工作上面去，所以洗衣的本领大不行，浴后洗衣又洗得一身大汗，不得不再浴一次。浴时先用海水，后用清水冲洗一次，可是清水因船上所藏有限，所以不多，只能冲洗一下，不能将水尽量放入盆内写意的用。以后大概每夜须洗衣一次，随着出大汗一次！

同乘经济二等舱的搭客约有七八十人，西人约占三分之二。我仔细观察一下，最堪注意的是西人的体格，无论男女老幼小孩，个个体格健壮，中国人则无论男女老幼小孩，只有很少数是体格好的，大多数都不行；尤其是夹在许多体格健壮精神充满的西人堆里，更显得厉害，更显得分明。这里面有一个美国人，看上去只有二十岁左右，面貌体格的美，白嫩里带红的玫瑰色皮肤的艳丽，真可爱！搭客里有几个十八九岁的广东母亲生的女子和一个十六七岁的男子，听说他们的母亲是广东人，父亲是英人，体格也很好，几个女的穿着西装，健康的曲线美显得十足，不过面部不很好看，她们的弟弟却长得健而美，穿着短裤的西装，虽比不上那个美国人，但也很可爱。可是这几个广东母亲生出的男女青年都只能懂英语，在法律上也是英国人而非中国人了。

搭客中有一个中国人娶了一个比利时女子。听说男的曾在比学习化学七年。这个女子金发红颜，婉娈轻盈，也长得很健美，看上去只有十八九岁，可是她的丈夫却是一个体格很平常的麻着脸的黑黑的面目可憎的仁兄。他们俩却打得火一般热，在甲板上欢笑亲昵，惹得旁人眼红。虽吹皱一池春水，干卿底事，但我总觉得健美的男女能与健美的对方结合，在旁观者看来，似乎也感得舒服些。

同行的张心一君同房的有三个意大利人，他初以为可有机会问问关于意国的事情，不料却是三个丘八，只有一个懂得几句简单的英语，这还不去说他，自上船以来，未见他们洗过澡，汗气腾满全房间，脱下的袜子就堆在他上面的一个铺上，和他的尊头相近，使他叫苦连天。可见撒烂污的丘八，无间中外！记者同房的是一个赴德学医的学生（即同桌用膳的），两个是赴荷兰经商的侨胞，这两个里面有一个还是本刊的热心读者，谈起本刊，热烈得什么似的。我们几个人大家都很相处得来。

这两天和我谈得很多的是雷宾南先生，昨天下午我们坐在甲板上的藤椅里，接连谈了足足三小时。他是留英的老前辈，不久以前还到欧洲去考察过一次，并且是同盟会的老会员，在辛亥革命也很努力地参加过。他认为辛亥革命，从今看来，不能算民族革命，仍只是以个人为中心的换个朝代（dynasty）的玩意儿，所得到的唯一的结果，只有一事，就是把武人放在文人的上面横行一切罢了。他说自宋太祖杯酒释兵权后，历代武人都被置在文人统御之下，辛亥革命因煽动“新军”内应，末后武人跋扈，遂反其道而行之。我说各国革命，煽动军队未尝不是手段的一种，唯须有壁垒森严确能为主义而努力奋斗的中心势力控制着，然后才能发能收，不致陷入“尾大不掉”，只见自私自利的军阀挂羊头卖狗肉，肆无忌惮地暴戾恣睢，悍然视大众意志如无物，这当然和中坚分子及严密的组织有很大的关系。

廿二，七，十五，下午，佛尔第轮上。到香港时付邮。

六　到香港以后

记者于七月十六日下午一点钟到香港，离上海八百五十九哩了。佛尔第号湾泊该埠五小时。记者到后就和同行的张君及同房的周王诸君共同上岸，船泊九龙，经渡轮才于数分钟后达香港。闻渡轮系港政府所经营，船极整洁，上轮及下轮的站上，搭客出入，都有隔开的途径往返，各不相混，秩序井然，售票入口处系用齿轮机拦住，每次仅限一人经过，付港币一角，机即开放一次（此种齿轮机，上海公共汽车已有采用的），毫无拥挤的弊病。此等处可见管理法的重要，管理法周密，公共秩序亦随之而增进。在这种组织下，搭客虽欲不守秩序而不可得。

张君到过香港三次，我们就请他做向导。他领着我们前进，向“德辅道”上跑。（最热闹的一条马路，等于上海的南京路，但不及南京路的广阔。）我们的第一件事是要兑换港币备用。我们里面有一个拿出一张一镑的金镑票，向一个小钱庄兑换，张君已瞥见该店柜旁排着一叠纸，上面有个行情表，注明当日每镑可换港币十四圆余，而该店伙计参看该表后，对我们这几个人瞥了一眼，大概看出了我们这几个是外路来的阿木林，微微一笑，计上心来，便故意滴滴答答，把算盘打成了十三圆余，他不料我们里面这位张先生却已眼快，看见了行情表，但虽提出抗议，这位伙计仁兄却置之不理，我们便踉踉跄跄地跑到别家去了。

路上的男子除少数穿着西装外，多数都是穿广东式的短装，长衫很少，和在上海虹口一带所看见的气象差不多。女子的装束，有一部分是广东式的阔裤管，短衫；也可时常遇着摩登女子，穿着佐治纱的旗袍，赤着两条玉腿，耸着一对乳峰，苗条袅娜地过市。

香港是个山岛，我们久听见的是上山的电车，这天便去乘到山上去。电车比上海的大一半，座位横排，像二等火车里的横座一样。不过一边坐三人，一边坐两人，中留行道。车里也很整洁，轨道当中有一根钢条，有三个大姆指粗，山路峻峭，电车上下就靠机械的效用，被这根钢条拉上去。最斜直的时候，坐在车里几如悬空坐在墙上，非用手拉住椅旁，有倒悬之虞。科学化的机械效用，可谓无奇不有，这不过是小焉者的一端罢了。

香港有一特点，即寻不出一所中国式的屋子，屋子总是三四层或四五层的洋房，这不是说没有穷人，每有四五层的破烂洋房里住满了无数家的穷户，衣物杂件堆满了楼上临街的走廊或露台，再穷得无家可归的，便在夜里睡满了马路两旁的行人道上。（香港马路旁的行人道，上面都有盖，可不受雨淋。）

乘电车到了山上后，气候温和，空气极佳，大家立刻感到呼吸后身体上的舒适，好像正在浴后全身轻松了许多。山上有宏丽讲究的旅馆，我所看见在该旅馆大门出出进进的都是碧眼儿，我国的豪绅和军阀官僚们在山上东一座洋房西一座别墅的亦所在皆是。这和马路旁的人行道上夜里睡满了的人们比较，当然是别一世界。

香港全岛面积约三十英方哩，做英帝国主义的殖民地已有九十年的历史了。全岛人口约八十五万人，华人约占八十万人，英人约占一万四千人，以八十万的华人，却受统治于一万四千的英人的势力之下！

我做事向来谨慎，有的朋友怪我太谨慎了，但此次却遇着殊堪发噱的一位谨慎朋友，那就是一同上岸的那位王君。我们的船预定泊五小时，六点钟开。我们一点钟上岸，王君一上岸就惴惴然怕船开，每过几分钟即念念不忘；到了三点钟，他实在怕得不了，先独自一人赶回船上去了！

我们跑了不少的路，看了不少的地方，五点半钟回到船上，王君正在码头上替我们忧急着！

这只船到香港，去了一批搭客，又来了一批新搭客。旅行经验丰富的雷宾南先生便在香港握别，准备到广州去，我们很怅然地少了一位快谈的旅伴。那位娶了一位如花美眷的比利时女子的麻子先生，也不再在船上了，我们失了看热闹的爱的活剧的眼福。广东母亲和一个英国人合作所出产的几个健强的男女青年也去了。但在男女新搭客中却来了一群二十几个健强活泼的男青年，和一个轻盈妩媚的妙龄女郎。这二十几个青年是广州岭南大学的学生，因替该校体育馆筹款，结队赴新加坡作足球，排球，及篮球等运动的比赛。据说海外华侨虽受经济恐慌的影响，但对于运动仍很热烈，对于运动比赛的购票参观，仍然是很踊跃的。那位女郎是一位岭南大学的毕业同学的夫人，正作蜜月旅行。随她的丈夫一同到新加坡去的。

这班青年的体格大多数都是很健全的，这大概是因为他们是全校里在体育上比较上选的。他们尤其令我注意的是那样活泼快乐的精神。这班未出校门不知世故的天真孩子们，当然快乐，我只希望他们能从这快乐的精神中生出勇气来替社会干一番有益大众的事业，倘盲目着以为尽有无限的安闲的日子可过，不了解这时代剧变之将到来，那就大错了。此外还有一可注意之点，即他们的男女交际都很自然，就是那位妙龄女郎，在诸同学中周旋谈笑着，也落落大方，很自然。

十六日午后在我们的甲板一边角上，用厚木板隔成了一个游泳池，里面用厚帆布作壁和底，好像一个长方形的大水袋，池长二十几尺，宽十几尺，深约七八尺，用大龙头灌入海水。搭客中既到了一批运动员，所以当天下午就有我国的十几个青年跃入池里作种种的表演。有一个外国女大块头，也换了游泳衣加入凑热闹，大概因为池小人多，她的大块头运转不大灵便，所以转了几转，就爬上来。今天上午有个德国籍的家庭——一个也是大块头的五十来岁的母亲，两个十三四岁和十六七岁的女儿，两个七八岁和八九岁的小儿子——统统换了游泳衣钻入池里去大泳而特泳，只母亲老态中有些颟顸，其余的男女小孩都极健美可爱，尤可注意的是那位老母亲和那两个小把戏，这当然是他们从小就有利于养成这样习惯的环境。像我们的乡间的孩子，也很容易地有这样的能力，不过妇女却似乎很少了。

搭客的女子中有个四十来岁的外国大块头，那真是大——她的臀部至少有三尺多宽，所奇的是她带着这样的一个笨重的家伙，走起路来却飞快，并且居然也换着游泳衣，一团高兴地带着那样一个颟顸无比的躯体，跟入池里去表演。当她穿着游泳衣走过时，甲板上的左右观客都举行注目礼，她却行所无事地干她的。

昨天风浪略大，我还能勉强用膳，唯终日躺在甲板的藤椅上，今天上午风浪更大，几乎作呕，胸部也颇难过，吃了一粒晕船药，膳食的吃量减半，午后好些，后天要到新加坡了，有人说明天也许还有大浪，我不得不赶写这篇通讯，以便到新加坡时付寄。我会晕船，这真是一个大缺憾，因此我不觉得海行的快乐，希望早些登岸。

廿二，七，十八，下午，佛尔第船上。自新加坡寄。

七　在船上的生活同志

记者在船上所填的英文名字不用“韬奋”两字的译音，上船后，船当局印发很讲究的搭客名单，看的人也只见着我的英文名字，但因同行中有一两位朋友是知道我干什么的，所以偶由辗转听到而特来和我晤叙的本刊读者，截至我提笔作这篇通讯时，竟出于我意料之外的有十余人之多。我们互道来历后，便很痛快的畅谈，立刻成了亲密的好友，这是使我最愉快的一件事情。他们对于本刊关心的诚挚，实在可感，问我身边带了有没有最近的《生活》，我临行时只带了当时最近出版的一份第八卷第二十八期，他们欣然索去传观，看到最后还给我时，纸角都卷了起来。

谈得尤其诚恳的有位江善敬君，他是国立暨南大学外交系的毕业生，现在母校服务，为人温和热诚，善气迎人。他说久想见我，不料在船上无意中遇着。他原是华侨，家在南洋的勿里洞，出来九年了，这次才回家去省亲，少年英俊，体格极好，他在校时原是一位运动健将，尤擅长足球。学校里的运动员大都只知道运动，置学识思想于脑后，而江君体格既好，又能注意到学识思想方面，一扫畸形发展的积习，殊可爱重。他并具有歌唱天才，在甲板上临风引吭高歌，激昂悠扬，令人意远。可惜我们同船到新加坡便须分别了。

江君说自本刊出版以来，他没有一期漏掉，每次还有本乡亲友托他在沪转寄数份，并说许多青年对于本刊的热望，我说本刊本身没有什么固有的力量，如诸同志认为不无价值，便是由于始终不背叛大众的意志罢了。倘认为不无一点力量，这仍是大众的力量。他极力劝我有机会时到南洋去看看侨胞的状况，不过说南洋的当局对中国从事文化事业的人异常畏忌，如去最好充作商人。记者在国内时，有朋友对我说，如去汉口一带，声明是商人，便检查得不厉害，如说是教员或学生，便检查得异常的烦苛，可谓“英雄所见略同”吧！知此诀窍的教育界中人，赴汉口一带时，为避免麻烦计，最好都在嘴巴上一变而为商界。

（以上十八日下午写）

船上有位黄伯权君，也是本刊的一位热心读者，无意中知道了记者也在船上，特来和我作一番长谈，他说在二十六期的本刊上看了《本刊今后编辑上的改革》一文后，知道我有新计划，但却未想到我突然有赴欧之行。黄君原亦华侨，年似五十左右，须发已斑白，身体魁梧健康，精神饱满；常旅行于南洋及国内各要埠，旅行经验很富，认旅行为增加知识经验的最好之一法。他说往各处广游后的见解，和不大出门时的见解根本改变；甚至一下船后，因见闻的新异，思想即有改变。所以他对记者此次远行，极表赞同。黄君初见记者时，表示惊异，据说惊异我比他想像中的年青，很殷勤地劝我在外多住几时，多多吸收新印象，多多研究新事物。他此次是由香港登轮赴新加坡的，我问他香港的工商业现状，他说和上海患一样的毛病，即内地乡村破产，资金集中香港，同时因城市的工商业不景气，金融停滞，同陷困境。此外黄君谈及南洋一带侨胞情况颇详，谓最大的危险为受世界经济恐慌的影响，侨胞失业大问题，现虽无确实的详细统计，但据他所知道，从前国人由厦门，汕头，香港等埠赴西洋移殖的每只船总乘得满满的，最近则出去的船上至多仅有一二百人，而由南洋一带装运回国的侨胞，一只船上往往有二三千人，回到破产的乡村或不景气的城市，都有问题，每月有几只船的往返，这种每况愈下的危象就很可怕了。

关于南洋侨胞的近况，船上有位本刊的读者C君在南洋十几年，谈得声泪俱下，因他还要到南洋去服务，为避免他也许要因我发表他的谈话而受到牵累，所以把他的姓名省却，把一定的地址也省却，只略述他所谈的事实，他说南洋群岛的统治者——尤其是荷兰——在文化及思想等等方面的压迫侨胞，苛刻达于极点，学校中教授青年不许提起“提倡国货”，因为他们认为提倡国货即等于抵制外货；连“尽国民的天职”的话语都不许有，因为他们认为中国人而能“尽国民的天职”，便是排外！什么抗日，什么国难，那更提都不必提了。在“九·一八”后，有某岛某市的中国青年若干人（记者按：原有一定数目，现为掩护发言人起见省去）暗中在侨胞里面作国难及对日经济抵制的宣传，被当道全数捕去，虽未有证据，也拘囚起来，虽经当地中国商会及殷实商人力保，都不准，当道的答复很简单，只说这是中日问题，要关到中日问题解决之后，才许开审裁判。做中国人有何法想！就只得白白地受着拘囚，尝着铁窗风味！说也可笑，后来到了“一·二八”，十九路军在淞沪抗日血战的捷报传播遐迩，该市的中外新闻纸上连登着四天的十九路军的捷电，荷当道对他们素所轻视的中国人居然忽改态度，刮目相待，立即把所拘囚的中国青年由狱里提出审判，除两人仍被判决驱逐出境外，其余都判决无罪开释。谁知道抗日义军的威名竟间接能使海外若干青年得免无辜缧绁之苦！现在是我们“和外”的时代了，海外帝国主义者对于我们侨胞的待遇当然也恢复了原状。

据说侨胞现在所受的经济打击，重要的有两件事：一件是受世界经济恐慌的影响，还有一件是日本的积极猛厉的南侵。关于第一件事，大家容易明白。关于第二件事，有略加说明的必要。在“九·一八”以前，日货在南洋销数占全部入口货百分之四十，在“九·一八”以后，因我们侨胞的抵制，日货在南洋销数反而增加了一倍，占了百分之八十！原来在“九·一八”以前，日货多由华侨批发，转售与土人，后来华侨抵制很严，日人就自己派人直接到南洋推销，并得到日政府的津贴和卫护，土人更为欢迎，遂一跃而增加一倍的销路。华侨原来居间批发，还有余利可得，这样一来，全部抛弃，而祖国又没有代用品可用，他们的日用品乃不得不勉力购买价格特昂的欧货，处处吃亏！日人在南洋报上大胆宣言，说十年后必能将华侨完全打尽！

我国即有国货运往南洋，也绝对不能和该处的日货竞争，因日人一发现有某种中国货流行，他们即得到日政府的津贴，造出同样或更好的货品，大减价出售，土人当然欢迎价廉物美的货物，使中国货无立足余地。一年打不倒，两年；两年打不倒，三年。毫无后盾的中国货，没有不被打得落花流水的。侨胞也都知道了我国现在是积极进行“和外”的政策，唯有吞声饮泣而已。

某君谈完海外侨胞种种受人凌辱的苦况后，与记者相对唏嘘者久之。

廿二，七，十九，上午，佛尔第船上。自新加坡寄。

八　到新加坡

新加坡地势作椭圆形，处于马来半岛的极南，东西广约二十七哩，南北长约十四哩，面积二百十七方哩，为南洋群岛的枢纽，欧亚航运的中心，华人最初到该岛的约在二百年前，但距今一百零九年前（一八二四年）该岛的统治权却为英所占有。百余年前满目荒凉，遍地荆棘，数十年来才日趋繁荣，一跃而为世界第九的著名商埠。（近来的经济恐慌，随着旧制度总崩溃中的情形，见下节一文。）该岛居民民族混杂，好像各民族的标本陈列所似的，我们的船一到码头，即可瞥见各种各色的面孔，有白的，有黄的，有棕色的，有一团漆黑的。民族种别可分为中国人，欧洲人，马来人，印度人，混种人及其他。华人中以福建，广东人为最多，约占全数十分之九。欧洲人以英人为最多；美，法，德，意等次之。此外如印人，阿拉伯人，犹太人，暹罗人，爪哇人，安南人，日本人，为数也很多。据一九三一年的调查，人口总数约六十万人，欧人近万，华人竟有四十万人左右，约占全部人口三分之二。位置离赤道仅九十英哩，故全年皆夏，但据记者上岸后所感觉，还不及上海最热时候的那样热，入夜则海风习习，更为凉爽了。

佛尔第号二十日上午七点钟就靠了岸，因须由移民厅派员来验护照，所以等到九点半才得上岸。仅上岸游览而不打算居住的搭客，可不必验看护照，但仍须等到其他的护照全部验毕后才许上岸，船旁吊梯上立有两个穿着像水兵制服的一黄一白的人物，在护照未验毕以前，一概不许上下。所以到码头上迎接亲友的有数十人也只得呆立着等候两三小时之久，船上搭客和码头上的亲友虽望见了，还是可望而不可即。英国人办事虽呆板，但秩序却很好。岸上等着迎接亲友的人们，有一对中年的广东男女，船上有人认识他们的，说是夫妇，丈夫是个特别魁梧肥胖的大汉，立在他身旁的妻子却是比他矮得两尺多的渺小清瘦的女子。新俗夫妇往往挽臂并肩而行，像这个妻子，恐怕就只得挽着她丈夫的大腿，把肩并着他的腹部而行了。

记者在船上无意中遇着厦门的中国银行经理黄伯权君，

上次通讯里已提及，他到新加坡时有人来接他，我们旅行到各处时，最好在岸上有熟人照料引导，记者承他的介绍，由华侨银行的邵君陪伴着我们九个人参观了半天。我同房间的有三个人，加上一个张心一君，一个赴德学医的郭君（同房间的周洪熙君也是赴德学医的），一个赴德学工程的李君，一个赴意大利学医的俄人，连邵君共九人，雇了两辆汽车。先到华侨银行参观，然后出发畅游全市。我们先看博物院，有热带的飞禽走兽的标本，最大的有鳄鱼，巨虎，毒蛇等等，有往昔土人和毒蛇猛兽斗争种种器械，每物上都有卡片印着英文的说明，令人想见本岛在未开发前的种种恐怖状况，此外关于土人的习惯风俗，亦有颇多的陈列，这样的博物院很能增加我们研究历史的兴趣。马来人旧俗以头额生得扁扁的为最美，故从小即用人工把头额压扁，博物院中亦有一很大的模型，是一个马来种的母亲把一个厚厚的铁条缚在她的婴儿的额前，注视着希望他的头额能赶快的扁起来！憨态可掬，愚尤不可及，但天地间类乎这样愚不可及的事情还多着哩。

新加坡除沿海边的几条市街外，郊野的风景很美丽，平坦整洁的马路，两旁娇红艳绿，花草极盛，在绿荫中时时涌现着玲珑宏丽的洋房，我们坐在车里驶过时，左顾右盼，赏心悦目，好像“羽化而登仙”了似的！但美是美了，却因市面的不景气，经济恐慌一天紧张一天，有许多好房子空着，没有人住。

尤美的还有植物园，面积广阔，路径平坦而曲折，汽车可直通无阻，这里面的鲜花奇草，更是目不暇接，树荫蓊郁，翠绿欲滴，有一处小猴随处跳跃，猴身高仅尺许，毛极细润清洁，不避人，亦无任何拘束，啖以香蕉，即当人前饱吃一顿，吃后缘树急爬而上，轻捷如履平地。

午时我们仍回到华侨银行，略事休息后，团体拆散，各自随意游览，因佛尔第号下午五点钟才开。记者便偕同张心一和周洪熙两君另成一组，先陪周君往天南酒楼去寻访一位朋友，无意中和该处一位侨胞有一番值得记述的谈话，下午踯躅道旁，正在迷途中不知如何回到船上的时候，忽遇着《星洲日报》一位在上午到船上遍寻我不得的记者黄汝德君，这都是意外的事情，当在另文记述之。

廿二，七，廿一，上午，佛尔第号船上。由哥伦坡发。

九　侨胞的愤慨

记者于七月二十日到新加坡后的大概情形，在上文中已略有谈及，现在请再补述一些。

那天中午我们一群八人回到华侨银行后，即分散自由游览或访友，记者便和张心一君陪伴周洪熙君同往天南酒楼访友，刚巧那位朋友出去了，周君乘黄包车赴附近兑换零钱，我和张君便暂在这个旅馆里的厅上坐着等候，我们在街上看见有许多店门关闭，已可概见商业的萧条，举眼看看这个旅馆里的住客名牌上，又见房间只有一半住满，其余的一半都空着，又想到市面的不景气，便和厅上一位看上去似管事人模样的某君谈起话来。我们先问他生意如何？他就短叹长吁的摇着头，说市面一天不如一天，最近全市关闭了的店户或住宅约有五千家之多了，证以记者沿途所见，他的话确是实情。记者问起侨胞生计的近况，他更感喟不置，说两三年来，南洋英属各地侨胞因失业而被驱逐回国者有十余万人，荷属各地侨胞因同样原因而被驱逐回国者亦有十余万人，新加坡一地即达四五万人，因此类侨胞多属工人，工厂停歇，失业者动辄数千人，当局深恐妨碍治安，故勒令回国。其中亦有因生计无法维持，由同乡各人你捐十圆，我捐五圆，凑成川资，自动回国，其实他们回国后也没有办法，前途茫茫，不知何处容身！

张君问他在此处的侨胞看不看国内的报纸，他说只看本地的报纸，又问他关于国内的定期刊物，侨胞喜看的是那几种，他提出《生活》周刊，说他自己也常看，侨胞看的很多，我问他为什么喜看，他说侨胞们觉得《生活》上所说的话是侨胞心里所要说的，记者听了唯有暗中惭愧，但既知道他是本刊的一位热心读者，便请教他的尊姓大名，才知道他姓李名恒亮，广东惠州人，原在荷属南洋营商，因商业不景气，不能维持，于九月前才到这个他的弟弟所开的旅馆里帮忙。他说他的祖父就到南洋，所以三代都是侨商，他自己并未曾见过祖国是个什么样子，但因侨胞在国外处处感到切肤之痛，他希望祖国争气的心也异常的殷切。谈到这里，他对国事愤慨极了，切齿握拳，声色俱厉，说侨胞们以一片赤诚对祖国主持国事的人，现在所干的是什么，做了什么成绩来给民众看！嘴巴上说得多好听！××主义，××宪法！结果造成若干搜括无遗的暴发户！民国十五年国民军北伐时代，荷属当局骇汗相告，说这一次中国的革命青年真要成功了，对侨胞的态度立刻转变，但是到了宁汉分裂，闹得每况愈下之后，外人又觉得纸老虎拆穿了，故态复萌，如火如荼的侨胞热望尽付流水！

李君说这是侨胞一致的愤慨，不仅他个人的意见。他说后切齿痛恨，大有怒发冲冠的神气！张君和我都为之悚然。

李君很坦然地说他自己不过小学毕业，没有什么学问，但是非之心和侨胞的公意，他是很明白的。我安慰他说：自命“学问”愈深的人，自私自利的观念也愈厉害，巧取豪夺的技巧也愈高明，献媚于帝国主义与军阀官僚而犹自鸣得意，自己反腼然认为“负责”的，都是“学问”号称渊博的人们！今后中国的一线希望，就系在天真朴实敢作敢为的大众！并极力安慰他，叫他不要过于悲观，大众的伟大力量是终要起来的，我们只须认清途径向前努力就是了。

我们听了李君的话——他说这也是海外侨胞的公意——还有一个似乎平易无奇而实为异常重要的教训，那就是：要获得民众信仰的任何政府，决不能靠宣言或通电上的花言巧语，更决不能靠欺骗民众或压迫民众的任何高妙手段，唯一的方法就只有做出实际有益大众的具体工作来。

李君谈话中提起张学良，说得怪有趣，说当他出国经过南洋时，侨胞所得的感想是不抵抗主义的张学良，在国外去用什么面孔去见人！据李君所听说，张氏到孟买时，曾请人代达甘地，表示要见一见甘地，被甘地严辞拒绝。这个新闻，记者在国内时却未有所闻，如李君所说的果确，大概是甘地还未愿意收纳我们中国的这位“高足”吧！

记者最后和李君分别时，才说明我是由生活周刊社来的，并以共同努力相勖，他很高兴，很诚恳地和我们握手告别。周君的朋友虽未访着，但记者却于无意中遇着这样一位能很诚实地将侨胞衷曲告诉我的朋友，可谓幸事。

我们三个人同在一个广东菜馆里吃了一顿简单合口的午餐后，便往各马路上买些零物，越跑越远，不知归路，问路也没有人知道意轮停泊的码头，上面却有火伞似的太阳很难堪地笼罩着，要雇车吧，车夫也都不懂我们的话。这一群“迷途的羔羊”正在彷徨歧途，不知所措，向前踉跄着瞎闯着的当儿，瞥见民国日报馆的招牌，认为这也许是可以问出结果的地方，便向着这方面跑，刚巧该馆门口有两位穿西装的青年正在谈话，我们便迎上去问意轮的码头，有一位不知怎的会问起我们里面“有没有韬奋先生在内”。张周两君即连忙答说有，记者很诧异，问明原由，才知道这位是《星洲日报》记者黄汝德君，他说那天上午佛尔第号船上有一位《生活》的女读者来新加坡任某校教员的（这位读者在船上时未来见我，所以记者还不知道），上岸后告诉他说记者此次也乘该轮赴欧，他就跑到船上遍觅不得，正在寻访中，他不知道我正在做一只“迷途的羔羊”。当然，我们好像得到了一个救星，承黄君很殷勤地邀我们同往该馆参观，蒙该报经理林霭民君和总编辑傅无闷君热诚招待，我们在口渴脑胀后喝了几杯如获至宝的冰冻橘子水。《星洲日报》虽仅开办了四年，已为新加坡最有声誉的日报，每日出晨报晚报两种，销数共近三万份。傅君历任南洋各报主笔者二十余年，极富经验，林君一望而知他是一位精明干练热诚勤奋的人才，该报有他们两位合作主持，又有不少得力同事和衷共济，该报之蒸蒸日上，规模日宏，实意中事。我们并承林君亲自陪乘汽车送到船上，盛意可感，我们这一群迷途羔羊的困难问题竟得于无意中解决了。

傅林两君对于侨胞的经济危机和侨胞对于国事的种种失望，也有很详细的谈话。新加坡最大出产为树胶，从前价格最高时每磅到过三圆，后来价格最低时，每磅价格跌到五分，其差异实可惊人，破产失业者因此累累。至侨胞对于国事的失望和愤慨，所言尤足为李君所说的话的佐证。

廿二,七，廿一，下午，佛尔第号船上。自哥伦坡发。

一〇　船上的民族意识

记者前天（二十一日）上午写《到新加坡》那篇通讯时，不是一开始就说了一段风平浪静的境界吗？昨天起开始渡过印度洋，风浪大起来了，船身好像一蹲一纵地向前迈进，坐在吸烟室里就好像天翻地覆似的，忍不住了，跑到甲板上躺在藤椅里不敢动，一上一下地好像腾云驾雾，头部脑部都在作怪，昨天全日只吃了面包半块，做了一天的废人，苦不堪言。今天上午风浪仍大，中午好了一些，我勉强吃了一部分的中餐，下午吸烟室里仍不能坐，写此文的时候，是靠在甲板上的藤椅里，把皮包放在腿上当桌子用，在狂涛怒浪中缓缓地写着，因明日到哥伦坡待寄，而且听说地中海的风浪还要大，也许到那时，通讯不得不暂搁一下。

船自新加坡开行后，搭客中的中国人就只剩了七个，一团漆黑的朋友上来了十几个（印度人），他们里面的妇女们手上戴了许多金镯，身上挂了不少金链，还要在鼻孔外面的凹处嵌上一粒金制的装饰品，鼻子上那一个窟窿就不知道是怎么挖成的！此外都是黄毛的碧眼儿。有一个嫁给中国人的荷兰女子，对于中国人表示特别好感，特别喜欢和中国人攀谈。

同行中有一位李君自己带有一个帆布的靠椅，预备在甲板上自己用的，椅上用墨写明了他的中西文的姓名以作标志。前天下午他好端端地舒舒服服地躺在上面，忽然来个大块头外国老太婆，一定要把他赶开，说这个椅是她的。李君把椅上写明的姓名给她看，她不肯服，说他偷了她的椅子，有意写上自己的姓名！于是引起几个中国人的公愤，我们里面有位甲君（代用的）尤其愤激，说："中国人都是做贼的吗？这样的欺侮中国人，我们都不必在国外做人了！这还了得！"我看他那一副握拳擦掌，切齿怒目的神气，好像就要打人似的。还有一位乙君持极端相反的意见，他说："中国人出门就准备着吃亏的。"又说："自己不行（指中国），有何话说！"他主张不必认真计较。当时我刚在吸烟室里写文章，他们都仓皇地跑进来告诉我，我说老太婆如不讲理，可将情形告诉船上的管事人（steward），倘若她自己也带了一张椅子，因找不到而误认的话，便可叫管事人替她找出来，便明白了。后来果然找到了她自己的椅子，对李君道歉，而且觉得很难为情。听说她原有几分神经病，甲君仍怒不可遏，说不管有没有神经病，总是欺侮中国人，于是他仍旧狠狠地热血沸腾地对着这个老太婆加了一番教训，并在背后愤愤地大说乙君的闲话。

中国人到国外易于被人凌辱，却是一件无可为讳的事实，理由很简单，无非是国内军阀官僚们闹得太像样，国际上处处给人轻视，不但大事吃亏，就是关于在国外的个人的琐屑小事，也不免受到影响。例如船上备有浴室，如遇着是中国人正在里面洗浴，来了一个也要洗浴的西人，往往打门很急，逼着速让，那种无理取闹的举动，虽限于少数的“死硬”（die-hard）派，无非含有轻视中国人的意味。

不过有的时候也有自己错了而出于神经过敏的地方。此次同行中有一位“同胞”（赴外国经商的）说话的声音特别的响亮，极平常的话，他都要于大庭广众前大声疾呼。除登台演说外，和一二人或少数人谈话原不必那样卖力，但是这位仁兄不知怎样成了习惯，不开口则已，一开口就非雷鸣不可。这当然易于惹人厌恶，我曾于无人处很和婉地提醒他，请他注意，他“愿安承教”了，但过了一天，故态复萌。有一夜他在房里又哗拉哗拉起来，被对房睡了觉爬起来的一个德国人跑过来办交涉。他事后愤然的说，在自己房里说说话有什么犯法，他觉得这又是选定中国人欺侮了！

自“九·一八”中国暴露了许多逃官逃将以来，虽有马占山部及十九路军的昙花一现的暂时的振作，西报上遇有关于中国的漫画，不是画着一个颟顸大汉匍匐呻吟于雄赳赳的日军阀枪刺之下，便是画着前面有一个拖着辫子的中国人拼命狂奔，后面一个日本兵拿着枪大踏步赶着，这样的印象，怎能引起什么人的敬重？至于外国人中的“死硬”派，那更不消说了。这都是“和外”的妙策遗下的好现象！

到国外每遇着侨胞谈话，他们深痛于祖国的不振作，在外随时随地受着他族的凌辱蹂躏，呼吁无门，所表示的民族意识也特别的坚强，就是屡在国外旅行的雷宾南先生，此次在船上的时候和记者长谈，也对此点再三的注意，可见他所受到的刺激也是很深刻的。我说各殖民地的民族革命，也是促成帝国主义加速崩溃的一件事，不过一个民族中的帝国主义的附属物不铲除，为虎作伥者肆无忌惮，民族解放又何从说起呢？这却成为一个先决问题了。

廿二，七，廿三，佛尔第号船上。自哥伦坡发。

一一 到哥伦坡

昨天（七月二十四日）上午九时半到锡兰岛（Ceylon）西南端的哥伦坡（Colombo），停泊到当晚十一点钟开行。据船中有航海经验的人说，自六月至九月间，阿拉伯海，红海及地中海，都有西南飓风，闻者都有戒心，尤其是船上有晕船毛病的朋友，记者原也准备今天再忍受“废人”的生活，不料今晨五点半起身后，发现风浪并不怎样厉害，早膳后即往更高一层的无盖甲板上散步半小时，随着就在甲板的藤椅上展纸提笔写这篇通讯。

锡兰为印度南端的一岛，有“印度洋的真珠”（Pearl of the Indian Ocean）之称，据说是因为该岛的形式好像一颗大真珠，点缀在印度洋上面。但据记者就地图看来，并不像真珠，只仿佛一个上尖下宽的葫芦，该岛所以有这样一个绰号，不如说是因为该岛也以出产真珠著名于世。全岛二百七十五英里长，最阔处达一百四十英里，全岛人口约四百六十万人，大部分属辛赫利斯（Sinhalese）种族，肤色和印度阿三相似，有的简直漆黑一团，除此种土人外，印度人也很多，其余的还有马来人，摩尔人，欧人，华人，日本人等等。宗教有佛教，印度教，回教，基督教，天主教等，同时并存，寺庙随处可见，中以天主教最盛，西岸的渔民几乎都是天主教徒。该岛十六世纪时为葡萄牙人所占，一六五八年成为荷兰的殖民地，一七九五年始为英人所有。

哥伦坡为锡兰岛的首都及要埠，为锡兰总督驻在地。人口约三十六万，是欧亚航行必经的要道。该埠最热闹的区域为“炮台区”（Fort），新式建筑的官署，海关，洋行，讲究的旅馆菜馆等都在这区域内的几条街上，此外有所谓“本地区”（Pettah），就只有土人开的小商店，狭隘卑陋。但无论何区，都有个特色，那就是马路都很广阔平坦，交通便利。

佛尔第号停泊后，除了七个中国人外，我们的这一群还加入了一个俄人，一个意大利人，共为九个人。大家在该埠都没有熟友，未上岸前，这一队道地的“阿木林”都聚在近着吊梯的甲板上，在人丛中东张西望地混着，正在窃窃私议地商量上岸的办法，凑巧有位李星枢君因商业事务由烟台到该埠暂住的，上船接友，偶遇着我们这队“阿木林”中的王君，他们是在烟台时彼此认识的朋友，他从王君知道了我，承他非常诚恳地来招呼我，原来他也是本刊的一位热心读者，说久就渴想见见我的，我们在国内无缘晤面，觉得在他乡无意中碰头，欣喜过望，于是我们这队“阿木林”的问题就连带解决了。由李君替我们雇了两辆汽车，陪伴我们环游全市三小时。先看真珠宝石陈列所，继而看到一个佛寺，这寺的建筑已有些摩登化，内部全是用花磁砖铺地，我们进去时，先在走廊上把各人的皮鞋脱掉（据说无论何人进去参观都要这样），大家只穿着袜子，毫无声响地鱼贯跟着一个引导的印人左弯右转地看着，这是大家未有过的经验，所以都耸肩相视而笑。墙上画满了一大幅一大幅关于释迦牟尼从产生后成佛的历史。这位赤着脚围着裙，上面穿着一件西装上衣的引导者，一步一步地用英语讲解墙上画中的意义给我们听。他的英语讲得很流利纯熟，这大概是他背诵得熟透了的一套。最后推门走进了一个房间，有一个十八尺长的佛身侧卧着，旁边还有一立一坐的形式，都大得有趣。此外在动物院中所见的有巨虎巨象及集队成群的各种各式的猴类。有一处是用水门汀建成的大坑，内有四五尺高的猴子数十只，投以甘蔗，即争夺狂叫扭打得穷形尽相，引人哄笑，我觉得我们人类中也何尝没有这样的怪现象，不过所取的方式不同罢了。

在该埠的华侨仅有二百余人，大多数是山东籍，做出售茧绸等生意的，他们都很困苦，没有力量开店铺，都是背着包好的货物，到四乡各处去兜生意，土人穷苦，无力购买，多靠西洋人的生意，因言语的不通和知识程度的低浅，往往和人家冲突，听说所遗的印象不大好。他国人在外经商，多有本国政府的保护及有计划的指导，我国在外的侨胞就只有盲人骑瞎马似的乱闯罢了。该埠日货畅销，英人图抵制，提高关税，我国侨胞些微的营业，亦蒙到殃及池鱼的影响。

美，德，法，意，日本，乃至比利时，丹麦，芬兰，西班牙，暹罗等国在该埠都设有领事，我国没有，但却有一件奇特的事实，有粤人名林百全，在该埠售卖药材多年，因对英文比较能说，平日对侨胞的事务也很热心，英当局遇着有关于华人的事件，都和他接洽，侨胞有了事情，也到他那里去求助，于是在实际上他好像就代理了中国领事，但在中国政府也许还不知道有这么一个人！

此处人民的装束很特别，无论男女，下半身总包着一条裙，上半身穿着一件西装的上衣，一面赤着脚，下身的裙都欢喜用红红绿绿花纹繁多的布料。有的男子满脸生着胡子，下面却包着红的花的裙子！就是苦力，在炎热中这条包裹着的裙子也是舍不得脱下的，这比我国人穿长衫的习惯更牢不可破了。

本地的一般人民都极穷苦，都过着牛马的生活。当欧战时，英人无力顾及，曾委托日本政府代治，日人特施小惠，以结欢土人，现虽交还，土人仍受着欺骗，怀念不置，据说他们恨英人，就只想日人来治，却从不想到自治！

廿二，七，廿五，上午，佛尔第号船上。由孟买发。

一二　惊涛骇浪后

记者于离开哥伦坡后的第二日（七月二十五日）写了一篇通讯，不料二十六日即风浪大作，大受晕船之苦。二十七日上午五时左右到孟买，大雨，虽头昏脑晕，仍欲上岸一游，八点便和周，郭，李诸君离船，海关就设在码头上。一上岸就看见成群结队的印度男女，有的是由船上下来的，有的大概是来迎接亲友的，妇女的衣服都有一大块披在头上，如同我们在上海所看见的一样，不过在此处所见的特别多，一排一排的坐在近墙的椅子上面，花花绿绿的绸衣好像展览会似的陈列着，还加上头面上和手上戴着的许多灿烂耀目的黄金首饰及装饰品等等。男的衣服，下身两腿裹着白布，上身穿着比寻常西装上衣更长的外衣，好像西装大衣的样子，这大概是他们的衣服一部分摩登化的结果，和哥伦坡土人的衣服摩登化又有些不同。海关上的上级职员当然是碧眼儿，下级及卖气力的苦力当然是当地的黑炭。这是各殖民地的一律现象。

我们四个人在海关上看了一阵，想雇车出发，又怕因人地生疏而大吃敲竹杠的亏，既而看见有注明政府注册，车上装有行程计算表的福特汽车，才决议一试，言明每英里八个安纳（十六安纳合一卢比，约华币一圆）。我们一路观览，一面却常常注视车上的行程表，只见一个一个卢比很迅速地增加上去！以牟利为唯一目的的事情原是造成欺诈的根源，虽有行程表按科学的方法志明所经的哩数，但开车的因我们不认得路，可故意兜远路，由此增加表上的数字。我们这几个孩子却也不很傻，看了几个地方之后，见着行程表上的记载已需要我们付出八个卢比的车费，预计归程，如再经他一番兜圈子，不但费用上不合算，而且时间上也不妥当（佛尔第号当天上午十一点半即开），便商得一计，对他说先把我们送到邮政总局，等我们将信寄后还要到许多地方去，他把我们很迅速地送到邮政总局，我们把信投寄后，和他开谈判，说即送我们上船，共付九个卢比，否则只照表上付八个卢比了事，不再乘他的车子，结果他很不乐意地答应了，在五分钟内由捷径把我们送到码头上。我们倘不掉这样一个枪花，也许要十倍的时间还不够，但假使没有行程表使我们知道卢比的数量，我们也许要始终蒙在鼓里，可见有一定标准的科学方法总比漫无标准的办法胜一筹。

孟买是印度的工业中心区域，这是大家知道的。道路广阔平坦，建筑大都是新式的洋房。我们经过一个美轮美奂的宏丽华厦的区域，开车的告诉我们说这是西人和本地富翁的住宅区域。不多时看到一个穷窟，一个小小的房间住十几个人，一切生活都在这龌龊不堪的小小房间内过着，这种命运当然只轮到本地土人和无产阶级。印度人口三万五千万，在印的英人现约十万人，俯伏于此十万英人势力之下的印人中，每日不能得一餐之饱的有三千万人，这种畸形的状况能维持得久远吗？

未到孟买前，在船上遇着一个印籍的机械工程师，他自称是个甘地的信徒，说“我们的两个民族同是不幸的民族”，对记者诉说了不少印人的苦况。记者问他们最近甘地为解放“不可接触”的阶级而绝食，艰苦卓绝，虽可敬佩，但对印度民族脱离帝国主义的解放运动，有无新的策略，他所举的仍是我们素所知道的甘地“非武力抵抗”的那么一套。我说这么一套固有两种效用，一种是多少可以暴露帝国主义的罪恶，一种是多少可以鼓动一般印人的民族意识，但老靠这类“打我右颊，就以左颊”的玩意儿，要想脱离帝国主义的束缚，绝对没有这样便宜的事情。他说如能达到人人实行“不合作”主义，英人亦无法统治印度，我说这就等于“俟河之清”了。

二十七日午时船离孟买，上来了好几个印度籍的穿着宽大长袍身广体胖的神父和好几个身上穿满了绸罗和戴满了黄金首饰的印度贵妇人，令人回想到在孟买穷人窟和那位孟买工程师所告诉的种种苦况。

船开行后，风浪来势就异常凶猛，勉强坐在甲板上，好像在小学校里玩着“跷跷板”一样，身体或上或下或左或右的晃着，巨浪打着船旁的声音就和在上海听着淞沪抗日血战时大炮声一样。第二天（二十八日）风浪更大，我在卧室里闷得忍受不住，勉强到甲板上去坐着，则见没有一个别人，突然一个巨浪飞来，甲板上急流汹涌，倘若不是急急抓住船旁一根绳索，也许已和波涛为伍，“萍踪寄语”可提早结束了。从此以后，整整地三天三夜闷卧在房间里，虽有几个小小的洞口通到船顶上引进一些空气，还是郁闷得不了。头二等的甲板高，可不受巨浪的袭击，“经济二等舱”的甲板低，此时便无法行动了。空气这样东西总算是取之无穷用之不竭的了，但有时也和金钱的多寡脱离不了关系！

在这三天里面，脑子就时时要破裂似的，就是同行中向不晕船的朋友，也说除了没有严刑拷打之外，和坐牢没有什么分别。就是出声如雷鸣的朋友，也只好守口如瓶了，直至七月三十日的下午才渐渐逃出了难境，据说只有四月或五月这一路的海面较平静，此外都不大可靠。朋友里面颇有人赞美海行之乐，我却一点不能欣赏，就是风平浪静，在船上一住二十三天，也单调得可厌。（法国船或英国船要三十几天，德国船要四十几天。）将来回国时，如西比利亚铁路走得通，我决由陆路回来（由莫斯科到上海只须两星期），印度洋和阿拉伯海不想再领教了。

七月三十一日上午佛尔第号船上。

八月三日到苏彝士付寄。

一三　海上零拾

记者自七月十四日上船迄今两星期了，在这汪洋大海的孤舟上，对于国内时事消息，完全隔离，直等于一个瞎子或聋子。同行中有某君说过几句颇妙的话，他说出国旅行于健康上很有好处，这句话听去似很平常，但是他再解释下去的话却颇特别，他说在国内最损害健康的事情莫过于每天的看报！所看到的关于国事的种种新闻，无论是关于外交，或是关于内政，总是使你看了不免发昏章第十一，如在饭后看了，便有害于你的消化，如在睡前看了，往往使你发生失眠症，这都和你的健康有害，出国之后，好了，什么都不看见，什么都不知道，吃饭也容易消化，睡觉也容易舒畅。这位朋友从前是到过外国留学的，他说在外国看报，最怕的是看到关于中国的新闻，因为偶而遇着，不是某军阀和某军阀又打起仗来了，便是什么地方又发生了绑票案子，使你看着白白地生了一顿气，别无结果。某君的这些话似乎都能言之成理，照他这样说，记者现在是再快乐没有的了。但事实上却不然，因为你尽管耳不闻目不见，糟糕的国事和凄惨状况仍然存在，并不因此而消灭，而且一出国门，置身异地，夹在别国人里面，想念到自己国内的乌烟瘴气，所感到的苦痛只有愈益深刻。所以在途中所感到的苦闷，和在国内每日看着呕气的报纸并没有两样。

船将要离开孟买的时候，发生了一件气人的事情。船停泊在码头，时有印人拿着一大堆西文的各种杂志到船上兜售。我正坐在甲板上一把藤椅里静悄悄地闲看着，忽然从吸烟室里走出一对英籍夫妇，后面跟着他们的一个十六七岁袒胸露臂的女儿。那个英国妇人气愤地询问着谁曾看见一个售卖书报的印度人，说他曾在船上无人处碰了她的女儿。正在这个当儿，刚巧有一个售书报的印度人走过，便被那英国人不管三七二十一，举起手就打。那印度人采用不抵抗主义，无一语的质问或抗辩，抱头鼠窜而逃，其实上船售卖书报的印度人有好几个，挨打的是否就是“碰”的那一个，就是“碰”了，是怎样“碰”的，是否出于有意，都不可知，只因为他既不抵抗，只知道逃，也就稳得了他的罪名了！

二等舱中有叶葆亨君，福建莆田人，系爪哇侨商，亲送他的一个十八岁的儿子赴德学习化学工程，和一个十九岁的女儿赴德学习医科，听说记者也在船上，特来晤谈。据说爪哇大宗商业都在华侨掌握中，对祖国原极热心，淞沪抗日之战，以三十万人侨胞所在的爪哇一处，捐款达八百余万圆，其踊跃输捐，可以想见，但现在侨胞对国事却已觉得心灰意冷了！

叶君对国内的教育，尤有沉痛的批评，他说荷兰人对于青年的科学知识，异常认真，尤其是算学理化等科，教授非常严格，在小学中对这类基本自然科学还没有充分合格，即不许入中学，中学升大学亦然。他去年回福州一趟，见号称大学的某校，其所用课本的程度仅及荷人所办的初中，如此徒骛虚名，不求实际，他叹为徒然误人子弟。叶君所慨叹的事实，记者虽不知其详，但我国教育之徒骛表面，关于基本知识之马虎，使学者缺乏缜密切实的科学训练，实属无可为讳的现象。不过记者老实告诉他，这也不是局部的问题。现在的国事弄得这样糟，青年们怵目惊心，时时受到悲痛的刺激，怎样能使他们安心于什么实学？其次，在现在的状况下，就是有了真才实学，用到什么地方去？有那一件真属建设的事业容纳得了若干人才？况且封建势力的遗毒弥满于各处——尤其是和政治有多少牵连的事业，有了狐亲狗戚的靠山，阿猫阿狗都得弹冠相庆，否则什么都无从说起！实际的环境如此，要想用空言劝告青年如此这般，岂不等于石沉大海，于事实上那有丝毫的效用？

同行中有位出声如雷鸣的旅伴，记者曾在通讯里提过他，因为关于他的故事不无幽默的意味，所以还是把他当作无名氏妥当。这位“雷鸣”先生，在漫漫长途中倒供给我们以不少的有趣的谈资。他除有“大太太”外，还有一位“二太太”，他的“大太太”，听他的口气，大概是个土老儿，“二太太”却是个千娇百媚的女学生，因留在家里，使他怀念不置，动不动就想到“二太太”，大家也常常提起“二太太”和他说笑。这里却有个小小的难题，他的“大太太”无论如何不愿正式离婚，此事未办妥，“二太太”总觉得在名义上不称心，于是这位“雷鸣”先生天天感到心神不宁，三番五次的和我商量，一定要我替他想个办法。我说依现行法律，女子一嫁就有法律上的保障，除她和你同意办到协议离婚外，你倘无法律上认可的充分理由，实想不出什么办法。他气极了，悻悻地说：“好！我就算多养一只狗就是了！”他这句话虽近乎戏语，但却使我得到一个很深的感触，就是呆板的法律所能为妇女——在经济上不能自立的妇女——保障的，至多是物质生活的勉强维持，无法救济精神上的裂痕。

七月三十一日，上午，佛尔第号船上。

八月三日到苏彝士付寄。

一四　月下中流——经苏彝士河

我们原定办法，由意轮船公司招待搭客往埃及首都开罗游览，愿去的每人缴费六镑半，汽车火车及午晚餐食等在内，三日上午由苏彝士城出发，可于当晚十点钟到波赛（Port Said）上原船继续前行。六镑半合华币在百圆左右，为数不能算小，但同行的好几位都觉得机会难得，不愿错过，我也觉得在小学时读历史，就看到书本上画着埃及金字塔和人首狮身（Sphinx）的像，虽行囊悭涩，到此也硬着头皮随众报名缴费，满心以为四千年的胜迹即在目前，不料二日下午得到取消的消息，虽省了百圆，却感到无限的失望和惆怅，也许此生就永远没有第二次的机会，因为我回国时想走陆路。

八月三日下午六点钟船到苏彝士城，仅停一小时，不靠岸，有几只送客登轮的小火轮和几只小船泊在佛尔第号的船旁，十几个阿拉伯人爬上来兜售报纸，画片及其他杂物，搭客都拥聚在甲板上购买，我也买了两打关于开罗名胜及苏彝士河的景物相片，寄给本刊。

记者此次虽很失望地未曾到开罗去游览，但三日夜里经过苏彝士河的情形，却给我以悠然意远的印象。此时一轮明月高悬，蔚蓝的青天净洁得没有丝毫的渣滓，清风吹来，爽人心脾，搭客们多聚在船头特高的甲板上远瞩纵览，只见船的两边都是一望无际的沙漠，右为亚洲，左为非洲，离船大都不过十几尺或几尺，船头前挂着两盏好像巨眼的大电灯，射出耀目的光线，使前面若干距离内的河身好像一片晶莹洁白的玉田，在狭隘的运河中特别显得庞大的船身徐徐地向前移进，假如不看前面而仅望左右，又恍若一辆奇大无比的汽车在广阔无垠的沙漠上缓缓前驶似的。这夜记者在甲板上凭栏静眺，直看到十二点钟，才进到卧室里去睡觉，在睡梦中还好像明月清风，随我左右。

沟通红海和地中海，缩短欧亚海行路线的这条苏彝士运河，经法人勒赛普斯（Ferdinand de Lesseps）和无数工人十四年的辛勤劳力，中间战胜过无数次的破坏和种种困难，才于一八六九年十一月十七日正式开幕，距记者于月夜静寂中通过此河的今日，已六十四年了。这条运河长八十八英里，阔从一百码至一百七十五码，原来估价需二万万法郎，后来用到四万万法郎，约等于一千四百万金镑，合现价在二万万圆以上了。一半资本在法国募得，其他一半几全为当时埃及总督赛氏（Mohammed Said）所买，后来他把股子卖给英国政府，于是英政府在管理上便握有大权了。（当时赛氏赞助勒赛普斯的计划甚力，现在苏彝士河尽头的波赛，意即“赛氏港”，就是为纪念他而取名的。）

说到起意要建造苏彝士运河的，颇有趣的是要轮到法国一世之雄的拿破仑。他在一七九八年进攻埃及时，忽想到要造一个运河通红海，便任命一个工程师名叫勒伯尔（Monsler Lepere）的视察并报告研究的结果。这个工程师奉命执行了，他的报告虽承认这个计划有种种的利益，但是宣言红海和地中海的水面不平等，要在地中海沿岸筑海港是一件不可能的事情，于是作罢。不料这就隐隐中种了今日苏彝士河的种子，在此三十七年后（一八三六年）勒赛普斯被任为亚历山大的代理领事，到该埠时，所乘的船因查疫停顿，搭客不得即行上岸，他于无聊中展阅朋友送给他的几本书，里面有一本是勒伯尔的笔记，竟引起他对建造这条运河的浓厚兴趣，终靠他百折不回的努力，造成在亚欧航行上开辟新纪元的苏彝士运河。

八月四日晨走完了苏彝士河而达到波赛，有半天的停泊，虽不靠岸，但意轮公司有小火轮运送搭客上岸及回船，也很便利，记者便和同行的张，周，郭，李诸君同上岸一游。道路很平坦广阔，房屋虽属洋房式子，而且一来就是五六层，但在前面总是用木料造成突出的一部分，好像露台似的，围满着各种花样的窗户。街上遇着的都是穿着长袍，戴着和土耳其人一样的帽子的男子，妇女除极少数穿西装的以外，大多数是头披黑纱，鼻以下部分也用黑纱围着，额前还挂着一个黄色木制像小塔的装饰品垂到鼻上。这也可见该处妇女解放还在什么程度了。

我们参观了一个回教教堂，里面地上用草席铺着，正殿用绒毯铺着地，到门口时须在鞋上套着草包似的套鞋，才得进去。听说一般人民每天须到各教堂洗手洗脚祷告五次，该教堂里有个引导参观的人，对我们大讲教义，引到里面一个狭衖里的时候，向我们要钱，给一个先仙，不肯休，加一个，才了事，我们都觉得虽听他讲了一些教义，却被他敲了一个竹杠！在教堂里最注目的，是那班祷告者跪在地上高举两手，用足劲儿向下拜的那副神气。我们出门时望望脚上所套着的那双草包式的套鞋，倒也觉得奇特，便用所带的摄影机拍了两张照。

我们五个人共乘着一辆马车，做了一番马路巡阅使（波赛满街马车，汽车极少），其实波赛没有什么名胜可看，原也只有几条街市供游客兜几个圈子。此外还值得一记的有两件东西：一个是巍然屹立河边的勒赛普斯的铜像，连座共高五十七尺；一个是一百八十四尺高的石造灯塔，夜里每十秒钟显露强烈白光一次，在海上二十英里距离以内都看得见。

廿二,八,五，上午，佛尔第号船上。

一五　海程结束

今天（八月六日）下午两点钟佛尔第号可到意大利的布林的西（Brindisi），算是到了意大利的第一商埠，明天中午可到该国名城威尼司（Venice），那时记者离船上岸，此次近三万里的海程便告一结束了。佛尔第号定于八月十二日由意开行，九月五日可到上海，记者的这篇通讯刚巧可由这同一的船寄回上海，这也是最迅速的一法。记者此次乘这只船出去，《海程结束》的这篇通讯又可乘这只船回来，可说是无意中的怪有趣的凑巧。

在这将要离船的前一天，我想把在船上的零星观感随便地提出来谈谈。

记者过印度洋和阿拉伯海时，因遇着飓风，吃了几天大苦头，好像生了病一样，对什么都兴味索然，自从八月一日以来，尤其是昨今两天，气候温和，日霁风清，船身平稳，我的脑部治安完全恢复，又活动起来了，对船上的各种人，各种事物，冷眼旁观，也饶有趣味——船每到一埠，便有一批人离船登岸，同时又有一批人上来，好像实验室里用完了一批材料，时时有新材料加入供你放在显微镜下看看，或试验管里试试。

在船上可供你视察的，有各国各种人同时“陈列”着任你观看。记者此次所遇着的除几个同国人外，有意大利人，德国人，英国人，美国人，法国人，奥国人，荷兰人，比利时人，印度人，乃至爪哇人，马来人等等。（不过日本人一个都没有，有人说他们非本国的船不坐。）架子最大神气最足的要推英国人，他们最沉默，最富有不睬人的态度，无论是一个或是几个英国人坐在一处，使你一望就知道他们是“大英帝国的大国民”！最会敷衍的要算美国人，总是嬉皮笑脸，充满着幽默的态度。大概说起来，各国或各民族的人，或坐谈，或用膳，都喜与本国或本种人在一起，这也许是由于语言风俗习惯的关系。在孟买下船后，来了几十个印度籍的男女，大多数是天主教中人，赴罗马朝见教皇去的。他们很少和西人聚谈，有一边的甲板上全被他们坐满了，看过去就好像是印度区似的。里面有好几个“知识分子”，对记者谈起被压迫民族的苦痛，都很沉痛，每每这样说道：“我们是在同样的政治的船上啊！”（他们都是用英语和记者谈，原句是：“We are in the same political boat！”）中国在实际上不是帝国主义的殖民地吗？所以记者对他们这句话只有悲慨，没有什么反感。

谈起船上的印度人，还有一件似乎小事而实含有重要意义的事情。在二等舱里有三四个印度搭客（记者所乘的是“经济二等”，略等于他船的三等，这是非正式的二等），都是在印度的大学毕业，往英国去留学的，有的是去学医，有的是去学教育，他们里面有一个在浴室里洗浴刚才完了时，有一个英人搭客跑进来，满脸的不高兴，对着浴盆当面揶揄着说道：“牛肉茶（beaf-tea）！”意思是讥诮印人的龌龊，其实就是存心侮蔑他。从此这几个印人都不愿到浴室里去，但他们“饮泣吞声”的苦味可以想见了！

据记者观察所得，大概在东方有殖民地的西人，尤其是亲身到过他们在东方殖民地的西人，对东方民族贱视得愈显露，他们大概还把自己看作天人，把殖民地的土人看作蝼蚁还不如！船上有一个在印度住了二十几年的英国工程师，和记者有过一次谈话，便把印度人臭骂得一钱不值。

有从爪哇赴欧的华侨某君，谈及爪哇情形颇详。爪哇荷人约二十万人，华侨约三十万人，土人有三千五百万人，最有意思的是他说住在阔绰旅馆的荷人，每人每日生活费需二十五盾（每盾合华币二圆），而土人每日每人的生活费只须一角（十角一盾），这样，一个荷人一日的生活费竟等于二百五十个土人一日的生活费了！又据说该地政府对于入口检查最严的是知识分子和书籍，如果你是个什么大学毕业生，那就必须关在拘留所里经过一番详慎的审问查究，尤其怕得厉害的是××主义，因为三千五百万的土人如受了煽动，起来反抗，那还了得！他说最好你什么书都不带，只带一本《圣经》，那就很受欢迎！这位侨胞自称是个教徒，他这句话大概是含有赞美《圣经》的意味，但在我们看来，对于这样独受特别欢迎的《圣经》就不免感慨无穷了！

八月四日下午船由波赛开行后，忽然增加了五百左右的男女青年，年龄自八岁至二十岁，女子约占二百人。男女分开两部分安顿。青年总是活动的，在甲板上叫嚣奔跑，成群结队的乱闯着，好像无数的老鼠在“造反”，又好像泥堆上的无数蝼蚁在奔走汹涌着。原来他们都是在埃及的各学校里的意大利青年，是法西斯蒂的青年党员，同往罗马去参加该党十周年纪念的。男的都穿着黑衫，女的只穿白衫黑裙。这班男女青年的体格，大概都很健康，一队一队女的胸部都有充分发达的表现，不像我国女子还多是一块板壁似的，不过说到他们的真实信仰，却不敢说。记者曾就他们里面选几个年龄较大的男青年谈谈，有的懂法文，有的懂英文，问他们是不是法西斯蒂党员，答说是；问他们什么是法西主义，答不出；不过他们都知道说墨索利尼伟大，问他们为什么伟大，也答不出，只有一个答说因为只有墨索利尼能使意大利富强，我再问他为什么，又答不出！其实法西主义究竟是什么，就是它的老祖宗墨索利尼自己也不很了解，不能怪这班天真烂漫的青年。（参看生活书店出版《时事问题丛刊》第二册的《法西主义》第七页。）

廿二，八，六，上午，佛尔第号船上。

七日到威尼司付邮。

一六　威尼司

八月六日下午四点钟佛尔第号到意大利的东南海港布林的西，这算是记者和欧洲的最初的晤面。该埠不过因水深可泊巨轮，没有什么胜迹可看，船停仅两小时，记者和几位同行的朋友却也上岸跑了不少的路，像样的街道只有一条，其余的多是小弄，在海边上虽正在建筑一座高大的纪念塔，但我们在街上所见的一般普通人民多衣服褴褛，差不多找不出一条端正的领带来。我们穿过好几处小弄，穷相更甚，有好几处门口坐着一个老太婆，门内挂着花布的帘子，时有少妇半裸着上身探首帘外向客微笑，或曼声高唱，她们用意所在，我们大概都可以猜到。

八月七日下午到世界名城之一的威尼司。同行中有李汝亮君和郭汝楠君（都是广州人）赴德留学，李君的哥哥李汝昭君原已在德国学医，特乘暑假到威尼司来接他的弟弟和他的老友郭君，并陪他们游历意大利，记者原也有游历意大利重要各地的意思，便和他们结作旅伴，同行中赴德学医的周洪熙君（江苏东台人）听说在八月底以前，意大利在罗马举行法西斯十周纪念展览会三个月，火车费可打三折，也欣然加入，于是我们这五个人便临时成了一个小小的旅行团。到威尼司时，李汝昭君已在码头相迎，我们便各人提着一个手提的小衣箱上岸。介绍之后，才知道李君的哥哥也是本刊的一位热心读者，这个小小的旅行团也可以说是一小部分的"《生活》读者旅行团"了。我们先往一个旅馆里去过夜，两李一郭住一个房间，记者同周君住一个房间，第一天便开始游览。有伴旅行，比单独一人旅行，至少可多两种优点：一是费用可以比较地经济；二是兴味也可以比较地浓厚。

在太平洋未取地中海的势力而代之的时候，威尼司实为东西商业贸易上最重要的一个城市，在世界史上出过很大的风头，现在是意国的一个重要的商埠和海军军港，在港口禁止旅客摄影，同时也是欧美旅客麇集之地，该城不大，约二十五英里长，九英里宽。第一特点是河流之多，除少数的几条街道外，简直就把河当作街道，两旁房屋的门口就是河，仿佛像涨了大水似的。我国的苏州的河流也特多，有人把我国的苏州来比威尼司，其实苏州的河流虽多，还不是一出门口就是河，以这小小的威尼司，除有一条两百尺左右阔的大运河（Canal Grande），像S字形似的贯穿全城外，布满全城的还有一百五十条小运河，上面架着三百七十八条桥（大多数是石造的，下有圆门），我觉得这个城简直就可称为“水城”。除附近的一个小岛利都（Lido）上面有电车外，全城没有一辆任何形式的车子，只有小艇和公共汽船，小艇好像端午节的龙船，两头向上翘，不过没有那样长，里面有漆布的软垫椅，可坐四个人至六个人，船后有一个摇桨，在水上来来去去，就好像陆地上的马车。公共汽船的外形也好像上海马路上的电车或公共汽车，车〈船〉上的喇叭声和上海的公共汽车的喇叭声一样。我们在画片上所见的威尼司的景象，往往是两旁洋房夹着一条运河，上面架着一条圆门的桥，河上一只小艇在荡漾着，这确是威尼司很普遍的景象。

除许多运河外，有若干街道都是用长方形的石头铺成的，有的只有五尺宽，路倒铺得很平，因为没有任何车辆，所以石头也不易损坏，在这样的街道上接踵摩肩的男男女女，就只有两脚车——步行——可用。街道虽窄，两旁装着大玻璃窗的种种商店却很整洁。街上行人衣冠整洁的很多，和布林的西的很不同，原来大多数都是由欧美各国来的游客，尤其多的是来自号称“金圆国”的阔佬。

威尼司最使游客留恋的是圣马可广场（Piazza di San Marco）和该广场附近的宏丽的建筑物，该广场全系长方形的平滑的石头铺成的，有的地方用大理石，长有一百九十二码，阔自六十一码至九十码，三面都有雄伟的皇宫包围着，最下层都开满了咖啡店和各种商店，东边巍然屹立着圣马可（San Marco）大教堂，内外只大理石的石柱就有五百余根之多，建于第九世纪。该广场上夜里电灯辉煌，胜于白昼，游客成群结队，热闹异常。在圣马可广场附近的有大侯宫（Palazzo Ducale）一座，亦建于第九世纪。宫前有大广场，宫的对面咖啡馆把藤制的椅桌数百只排在沿路，坐着观览的游客无数。圣马可大教堂的右边有圣马可钟楼（Campanile di San Marco），三百二十五尺高，建于第九世纪末年。里面设有电梯，登高一望，全城如在脚下。此外还到威尼司城的东南一小岛名利都的看了一番，该处有世界著名的游泳场，游泳场后面的花草布置得非常美丽，游泳而出，在街上走的男女很多，女子多穿着大裤管的裤子，上面穿着薄的衬衫，有的就只挂着一条这样的大裤子，上半身除挂裤的两条带子外，就老实赤膊，在街道上大摇大摆着，看上去好像她这条裤子都是很勉强挂着似的！

自然，这班男女并不是一般意大利人民，多是本国和欧美各国的少数特权阶级，只有他们才有享用这样生活的可能。该处既为有闲阶级而设，讲究的餐馆和旅馆的设备齐全，那是不消说的。

威尼司的景物美吗？美！记者在下篇所要记的佛罗伦司也有它的美，但这是意大利五六百年乃至千余年前遗下的古董，我们还不能由此看出该国有何新的建设成绩。我们在许多人赞美不置的威尼司，关于大多数穷人的区域，也看了一番，和在布林的西所见的也没有什么两样。记者于九日就离开威尼司而到佛罗伦司去。

廿二，八，十一，上午，在罗马记。

一七 佛罗伦司

记者于八月九日午时由威尼司上火车，下午五时三十七分才到充满了古香古色的佛罗伦司（Florence），为中部意大利最负盛名的一个城市。在中世纪罗马方盛的时代，佛罗伦司是它的主要的文化中心，意大利的语言，文学，以及艺术，都在此地发达起来的，所以现在该处所遗存的无数的艺术作品，和在在与历史发生联系的纪念建筑物，其丰富为世界所少见，于是佛罗伦司也成为吸引世界游客的一个最有趣味的名城。

佛罗伦司的雄伟的古建筑和艺术品太多了，记者又愧非艺术家，没有法子详尽地告诉诸友。对于艺术特有研究的朋友，最好自己能有机会到这种地方来看看。

记者在二十年前看到康有为著的《欧洲十一国游记》的《意大利》一书，就看到他尽量赞叹意国的全部用大理石建造的大教堂，此次到佛罗伦司才看到可以称个“大”字的教堂（La Cattedrale di Santa Maria del Fiore），建于十三世纪，有五百五十四尺深，三百四十一尺阔，三百五十一尺高，门用古铜制成，墙和门都有名人的绘样或雕刻。外面炎热异常，走进去立成秋凉气候。在那样高大阴暗的大堂里，人身顿觉小了许多，“大殿”上及许多“旁殿”上插着许多白色长蜡烛，燃着的却是几对灯光如豆的油灯。宗教往往利用伟大的建筑来使人感到自身的微小，由此引起他对于宗教发生崇高无上的观念，其实艺术自艺术，宗教自宗教，不能假借或混淆的。

在威尼司和佛罗伦司的较大的教堂前都悬有英德法意四国文字的通告，列举禁例，尤其有趣好笑的是关于妇女的，例如说凡是妇女所穿的衣服袖子在臂弯以上的不许进去，颈上露出两寸以上肉体的不许进去，裙和衣服下端不长过膝的不许进去，衣服穿得透明的不许进去，大概所谓摩登女子到此都多少要发生了困难问题，这也许只好怪上帝不赞成摩登女子了！男子的禁例就只是要脱帽，自由得多。

在各教堂里所见跪着祷告的不是老头子，就是老太婆，找不出一个男青年或女青年，我觉得这是可以注意的一点。

佛罗伦司的古气磅礴的雄伟建筑物，大概不是教堂，就是城堡。城堡都是用巨石筑成，高四五层六七层不等，上面都有像城墙上的雉堞似的东西。有许多这样的城堡都成了大商店，不过古气磅礴的石墙仍保存着。此外有最大的城堡（Palazzo Vecehio），里面藏着许多名油画，墙上和天花板上都是，城堡内部的曲折广深，尤令人想见最初建造时工程的浩大。这种封建时代的遗物，不知含着多少农奴的血汗！

十日午时离佛罗伦司，乘火车向罗马进发，直到夜里十一点半才到目的地，因车上人挤，大家立了数小时，我们在佛罗伦司参观时都是按照地图奔跑的，在火车上又立了数小时，都弄得筋疲力尽，同行的周君喃喃的说："如再这样接连跑，只有'翘辫子'了！""翘辫子"不是好玩的！所以我们到罗马后，决议第二天的上半天放假，俾得恢复元气后下半天再开始奔跑。关于到罗马后的记述也许可比这一篇较有意义些，当另文奉告，现在还有几个杂感附在这里。

（一）截至记者作此文时，游了意国的四个地方，即布林的西，威尼司，佛罗伦司和罗马，不知怎的他们对于黄种人就那样地感到奇异，走在街上，总是要对我们望几眼，有的还窃窃私议，说我们是日本人，同行中有的听了很生气，但既不能对每人声明，也只有听了就算了。他们何以只想到日本而不会想到中国？有人说他们觉得所谓中国人，就只是流落在国外的衣服褴褛的中国小贩，衣冠整洁的黄种人便都是日本人。这种老话，我在小学时代就听见由外国留学的人回来说起，不料过了许多年，这个观念仍然存在——倘若上面的揣测是不错的话。但是我想倘若仅以衣服整洁替中国人争气，这也未免太微末了。

（二）意大利的妇女职业已较我国发达——虽则听说比欧洲其他各国，还远不能及。在旅馆里，在饭馆里，在普通商店里，职务由妇女担任的很多。记者在威尼司邮局寄信时，见全部职员都是女子担任。她们大多数都是穿着黑色的外衣，领际用白色的镶边，都很整洁。旅馆的“茶房”几乎全是女子，有的是半老徐娘，有生得比较清秀的，看上去就好像女学生，每天客人出门后，她们就进房收拾，换置被单等物。

（三）记者所住过的几个旅馆，觉得和中国的旅馆有一大异点，就是很安静，没有喧哗叫嚣的情形，执事的人也很少，账房间一两个人，其余就不大看见人影，就是电梯也可以由客人自开，像按电灯机关似的，要到第几层就用手指按一按那个扑落，电梯就会自动地开到那一层。就是各商店里的伙计，人数也很少，不过一两人，不像我国的商店，有许多往往像菩萨或罗汉似的一排一排列在柜台后面，其实这种异点，在上海中西人的商店里已略可见到了。

廿二,八,十二，夜，记于罗马。

一八　表面和里面——罗马和那不勒斯

记者自八月十日到罗马以后，中间经过意大利的那不勒斯（Naples），比萨（Pisa），热那亚（Genoa），米兰（Milan）各城，八月十七日离开意大利而入瑞士，今天（八月十九日）已在瑞士的首都百伦（Berne）了，在此九日中未曾写成一篇通讯，这不是我偷懒，却是因为这次游意大利是临时加入一个小小的旅行团体同行的，这在上次通讯里曾经提过，白天偕同各人疲于奔命，夜里吃过晚饭洗个澡便到了十点钟以后，第二天又须起早再奔，简直没有容许提笔的时间和精神，团体行动不得不一致，这在有特殊的职责的人方面（例如我负有为本刊通讯的职责），却不无一些困难。自从今晨这小小旅行团的其他团员都在瑞士的沮利克（Zurich）动身往德国去，记者和他们分途后，便孤零零地一个人独向瑞士的首都进发了。提笔作此通讯时，是刚到的夜里，在百伦的一个旅馆的一间小房间里很静寂的灯下写的，但是通讯的内容却不得不从罗马补叙起来，请先谈谈表面辉煌的罗马和穷相毕露的那不勒斯——所谓表面和里面。

我们八月十日夜由佛罗伦司到罗马已十一点半了，大家匆匆睡觉，第二天早晨，我们正要走入餐室早餐时，有一位妙龄女郎迎上来用英语向我们道早安，并请我们告诉她应在特备的表格上填注的事项，这在国外各处旅馆原是常事，但此处令我注意的有几件事：（一）这个女子英文说得很流利，后来听我说同行的朋友会德语，她又用很流利的德语询问他们，我和她略谈之后，才知道她是瑞士籍，能英，德，法，意四国语言，她办事精明干练，待人温和诚恳，后来知道旅馆的一切都由她主持，大概是女经理，我问她意大利妇女职业的情形，据说在欧洲各国还算落后；（二）表格上所填注的事项，除寻常所有的如姓名，国籍，职业及从何处来，到何处去等等之外，颇奇异的是还要问各人父亲的名字和母亲的姓名，我就只知道我的母亲是浙江海宁查氏，她有什么名字，我始终不知道，只得临时替已去世了二十几年的母亲取个新名字，再把它译成洋文了；（三）据这个女经理说，这种表格，警察厅里每隔三小时就派人来查，尤其查得苛细的是俄国人，他们的防范情形，可以概见。

罗马曾做过煊赫一时的罗马帝国的都城，后来又做过教皇的“精神帝国”（Spiritual Empire）的都城，自一八七一年来一直是意大利国的首都，它在路政上，建筑上，古迹上的雄伟，那是不消说的。但我们到了现在意大利的首都，总连想到所谓“法西斯”，这时意大利法西斯十周纪念展览会还未闭幕（连开三个月），而且因为受了一部分火车费三折的“优待”，依他们的规定，须将火车票拿到展览会打个戳子，表示确已到了罗马，并且看了展览会。到罗马如不将火车票盖印，原有“优待”尚须取消。（买来回票固受此拘束，我们买通票的也一样。）经他们这样殷勤劝导，所以我们第二天就费了半天的工夫去“览”它一下。到了之后，拿出火车票打戳子，才知道还须付二十五个列拉（Lira），等于华币十块大洋了[1]。三折“优待”的名词多好听，却临时加上这样一个竹杠，记者原想来看看的不打紧，同行中有因贪这“优待”而移尊就教的，都大呼其触霉头！

“竹杠”不在乎，尤感到惘然的是“览”了以后的一无所得。我所特别注意的是他们究竟替意大利人民干出了什么成绩，要这样大张旗鼓地希望人去“览”，但却一些“览”

不出，原来他们只不过按年把该国法西斯一党发展中的杀人照片，“烈士”照片，所用的刺刀旗帜等等，陈列出来，尤多的当然是他们的老祖宗墨索利尼的大大小小各种各式的照片。墨索利尼曾在米兰做过《意大利人民报》（*The People of Italy*）的主笔，在这展览会里，特把他当时主笔办公室的椅桌器具照样排列成一室，并把当时的这个报纸一张放大到好像一面墙壁似的陈列着。据墙上所贴的说明，在一九二〇，一九二一，一九二二的三年间，墨索利尼就在这小小的一间主笔办公室里对党员发号施令。

意大利的法西斯所欲维持的是什么，所拥护的是什么，这是我们所知道的，但记者在国内时承友人介绍一位据说在意大利多年而对于法西主义富有研究的某君，姑往访问，两次才见到，他满口赞美墨索利尼，尤其赞美意大利没有工潮（？），为欧洲各国所不及。他并说墨索利尼曾说厂主靠工人（他不承认有资本家这个名词），工人也靠厂主，没有厂主靠谁养他们！记者花了八个列拉（两块中国大洋）[2]坐了一辆汽车去看他，回来时不愿再花冤枉钱，只得难为了这两条不幸的腿了！

意大利的舆论界当然是无可说，这就是那位对墨索利尼五体投地的法西主义专家也承认的。

罗马的胜迹不少，费十几天也许才看得完，我们只能择其尤要的几处看看。斗兽场颇近，是走去看的，这残垣破壁的罗马斗兽场，我们在相片上，乃至在小学教科书上的插画里，早已领教过，所以见面时如老相识，的确古色绚烂，不过想到从前把俘虏放入，一任狮子乱咬，坐而围观者相顾而乐，残忍之至！此外最雄伟的是圣彼得教堂，近三百尺高，里面全用大理石造成，雕刻极美。最有趣的是在城外看了一个教堂下面的二千年前用石造成的长达半英里的地窖，由一个天主教的和尚燃着油把领导我们下去看，我们各人付了三个列拉，各燃一根小烛拿在手里，跟他下去，里面曲折黑暗，如入山洞，左右还有不少黑暗的小洞和大窟窿，据说是当时异教来残杀天主教徒，特在教堂的下面造好这种大地窖，以备各教徒遇难时藏身之用，但仍时被发现，横被追入残杀，现在还得见不少遗下的头骨和骷髅。窖内冷气袭人，满目惨象，烛光晃晃欲灭，同行的周君说还看见“鬼火”（磷火），他急避而不看，我的后面先前还有人，后来回顾就只阴森森的一团漆黑，大家踉踉跄跄地好像游了一次“地狱”！罗马城内看不见乞丐，但我们到城外便遇着，有一个男乞丐穿着破烂不堪的衣服，对我们哀诉家有子女六人，作手势表示由小而大，嗷嗷待哺，这也好像堂皇的教堂下面有着黑暗的地窖。

我们八月十三日晨八点钟由罗马乘火车往意大利南方的名城那不勒斯，直坐到下午三点钟才到，大家被火车震荡得头昏脑胀，到了之后，就瞥见街道的龌龊，瘪三的众多。尤妙的是我们原选定了一个旅馆，忽被一个瘪三式的旅馆接客把我们引到那个旅馆门口，用意大利语和该旅馆中人鬼头鬼脑的掉我们的枪花，该旅馆中人便借口房间已满，不肯容纳，于是由这位瘪三接客引导我们这一群疲顿不堪的孩子穿过了许多贫民窟。街道的龌龊不用说，房屋的破烂肮脏也不亚于在印度孟买所见的贫民窟，尤其令人注目的是街头巷尾拥满了蓬头垢面，形容枯槁，衣鞋破烂肮脏的大大小小的男女孩童，跑来跑去闲荡着，有的就向我们求乞。最后那位瘪三接客把我们引进一个走了不少曲折黑暗的弄子而达到一个小旅馆，房间全数不过两三间，有的房间里妇女伸出头来向我们望，一看就知道不是“好路道”，我们都怕进了盗窟，赶紧提着衣箱向外跑，另寻一个旅馆住下。大家都喊倒霉，但我却获得机会看看“里面”的那不勒斯。第二天我们里面有两位在街上散步，到一处就有人来“拉皮条”，说附近就有美丽的女子，要不要，只须两个列拉（等于华币半圆）[3]就可以……他们两位究竟不敢领教！

那不勒斯城的本身不过尔尔，它的著名是附近该城的古迹名胜，尤著的是由地下挖出的二千年前被火山湮没的磅贝意古城（Pompeii）和湮没这个古城的有名火山佛苏维哀斯（Mount Vesuvius）。我们因时间及经济关系，火山仅在远处望望（近四千尺高）。磅贝意古城，我们却费了差不多一个整天的工夫，乘了火车到该处地去看了一番，该城在二千年前是个很繁盛的城市，居民有二万人，纪元前七十九年的时候，久已静默的火山忽而大爆发，将全城湮没至十五尺之深，后来又加深至二十尺，直至一千八百余年后（一八六〇年）才被发现掘出一半，我们才有机会在这二千年前的古城里东奔西窜着参观凭吊。全城的屋盖都没有了，剩下的只是石铺的街道和砖石造成的大小房屋的围墙，还有几个遗下的全身尸骨，纵横卧着，现在有屋盖和玻璃大窗，把他们的遗骸保存在里面。

我们游完古城后，饿得慌了，就在附近的一个餐馆里补吃午饭，被大敲竹杠，每人被敲了二十个列拉（华币五圆）[4]。各游客吃的时候，还有两个意大利人毫不征求同意的向各桌客人大弹其不入耳的“孟德林”，而且大唱其不入耳的怪腔调；他们猜你是何国人，便向你唱何国的国歌。后来我们发现他们向着我们唱的是日本国歌，他们来讨钱时，有人主张不给，后来申斥了他们几句，说我们是中国人，不要瞎唱日本歌，他们为着几个钱的缘故，堆着笑脸答称“是！是！”，仍给了他们几个列拉。

我们在八月十五日又离开了那不勒斯，到意大利西部的比萨。

廿二，八，二十，脱稿于百伦。

[1][2][3][4] 本篇几处涉及意大利里拉（列拉）折算华币银元（大洋），比例不一，原文如此。——编者注

一九　离意大利后的杂感

记者上次通讯谈到离开那不勒斯时为止，我们于八月十五日晨离开那不勒斯，当晚九点左右到意大利西部的比萨，该处最令人留恋的是科学家加列利奥（Galileo）研究“吸力定律”（Laws of Gravitation）所在的斜塔（Leaning Tower），该塔为十二世纪遗物，高一百七十九尺，斜出十四尺，全部用石造成，中心是空的，最外的墙和中心周围的墙的中间，有螺旋式的石级可以上去，有二百九十六级，我们都跑上最高的一层，可望见全城，在中学时代读物理学就耳闻这个斜塔，不料现在得亲历其地。此外还看了许多排列着的十三世纪遗下的石造的古棺和棺外的许多古雕刻。

我们十六日下午离开比萨到发现新大陆的哥伦布产生所在的热那亚，仅略作游览，并瞻仰哥伦布的石像，即赴在意大利人口最多（八十六万余人）的米兰（Milan），也是在意大利最繁盛的一个商埠，丝业市场，占欧洲第一位，且为意大利法西斯的老祖宗墨索利尼的发祥地，一九二二年他率领十万“黑衫党”向罗马出发（March to Rome！），就从此地作出发点。该地的新造的大火车站，就是为着纪念他的，全部用钢铁镶着厚玻璃造成，高有二三百尺，上面也用钢铁及镶以厚玻璃作大半圆形的盖，里面容下了十几个月台及轨道，出口处的大柱及石级都是用大理石制成，堂皇得很，据说可算是欧洲最大的火车站。该城的街道很像上海的南京路和静安寺路。

我们于八月十七日下午十二点十八分离开米兰，两点钟火车开进了瑞士国境的齐亚索（Chiasso），便和意大利告别了。记者草此文时（八月廿二日）已身在日内瓦的一个旅馆的房间里，但关于瑞士的印象，当另文记之，此时请先述我离意大利后的杂感。

关于意大利的政治和民生方面的观察，上次通讯里已略有提及。关于一般人民的习性方面，印象也不见佳。记者所有机会接触的大概偏于城市的人民，乡村方面怎样，未敢妄断，且无论何国，均属良莠不齐，其间不过程度问题，故亦未能一概而论，但就所觉察者而论，意大利人的做事马虎，实随处可以看出。在意船上剪发，即已觉得，很卤莽地几下一剪，就算完事，同船的旅客戏呼为“杀头”，记者也这样地被杀过一次头，破费四个先令六辨士，合华币三块半大洋！有某君“杀头”之后，发现两边太阳穴的发脚修得一高一低，大家看见了，戏称为一九三四年的新式！后来我在那不勒斯的旅馆里又“杀头”一次，也是受着同样的待遇，甚至没有把布围着胸部和背后，他就要“开刀”，幸而我自己留神，赶紧把房间里的白色洗面巾拿来围上。这样在几分钟里开了几刀之后，索取列拉四个，等于中国大洋一块，但比船上已客气得多了，而马虎的程度却先后辉映，或有过之无不及。试再举一事。我们在威尼司的某旅行社买火车票，把所经过的地名开得清清楚楚，把这张单子交给该社的一个职员。说明在某处因欲游湖，所以那一段路乘小轮船而不乘火车（该处联票可有这样办法），他弄错了，在票上写明全乘火车，我们当然和他大办交涉，他说火车轮船不是一样吗，硬要我们马虎，我们坚执不肯，闹了好半天，后来他终于很不高兴地换过一张。在瑞士的火车上贴明不许吸烟，即不得任意吸烟，在意大利便马马虎虎，火车的壁上尽管贴着不许吸烟的通告，大家仍可马马虎虎地吸着。意大利除极少数的城市外，是大概都随处是肮脏的，无他，也是马虎而已。

我在未出国前，到过欧洲的朋友都说游历意大利最不易，因为往往要上当或受欺骗。此次同行中有一位因有事要赶到火车站去一趟，求迅速起见，就叫一辆零租汽车（Taxi）乘去。这种零租汽车上面原有行程表，走了多少路，应付多少钱，这行程表的机械都能自动地载明，照理没有欺骗的余地了，但是那个汽车夫却把这位朋友开到别的地方去，半途停下，假说刚才听不清楚，一看表上已须两个半列拉（一个列拉合华币两角半），这位朋友气极了，打算就付给两个半列拉了事，不再乘了，刚下去兑换零钱后，回头一看，车上的表已被车夫用手法改为三个列拉，这位朋友却也强硬，无论如何，只肯付两个半列拉，车夫无可奈何，拿了钱大骂其日本人！（因为他把这位朋友当作日本人。）这位朋友当然还是吃亏，因为他仍是白付了车费。

不过平心而论，意大利却有胜过中国的地方，最显明的是他们的交通比中国便利得多。记者此次游意，由该国东南而东北，折往中部，直趋南部，又由南部而西南，而向北，经重要城市八处，差不多在该国东南西北兜了一个圈儿，而实际在火车上所费去的时间不过四十小时左右，两天还不到，比之在中国有的省分要走三个月才能到，而且还要由外国兜个圈子进去（例如云南），那当然好得多了。虽然中国区域比意大利的大，但他们的铁路网连络全国各城市，路路通，我们却老是这几条老铁路，好像就此终古似的，确是无可为讳的事实，其实我们除开口五千年亘古文明外，现在有什么胜过人家！意大利不过是欧洲各国中的一个“瘪三”，但却仍比我们胜一筹，说来惭愧！

最后还有一件小事，虽非尽关意大利，但也可以附此说一说，那就是游历欧洲，只有英国用得着英文，其余各处，英文随处“碰壁”，法文最便，几于可通行全欧各国，其次要算德文。我只有英文能运用自如，法文虽在学校里读过两年，久已归还给先生了。自从独自一人旅行后，不得不温习几句法语来勉强应付（幸而带了一本法语会话），但临时抱佛脚，如何够用？故已决意到法国后要把法文弄得像样些，至少要能很顺利的看书报和谈话，否则不但游历各国时处处不便，而且失去不少谈话的机会。例如从佛罗伦司到罗马的火车中，同车厢里有个意大利女子说懂法文，想和我谈话；从沮利克到百伦的火车中，有个瑞士工程师想用德语或法语和我谈话；从百伦到日内瓦的火车中，又有两个瑞士老者想用法语和我谈话：这类平民的谈话，就他们各人的地位，可探出不少有价值的材料，但我都交臂失之，真是憾事。(由罗马到那不勒斯火车上曾和一位能英语的奥国大学生详谈，今晨在日内瓦曾和一个斯各得兰的大学生详谈，他们都是乘暑期到国外游历的，但这种谈话机会究不及多和本地人谈。)倘正在大学里的朋友有第二外国语的功课，奉劝用功些，不要效法意大利人的马虎主义，就是不一定到欧洲去考察，多一求知的工具，也是便宜的事情。

廿二，八，廿二，记于日内瓦。

二〇　世界公园的瑞士

记者此次到欧洲去，原是抱着学习或观察的态度，并不含有娱乐的雅兴，所以号称世界公园的瑞士，本不是我所注意的国家，但为路途经过之便，也到过该国的五个地方，在青山碧湖的环境中，惊叹“世界公园”之名不虚传。因为全瑞士都是在翠绿中，除了房屋和石地外，全瑞士没有一亩地不是绿草如茵的，平常的城市是一个或几个公园，瑞士全国便是一个公园，就是树荫和花草所陪衬烘托着的房屋，他们也喜欢在墙角和窗上栽着或排着艳花绿草，房屋都是巧小玲珑，雅洁簇新的（因为人民自己时常油漆粉刷的，农村中的房屋也都如此）。墙色有绿的，有黄的，有青的，有紫的，隐约显露于树草花丛间，真是一幅美妙绝伦的图画！

记者于八月十七日下午十二点离开意大利的米兰，两点钟到了瑞士的齐亚索，便算进了“世界公园”的境地，由此处起，便全是用着电气的火车（瑞士全国都用电气火车，非常洁净），在火车上遇着的乘客也和在意大利境内所看见的“马虎”的朋友们不同，衣服都特别的整洁，精神也特别的抖擞，就是火车上的售卖员的衣冠态度也和“马虎”派的迥异，这种划若鸿沟的现象，很令冷眼旁观的人感到惊讶。由此乘火车经过阿尔卑斯山（Alps）下的世界有名的第二山洞（此为火车经过的山洞，工程艰难和山洞之长，列世界第二），气候便好像由燥热的夏季立刻变为阴凉的秋天。在意大利火车中所见的东一块荒地西一块荒地的景况，至此则两旁都密布着修得异常整齐的绿坡，赏心悦目，突入另一种境界了。所经各处，常在海平线三四千尺以上，空气的清新，固无足怪，远观积雪绕云的阿尔卑斯山的山峰矗立，俯瞰平滑如镜的湖面映着青翠欲滴的山景，无论何人看了，都要感觉到心醉的。我们到了绿泽冷湖（Lake of Lucerne）的开头处的小埠佛露哀伦（Fluelen），已在下午五点多钟，因打算第二天早晨弃火车而乘该处特借的小轮渡湖（须三小时才渡到绿泽冷城，即该湖的一尽头），所以特在湖滨的一个旅馆里歇息了一夜。这个旅馆开窗见湖面山，设备得雅洁极了，但旅客却寥若晨星，大概也受了世界经济恐慌的波及。

……

这段路本来可乘火车，但要游湖的，也可以用所买的火车连票，乘船渡湖，不过买火车票时须声明罢了。我们于十八日上午九时左右依计划离佛露哀伦，乘船渡湖。这轮船颇大，是专备湖里用的，设备很整洁，船面上一列一列的排了许多椅子备旅客坐。我们在船上遇着二三十个男女青年，自十二三岁至十七八岁，由一个教师领导，大家背后都背着黄色帆布制的行囊，用皮带缚到胸前，手上都拿着一根“斯狄克”，这一班健美快乐的孩子，真令人爱慕不置！他们乘一小段的水路后，便又在一个码头上岸去，大概又去爬山了。最可笑的是那位领导的教员谈话的声音姿态，完全像在课堂上教书的神气，又有些像演说的口气和态度，大概是他在课堂上养成的习惯。在沿途各站（在湖旁岸上沿途设有船站，也可说是码头），设备也很讲究，上船的游客渐多，大都是成双或带有幼年子女而来的，有三个五十来岁发已斑白的老妇人，也结队而来，背上也负着行囊，手上也拿着“斯狄克”，有两个眼上架着老花眼镜，有一个还拿着地图口讲指划，兴致不浅。这也可看出西人个人主义的极致，这类老太婆也许有她们的子女。但年纪大了各走各的路，和中国的家族主义迥异，所以老太婆和老太婆便结了伴。这种现象，我后来越看越多了。

船上有一老者又把我们当作日本人，他大概是有搜集各种邮票的嗜好，问我们有没有日本的邮票，结果他当然大失所望！

我们当天十二点三刻就乘船到了绿泽冷城，这是瑞士绿泽冷邦（瑞士系联邦制，有二十二邦）的最为游客所常到的一个城市，在以美丽著名的绿泽冷湖的末端。我们上岸略事游览，即于下午四点钟乘火车往瑞士沮利克邦的最大的一个城市（也名沮利克，人口二十万余人），一小时左右即到，该城市的出产仅次于法国的里昂，布匹和机械的生产很盛，是瑞士的主要的经济中心地点，同时也是由法国到东欧及由德国和北欧往意大利的交通要道。该处有沮利克湖，我们到后仅能于晚间在湖滨略为赏鉴，于第二日早晨，我们这五个人的小小旅行团便分散，除记者外，他们都到德国去。记者便独自一人，于上午十点零四分，提着一个衣箱和一个小皮包，乘火车向瑞士的首都百伦进发，下午一点三十五分才到，在车站时，因向站上职员询问赴百伦的月台（国外车站上的月台颇多，以号码为志），他劝我再等一小时有快车可乘，我正欲在沿途看看村庄情形，故仍乘着慢车走。离了团体，一个人独行之后，前后左右都是黄发碧眼儿了。

团体旅行和个人旅行，各有利弊，其实在欧洲旅行，有关于各国的西文指南可作游历的根据，只须言语可通，经济不发生问题（团体旅行，有许多可省处），个人旅行所得的经验只有比团体旅行来得多。记者此次脱离团体后，即靠着一本英文的《瑞士指南》，并温习了几句问路及临时应付的法语，便独自一人带着《指南》，按着其中的说明和地图，东奔西窜着，倒也未曾做过怎样的“阿木林”。

记者到瑞士的首都百伦后，已在八月十九日的下午，租定了一个旅馆后，决意在离开瑞士之前，要把关于游历意大利所得的印象和感想的通讯写完，免得文债积得太多，但因精神疲顿已极，想略打瞌睡，不料步武猪八戒，一躺下去，竟不自觉地睡去了半天，夜里才用全部时间来写通讯，二十日上午七点钟起身后继续写，才把《表面和里面——罗马和那不勒斯》一文写完付寄。关于瑞士，我已看了好几个地方，很想找一个在当地久居的朋友谈谈，俾得和我所观察的参证参证，于是在九点后姑照所问得的中国公使馆地址，去找找看有什么人可以谈谈，同时看看沿途的胜景。一跑跑了三小时，走了不少的山径，才找到挂着公使馆招牌的屋子，规模很小，尤妙的是公使一人之外（胡世泽氏，现在日内瓦），就只有秘书一人，阍人是他，书记是他，打字员也是他，号称一个公使馆，就只有这无独有偶的两个人！（不过还有一个老妈子烧饭。）问原因说是经费窘迫。（日本驻瑞的公使馆除公使外，有秘书及随员三人，打字两人，顾问［瑞士人］一人，及仆役等。）记者揿电铃后，出来开门的当然就是这位兼任阍人等等的秘书先生，他是一位在瑞士已有十三四年的苏州人，满口苏白，叫苦连天，我们一谈却谈了两小时之久，所得材料颇足供参考，当采入下篇通讯里。可是我却因此饿了一顿中餐。

八月二十一日下午乘两点二十分火车赴日内瓦，四点五十分到，在该处除又写了《离意大利后的杂感》一文外，所游的胜景以日内瓦湖为最美。但是这样美的瑞士，却也受到世界经济恐慌的影响。其详当于下篇里再谈。

廿二，八，廿五，记于巴黎。

二一　出了世界公园

瑞士全国不过一万五千余英方里，人口约四百万，这个小国的风景秀美绝伦，人民都衣冠整洁，似乎都能安居乐业，处处令人歆羡，但近数年来也不能不受到世界经济恐慌的影响，失业问题虽不及他国的严重，但也很足以使当道者苦于处置了。瑞士的工业出产品，以表为大宗，但自世界不景气以来，瑞士法郎价值又高，国外贸易不免大受打击，因此表厂有不得不停办的，就是规模较大，维持能力较厚的大厂，也不得不减少工人，有的竟减少一半，所以失业工人尤以表业为多。各邦（瑞士的每一联邦，他们称为“canton”）对于失业工人的救济办法虽非完全一致，大概每人每月可领失业救济费一百法郎左右。（瑞士法郎约合华币八角，等于华币八十圆了。）领失业救济费的不许娱乐，例如在戏院中查出，即须受罚。这种消极的支持办法，数量一天一天地加多，便是一个难题了。此外瑞士既是“世界公园”，公园是要靠有人来游的，然后才有相当的收入。瑞士因是各国人士喜游的胜地，所以旅馆业特别发达。我们游意大利，觉得有三多：教堂多，喷水池多，叫化子多。瑞士至少也有四多：湖多，山多，旅馆多，菜馆多。无论穷乡僻壤，Hotel（旅馆）和Restaurant（菜馆）两个字的招牌随处可以见到，所以瑞士其实也可以称为“旅馆国”，他们有旅馆专门学校，听说别国要开讲究的旅馆的，往往从瑞士特聘“旅馆专家”去设计或主持，其声价可以想见。但自世界经济恐慌以来，各国到瑞士的游客因而大大地减少，虽有“专家”，无可奈何，关门大吉的旅馆也不在少数。

瑞士人对中国人的态度，在表面上，比起别国来还算好，但在心里如何，有一件事实可以表示大概：有位朋友自德国到意大利，经过瑞士，在火车上遇着一位瑞士商人，和他谈起天来。他问中国和日本的问题现在怎样了？还在打吗？某君说在表面上是不打了。他说**日本既已得到了满洲，当然用不着再打了**。某君说中国并未答应日本。他笑着说日本在实际上既得到，**中国不抵抗**，**何必得到中国口头上的答应**？他又接着说：日本人口繁盛，势不得不如此。某君说中国人也不少，如以此为理由而掠夺他国土地，于理讲得去吗？他回答说：像日本那样的民族应该让他们繁盛扩充起来，像中国这样的民族，越少越好，至于理由恕我不便奉告了。他的意思显然是说中国是劣等民族，还是减少或甚至消灭了爽快！某君听了大气，和他大辩了一番，结果不欢而散。

这个瑞士人的心理至少有两个要素：一是崇拜强权；二是老实把中国看作劣等民族，活该受人侮辱蹂躏！其实这不仅是这个瑞士人的心理，据记者出国后所听到国外侨胞的诉说，尽可说是欧洲一般人的普通心理，不过不便在嘴上明说罢了。我常于深夜独自静默着哀痛，聪明才智并不逊于他国人的中国人，何以就独忍受这样的侮辱和蹂躏！

在瑞士的中国留学生从前有六十几人，现在只有二十几人，此外便是来来往往的中国青田籍的小贩约百余人，替中国人留下了很不好的印象。瑞士对于外来的小贩原发两种执照。一种是货样执照，每年只须纳费二百法郎，但不能直接售货，只能示买户以货样，有要买的，再回去将货物由邮局寄出，价值由邮局代收。还有一种是直接售货的执照，那就可以直接售卖货物，可是每月就须纳费数百法郎。因此青田小贩只领货样执照，却私下偷售货物。被警察查出后，第一次罚款，第二次驱逐出境，将护照没收，但青田小贩往往能改名换姓，假造新护照卷土重来，又被查出，尝了铁窗风味若干时后再被驱逐，唯瑞士警察当局觉得防不胜防，特定新例，须盖手印。外人对盖手印看得很重，只施于强盗一类的重犯，视为很大的耻辱，但做了中国人有什么话说，要盖便盖就是了！

关于海外青田人的可怜，还有一件事可附记在这里。据一位在德国海得堡城（Heidelberg）留学的朋友谈起，说去年耶稣圣诞节时候，该城有个中国青田小贩演了一幕悲喜剧。他在电车上放着一只箱子在进口处有碍交通，售票人叫他拿开——他不懂德语，置之不理，售票人强他下车，他虽不懂德语，但骂人的德语却学会了几句，下车时便对售票人骂了一句："你是德国的猪猡！"售票人听了不答应，下来和他办交涉，德人围着看的越来越多，其中有一个很气愤地质问这小贩，说骂人就骂人，何以要加上"德国"一字？他仍听不懂，只看见许多德国人围着，便索性破口大骂一句："德国人都是猪猡！"结果大家不答应他，把他捉将官里去，坐了六个月的监牢，但他始终莫名其妙！

廿二，八，廿八，下午，记于巴黎。

二二　巴黎的特征

记者于八月二十三日夜里由日内瓦到巴黎，提笔作此通讯时已是九月六日，整整过了两个星期，在这时期内，一面自己补习法文（昨据新自苏联回巴黎的汪梧封君谈，在苏联欲接近一般民众，和他们谈话，外国语以德语最便，其次法语，英语最难通行），一面冷静观察，并辗转设法多和久住法国的朋友详谈，所得的印象和感想颇多，容当陆续整理报告，现在先谈谈巴黎的特征。

讲到巴黎的特征，诸君也许就要很容易地连想到久闻大名的遍地的咖啡馆，和“现代刘姥姥”所宣传的什么“玻璃房子”。遍地的咖啡馆，确是巴黎社会的一个特征，巴黎街上的人行道原来很阔，简直和马路一样阔，咖啡馆的椅桌就几百只排在门口的人行道旁，占去人行道的一半，有的两三张椅子围着一只小桌子，有的三四张椅子围着一只小桌子，一堆一堆的摆满了街上，一到了华灯初上的时候，便男男女女的坐满了人，同时人行道上也男男女女的熙来攘往，热闹异常，在表面上显出一个繁华作乐的世界。在这里可以看到形形式式的“曲线美”，可以看到男女旁若无人似的依偎密吻，可以看到男女旁若无人似的公开“吊膀子”。这种种行为，在我们初来的东方人看来，多少存着好奇心和注意的态度，但在他们，已司空见惯，不但在咖啡馆前，就在很热闹的街上，揽腰倚肩的男女便走便吻，旁人也都像没有看见，就是看见了也熟视无睹。但我们在“繁华作乐世界”的咖啡馆前，也可以看见很凄惨的现象！例如衣服褴褛蓬发垢面的老年瞎子，手上挥着破帽，破喉咙里放出凄痛的嗄噪的歌声，希望过路人给他几个“生丁”（一个法郎等于一百生丁）；还有一面叫卖一面叹气的卖报老太婆，白发瘪嘴，老态龙钟；还有无数花枝招展挤眉弄眼向人勾搭的“野鸡”。有一次记者和两位朋友同在一个咖啡馆前坐谈，有一个“野鸡”不知看中了我们里面的那一个，特在我们隔壁座位上（另一桌旁）花了一个半法郎买了一杯饮料坐了好些时候，很对我们注视，后来看见我们没有人睬她，她最后一着是故意走过我们桌旁，掉下了手巾，俯拾之际，回眸对我们嫣然一笑，并作媚态道晚安，我们仍是无意上钩，她才嗒然若丧的走了。她这“嫣然一笑”中含着多少的凄楚苦泪啊！（不过法国的“野鸡”却是“自由”身体，没有什么“老鸨”跟随着，可是在经济压迫下的所谓“自由”，其实质如何，也就不言而喻了！听说失业无以为生的女工，也往往陷入这一途。）

至于“现代刘姥姥”所宣传的“玻璃房子”，并不是有什么用玻璃造成的房子，不过在有的公娼馆里，墙上多设备着镜子，使几十个赤裸裸的公娼混在里面更热闹些罢了（因为在镜子里可显出更多的人体）。据“老巴黎”的朋友所谈的这班公娼的情形，也足以表现资本主义化的社会里面的“事事商品化”的极致。这种公娼当然绝对没有感情的可言，她就是一种“商品”，所看见的就只是“商品”的代价——金钱。有的论时间而计价钱，如半小时一小时之类，到了时间，你如果“不识相”，执事人竟可不客气地来打你的门！不过有一点和“野鸡”一样，就是她们也是有着所谓“自由”身体，并没有卖身或押身给“老鸨”的事情，可是也和“野鸡”一样，在经济压迫下的“自由”，其真义如何也可想见，在表面上虽似乎没有什么人迫她们卖淫，尽可以强说是她们“自由”卖淫，实际还不是受着压迫——经济压迫——才干的？这也便是伪民主政治下的借来作欺骗幌子的一种实例！世间变相的“公娼”和“野鸡”正多着哩！

据在这里曾经到过法国各处的朋友说，咖啡馆和公娼馆，各处都有，不过不及巴黎之为尤盛罢了。

记者因欲探悉法国的下层生活，曾和朋友于深夜里在街道上做过几次“巡阅使”，屡见有瘪三式的人物，臂膊下面夹着一个庞大的枕头，静悄悄地东张西望着跑来跑去，原来这些都是失业的工人，无家可归，往往就在路旁高枕而卧，遇着警察，还要受干涉，所以那样慌慌张张似的。法国在各帝国主义的国家中，受世界经济恐慌的影响，比较的还小，据我们所知道的，法国失业工人已达一百五十万人，但法当局讳莫如深，却说只有二十四万人（劳工部最近公开发表注册领救济费者），最近颇从事于修理各处有关名胜的建筑和机关的房屋，以及修理不必修的马路等等，以期稍稍容纳失业工人，希冀减少失业人数装装门面，但这种枝节办法能收多大的效用，当然还是个问题。向政府注册的失业工人每月原可得津贴三百法郎，合华币六十圆左右，在我们中国度着极度穷苦生活的民众看来，已觉不错，但在生活程度比我们高的法国，这班工人又喜欢以大部分的收入用于喝酒，所以还是苦得很，而且领了若干时，当局认为时期颇久了，不管仍是失业，突然来一个通知，把津贴停止，那就更尴尬了。这失业问题，实是给帝国主义的国家“走头无路”的一件最麻烦的事情。

但是在法国却也有它的优点，为产业和组织落后的殖民地化的国家所远不及的，记者当另文叙述奉告。

关于巴黎的特征，还有一点可谈的，便是关于性的解放的情形，这和两性关系，婚姻制度，妇女地位等等，都有相当的关系，说来话长，下次再谈吧。

廿二，八，六，晚，记于巴黎。

二三　性的关系的解放

记者在上次通讯里曾经谈起巴黎的特征，关于这方面，还有一些可以补充的，那便是性的关系的解放。

他们把两性间的关系，看得很平常，男女揽腰或夹臂并肩而行，旁人没有注意的。记者常在公园里看见一对一对的男女，有的拥坐着接吻，有的并行着接吻，有一次我坐在角落的树荫里静观，看见前面一对男女拥坐着于半小时内总吻了二十多次，简直拼命的干，但我同时注意那陆陆续续走过他们身旁的人，连看都不看，无论走过的是青年人或老头儿，都觉得没有这么一回事；就是那些公园里玩耍的孩子，玩得那样顽皮，但是对于这类的事情，即是望见了，也都像熟视无睹地走开，仍去玩他们的。那些拥着接吻的男女也毫不提防有人看见，尽管在青天白日之下，众目昭彰的前面，旁若无人似的干他们的好事。

这当然不是说他们白天不做事，专以接吻当事做，大抵都是在彼此工作之后的时候。

在中国说起“轧姘头”，大家都认为不名誉的事情，本人觉得难为情，和他或她有关系的亲戚朋友也都觉得不是一件体面的玩意儿。在这里，社会上却把它看得很平常。有好些女工，经济完全可以自立，不愿受婚姻制度的束缚，工余高兴的时候，就和男友聚个一夜，第二天仍很自由地去干她的工作，也有进一步实行同居之爱的，彼此不愿继续时便各自东西，毫无麻烦。据久住巴黎的朋友说，这类同居的事实，至少占男女关系的百分之五十以上，婚姻制度在大都市里的日趋崩溃——至少是变换方式——于此可见一斑。他们社会上并不把这类事视为个人的失德，而在经济可以自立，不必倚赖男子以求生存的女子，胆量也同时比较的大些。诚然，在结了婚的男女，所受社会的制裁也要严些，不过他们的社会并不把离婚看作羞耻，离婚既容易，不合则离，也用不着在结婚后偷偷摸摸。

记者最近在此地认识一位中国朋友，他在这里经商，和两位同事租了公寓（Apartment）里一所屋子，雇用一个法国青年女子烧饭做菜，最初讲定工资时，这位朋友只肯每月出四百法郎，她一定要四百五十法郎，她所说明的理由是她要出三百法郎津贴一个孩子的生活费，自己只能用到一百五十法郎了。这位朋友便问道：“你已嫁了吗？”她很不踌躇而很坦然地回答说：“没有，不过有个情人罢了。”从这里很可以看出法国女子——至少是一部分——对于所谓婚姻或贞操问题的态度。

可是话又要说回来了。在他们这个资本主义制度的社会里，女子经济自立的机会虽比产业落后的殖民地化的国家多些，而受着经济压迫的女子究也不在少数。这类女子也有注意于正式结婚嫁给一个男子，俾得终身之靠的。还有像商店的女雇员，有的每月薪水不过二三百法郎，女子大都好装束，当然不够用，于是不得不在夜里装得花枝招展模样的在外面兜揽男子，这样一来，娱乐费便可由男子担任，或更可进而多敲几个钱，这样的女子，在他们社会里，也没有什么人存着“礼教”观念来轻视她，不过她不免受着经济的支配，却是很显然的事实。讲得不好听些，这就近乎“野鸡”式的行径了。

在这样的旧社会制度里，社会对于养老的这件事，当然没有健全的设备，养老这件事便成了一个问题。这个问题固不限于女子，但以年华有限的女子，所受的影响更大。她们年青的时候，大概不难过日子，到了年老了，工作不易得，情人更不易得（指不出嫁的），或简直不能得，她们的晚年暮景，也许要不免凄寂的。记者在这里所住屋子的房东（二房东）是两个姊妹，姊姊九十三岁，妹妹八十六岁了。这位八十六岁的“妹妹”能说英德法三国语言，听说从前也在什么机关里做过职员，都算是未出嫁过的老小姐——但是谁又知道当她们年华正盛时没有过多少风流韵事？那位九十三岁的“姊姊”背已弯曲，一天到晚坐在厅上发呆，一见“妹妹”不在身旁，便要摸来摸去来找她。这位“妹妹”也已头发尽白，每天还要替三个客人的三个房间收拾打扫。（我看不过，每晨还帮她倒一次放在房间里盥洗后倒水用的污水桶。）听说她们有个侄子在乡间是个小财主，但却数十年老死不相往来，各顾各的，看都不来看她们一次。她们的生活费，也许有一部分可取给于慈善性质的津贴，这是在资本主义社会里可有的欺骗的方法，如在合理的社会里，对此事便应有合理的设备。讲到我们的中国，有许多人就靠子孙来解决这个问题。许多寡妇仍不敢不守节，过非人的生活，也无非在传统思想笼罩着的社会里，非如此便难于生存罢了。这是把贞操换“面包”的把戏！

在这里还有一个特点，便是男子对女子——任何不认识的女子——表示“爱”，是一件极平常的事情。你在街上或任何处所，遇着女子要和她谈话，或竟表示爱她，并不算是侮辱，她决不致叫你吃耳光，不过接受不接受却全是她的自由，没有人敢加以丝毫的勉强。她即不愿接受，也不致骂你“杀千刀”！也只婉谢你，不过男子也不敢冒昧强迫。我在上海时，每在公园里看见无赖青年强迫不愿和他们勾搭的女子，甚至包围追逐，丑态毕露，这是这里所没有的。

以上所述是在巴黎的情形，听说在乡村便比较的严格，不比在都市中那样自由了。

廿二，九，十，记于巴黎。

二四　瑕瑜互见的法国

资本主义的国家原含有种种内在的矛盾，它的破绽，随处可以看见，但是平心而论，它也有它的优点，不是生产落后文化落后的殖民地化的国家所能望其项背的。例如记者现在所谈到的法国，第一事使人感到的便是利用科学于交通上的效率。在法国凡是在五千户以上的城市，都可由电车达到；在数小时内可使全国军队集中；巴黎的报纸在本日的午后即可布满全国（关于法国报业的情形，当另文记之）；本国的信件，无论何处，当天可以达到；巴黎本市的快信，一小时内可以达到，巴黎的交通工具，除汽车电车及公共汽车外，地道车的办法，据说被公认为全世界地道车中的第一。这是研究市政的人告诉我的，我虽未曾乘过全世界的地道车，但据亲历的经验，对于巴黎地道车办理的周到，所给乘客的便利，和工程的宏伟（有在地下挖至三层四层的地道，各层里都有车走），觉得实在够得上我们的惊叹。全巴黎原分为二十区（arrondissement），有十三条的地道车满布了这二十区的地下，成了一个很周密的地道网，你在许多街道上，常可看见路旁有个长方形的大地洞，宽约七八尺，长约十二三尺，三面有铁栏杆围着，一面有水门汀造的石级下降，上面有红灯写着Metro（即地道车）的字样，这就是表示你可以“钻地洞”去乘地道车的地方。撑着红灯的柱子上就挂有一张颜色分明记载明晰的地道车地图，你一看就知道依你所要到的地方，可由何处乘起，何处下车。走下了石级之后，便可见这种地下车站很宽大，电灯辉煌，有如白昼，墙壁都是用雪白的磁砖砌成的，你向售票处（都是用女子售票）买票后，有椅子备你坐着等车，其实不到五分钟必有一列车来，你用不着怎样等候的。这种地道车都是用电的，每到一列总是五辆比上海电车大半倍的车子，里面都很整洁，中间一辆是头等，外漆红色，有漆布的弹簧椅，头尾各二辆是普通的，外漆绿色，里面布置相类，不过只是木椅罢了。车站口有张地道车地图，上面已说过；车站里还有张相同的地图，入车站所经过的路及转角，都有大块蓝色珐琅牌子高悬着，上面有白字的地名，你要由何处起乘车，即可照这牌子所示的方向走去上车。乘车到了那一站，也有好几块这样的地名牌子高悬着给你看。在车里面还有简明的图表高悬着，使你一看就知道所经过的各站及你所要到的目的地。他们设法指示乘客，可谓无微不至，所以除了瞎子和有神经病的先生们外，无论是如何的阿木林，没有不能乘地道车的。有的地方达到目的地车站时，因“地洞”较深，怕乘客步行出“洞”麻烦，还有特备的大电梯送你上去。这种地道车有几个很大的优点：（一）车价便宜，头等每人一个法郎十五生丁（法国一个法郎约合华币二角，一个法郎分为一百生丁），普通的每人七十生丁，每晨在九时以前还可仅出八十五生丁买来回票。（因此时为工人上工时间，特予优待。）（二）买一次票后，只须不钻出“地洞”之外，你可在地道里随便乘车到多远的地方都可以。（三）各条地道纵横交叉，你可以随处换车，以达到你的目的地为止。因为车辆多，这种换车很迅速，不像在上海等电车，往往一等一刻钟或半小时。我们做旅客的只要备有一小本地道车地图，上面有各街道，有各条地道车，“按图索骥”，即路途不熟，什么地方都可去得。记者在这里就常以“阿木林”资格大“钻地洞”，或访问，或观察，全靠这“地洞”帮忙。（汽车用不起，电车公共汽车价也较昂，且非“老巴黎”不敢乘。）

除交通便利外，关于一般市民享用的设备，有随处可遇的公园，无论如何小地方，都有花草和种种石像雕刻的点缀，使它具有园林之胜，马路的广阔坦平，更不必说，像上海的大马路，在巴黎随处都是。此外如市办的浴室，清洁价廉，每人进去买票只须一个法郎（另给酒钱约二十五生丁），就可使用一条很洁净的浴巾（肥皂须自带，临买票时如买肥皂，五十生丁一小块），被导入一个小小的浴室里去洗莲蓬浴（shower bath）。这种浴室虽有房间数十间，只楼下柜台上用一个女售卖员，楼上用一个男子照料，简便得很。进去洗澡的男的女的都有。记者在巴黎洗的就是这样简易低廉的澡，因为我过不起阔老的生活。

当然，如作深一点的观察，资本主义的社会里常会拿这样的小惠来和缓一般人民对于骨子里还是剥削制度的感觉和痛恨，但比之连小惠都说不上的社会，当然又不同了。

其次是他们社会组织比较地严密。每人一生出来就须在警局注册，领得所谓“身份证”（carte d'identité），以后每年须换一次，里面详载姓名，住址，父母姓名，本身职业及妻子（如有的话）等等情形，每人都须随身带着备查。每人的这种“身份证”都有三份，一份归管理户口的总机关保存（大概是内政部），一份归本人保存，一份是流动的，就存在这个人所在地的警局里，如遇有迁居，须报告警局在证上填注新址并盖印。如遇有他往的时候，亦须先往该警局通知，由该警局把这份“身份证”寄往他所新迁的所在地的警局存查。外国人居留法国的，也须领有这种“身份证”。这样一来，每人的职业及行动，都不能有所隐瞒，作奸犯科当然比较的不容易。在中国户口的调查还马马虎虎，这种更严密的什么“身份证”更不消说了。

不过从另一方面想来，这种严密的办法，其结果究竟有利有害，也还要看用者为何类人。在极力挣扎维持现有的不合理的社会的统治者，反而可借这样严密的统治方法来苟延他们的残喘。但是这是用者的不当，社会的严密组织的本身不是无可取的。

廿二，九，十五，夜，记于巴黎。

二五　操纵于资产集团的巴黎报界

巴黎是世界政治的一个重要中心，它的报纸不但执法国全国的牛耳，好像上海的报纸之于全中国一样（虽则天津的《大公报》在华北近已渐占较大的势力），而且是国际上所严重注意的，但是巴黎的重要报纸全在资产集团的掌握之中。这个集团就是法国特有势力的资本家所组织的“铁业委员会”（Comité des Forges）。这个把持法国舆论机关的“铁业委员会”虽号称铁业，并不限于铁业资本家，像香水大王古推（François Coty）也是其中重要的分子，这大概是因为最初范围较狭，后来逐渐扩充，而会名却仍旧保存着。

巴黎报纸有一千六百种之多，其中有六十种是含有政治意味的。在这许多报纸里面，最重要的也不过二十家左右。关于巴黎的报纸，征言先生从前在《生活》周刊通讯里曾有一文说得颇详，记者现在只谈谈尤其重要的几种报和值得注意的一些情形。

我们在国内即久闻巴黎《时报》(*Le Temps*)的大名。凡是研究及注意政治的人，大概没有不常看的，它的最大特点就在能做法国外交部的“先声”。每遇法国外交部方面将有什么举动，它就先在外面造空气，所以看《时报》得窥见法国外交的趋势。但是它却又不是法国外交部的正式机关报。据熟悉法国外交界情形的友人说，因有一次该报的主笔是外交界中人，于是因历史的关系，便沿袭下来。又据说法外交部有一特殊情形，即传统的外交政策，很难由一新部长来就完全改变，不随政党进退的部中要员(尤其是秘书长)都有潜势力，对各专门的案件都有一定的态度，做部长的即有所主张，至多只能缓缓地改变。《时报》所造的空气是法外交部的意思，却不一定是外交部长的意思。其实既以侵略为目的，和缓叫你生肺病，激进叫你生急病，在受侵略者都得不到什么便宜。巴黎《时报》是晚报，很为政界要人所重视，但因为看的多是所谓“上流人物”，销路只有四五万。可见办报必须有其特点，有了特点，销数虽少，还是有它的力量。(巴黎《时报》的政策自是另一问题。)

法国报纸，除左派如社会党及共产党的机关报对中国不说坏话外，其余报纸对中国的态度没有不是坏的，尤其是在“九·一八”之后受了日本的收买。像上面所说的《时报》，虽偏助日本，还不怎样明目张胆，还有和《时报》差不多的晚报，名叫《雄辩报》（*Journal des Débats*）就更公开的骂中国而袒护日本。但《雄辩报》还不及早报名叫《巴黎回音》（*Echo de Paris*）对中国更坏，在中日事件发生后，该报天天骂中国，把中国骂得太坏了，骂得太不像样了，以致引起一般读者的怀疑，最后甚至不能相信他们的话！

这都是些有名的报纸，但因受日本“经济运动”的结果，竟颠倒是非，一至于此，岂不可怪！后来弄得就是法国读报的人，大多数都知道此中内幕，成为公开的秘密，社会党所办的《光明周刊》（*La Lumière*）老实公开的说法国报都被日本人买去了！这样看来，中国的不争气，固还是铁一般的事实，而日本之心劳日拙，也是很显然的。听说法国只对外如此，对内则须受法律的制裁，不敢这样乱来。不过当十九路军在淞沪血战抗日的时候，事实过于显明，法国报纸也多少变了口吻，无法说谎。当沈阳不抵抗之后，他们的报纸倍加揶揄，弄得不少在法国的中国人没有面孔见人，多不敢外出，到了这短时间内“无法说谎”的当儿，他们才又大模大样的出去。当时十九路军所以得到海外侨胞的热烈尊崇，不是没有理由的。

巴黎报纸销数最大的有四家，都是早报，它们销数所以比别报多，因为不但本埠读者多，外埠读者尤多。一个是《小日报》（*Petit Journal*），一个是《小巴黎人报》（*Petit Parisiens*）：这两家报每天销数各近二百万份。它们的名字上虽各有个“小”字，其实是大报，并非小报，虽则欧洲报纸的形式多巧小玲珑，和美国大而且多的不同。此外有一个是《晨报》（*Le Matin*），一个是《日报》（*Le Journal*）：这两家的销数每天各近百万份。这四家销数特大的报纸都和所谓“铁业委员会”有关系，那是不消说的了。

香水大王古推除参加“铁业委员会”外，还自己出资创办一种早晚报（早晚都有），名叫《人民之友》（*L'ami du Peuple*），价钱非常便宜，比别的报纸便宜一倍，早晚报合起来的销路已有七八十万份，听说已贴去几百万圆。古推自己常在该报上大做其文章，最近提出“法国的安全问题”，连日登着，登完后又在组织一个会，以招致同志。有人说他有意入政界，将来也许终有登台的一天，以他这样一个坯子，如有登台的日子，能干出什么政治来，可不言而喻了。

关于他，有一点更值得中国人注意的，就是他反对中国很厉害，袒护日本很起劲，而他的“古推牌”的香水在中国的销路却很好，赚中国人的钱来办报打中国人的嘴巴！有位朋友很愤恨地叫我不要忘却在这里宣布一下，我觉得用钱请人打嘴巴确是不很合算，不知买“古推牌”香水者以为如何！

在巴黎报界后起之秀的有个《巴黎晚报》（*Paris Soir*），在巴黎很盛行，一到傍晚，满街都是“巴黎苏阿”（该报名称的译音）之声，使我想起在上海马路上所听到的“大晚夜报”的呼声同样的热闹。

廿二，九，十九，记于巴黎。

二六　再谈巴黎报界

巴黎的重要报纸都操纵于资产集团之手，此中大概情形，记者已于上次通讯里谈过了。记者并于九月八日，得友人的介绍，到销路最大的四家报馆的一家——《晨报》——去仔细地参观了一番。先和该报政治部的东方部主任（专研究中国，日本等东方各国问题，能英语）略谈该报组织的情形，继由印刷部主任陪同参观全部印刷机，由同去的领事馆陈君任法语翻译，解释颇详。谈话和参观所得的结果，觉他们的组织和我国的报纸大同小异，所不同者是规模比较的宏大，效率比较的增高而已。就规模方面说，例如他们的编辑部分工的工作就比较的详密，总主笔之下，分有采访总部，政治部，本国新闻部，运动部，图画部等等，每部有部长一人主持，下面有编辑员及访员多则二十余人，少亦十余人。社论由各部各就专门研究的范围分任撰述。总主笔之下，有三个襄助主笔，五个特派访员，不属于各部的。这五个特派访员重在国际方面，各对所专注的国家都有专门的研究，一有特别事故发生，即赶往各该国任特驻记者若干时。至于效率方面，以印刷机为最显著。我国上海各报每次印刷的时间，大概在两小时左右，他们每次只须十分钟至一刻钟。这种效率的增高，不但印刷迅速，同时在采访及编辑方面也得到不少的便利。我国的文字在印刷前要排字，手续麻烦，他们即可在机器上打字，打好一字，机器里面就铸好一个铅字，随打随铸，便捷得多，这也是他们便宜的地方。至于报馆的建筑比我国的报馆大，印机的设备也比我国的报馆多，那是因为他们的销数比我们的多十倍二十倍，是当然的。

这个报对中国的态度也很坏，遇着中国出了什么坏事，便张大其词；偶遇中国有了好事，便噤若寒蝉，不过我们仔细想想，目前的中国究有多少好事给人家登，却也不能不自惭愧！

现在请再谈谈关于《巴黎晚报》。

在法国报界负盛名的《时报》虽也号称晚报，但该报偏重全日的政闻（如议会里的辩论等），第二天还有人买，在实际上并非晚报性质。在巴黎最流行的真正晚报，要算是

《巴黎晚报》了。它的内容偏重在下午的社会新闻，凡晨报午报所已载的，它都不要。谈起这个报，每使我想起老友曾虚白先生在上海所聚精会神主持的《大晚报》。这两个一在东亚一在西欧的晚报，颇有类似之处。它们都是各在本埠最流行的，《巴黎晚报》的销路虽还不过二十万份，但几全销在巴黎，每到傍晚，好像就已布满了巴黎全城，马路上随处可见，地道车里，电车里，人家里，到处可见人手一份，卖报的老太婆更提高嗓子大叫而特叫。（法国的卖报孩子却未见过，可见他们对于儿童的保护和教育很周到，不让他们荒废学业光阴，但是许多老太婆却很苦！）《大晚报》在上海也有这样的现象。我看到《巴黎晚报》消息的灵敏，编法的新颖，和精神的饱满，每想像那里应该也有一个“曾虚白”在努力着！

《巴黎晚报》有个很大的特色，那便是有关新闻的相片的多而明晰。它每遇有一重要的社会新闻，就有一二十帧的相片插图，夹在文字里面，使读者如亲历其境。它的相片插图不仅仅是登出几个有关系人的肖影，也不仅仅是和新闻有关系的呆板的房屋，尤其难得的是常能把当场发生事变的活动的人的举动情形摄入，这样的摄影记者的艺术和机敏就难能而可贵了。例如有一天的社会新闻里，其中有一幕是几个妇女在街上攘臂握拳打架，警察很尴尬地夹在中间解劝，被他们完全摄入，相片上的标题是“太太们开战”！他们看了相片里的那样憨态可掬，再看到这幽默的标题，没有不失笑的。

这个晚报，就是婆婆妈妈，弟弟妹妹，都喜看，一般成年人和青年人更不必说，优点就在社会新闻特详，插图佳妙，编法又能处处引人入胜。不过在法国的报纸，有一点却也值得注意，那就是尽管偏重社会新闻，而诲淫的描写却没有，即有讲到男女发生关系的事情，也不过说到开房间，成爱人，并不像在中国有些报上简直天天不忘处女膜，时刻想到生殖器！在这里有位朋友因看到中国的这样的报，很滑稽而却沉痛地对记者说道：“这样不如效法张竞生博士编行《性史》更为干脆，何必办什么报？”

《巴黎晚报》初办时，在推广方面也常有独出心裁的方法。例如先在报上声明第二日在某条热闹街上有特别事故发生，谁记得最详投稿该报，由该报选取的，有特酬数百法郎。第二天该报即雇人在该条街上作吵嘴或其他引人注意的表演，详记投稿者果得重酬。有一次忽于报上登一个年月日，如有人适遇该日是生辰，可持该日该报去领酬若干法郎。又有一次忽于报上载一地道车车票的号码，谁能拿那张号码的地道车票赴该报馆的，也可得酬若干法郎。诸如此类的小玩意儿很多，总之引起人的注意罢了。

不过引人注意是一事，报的内容是否值得一看又是一事。倘若报的内容没有阅看的价值，徒然引人注意也是没有用的。

廿二，九，十九，夜，记于巴黎。

二七　法国教育与中国留学生

法国一般人民的教育比我们的普及，这是不消说的，但是在资本主义社会制度之下，教育究竟不能平等。例如法国的初级阶段的教育（七八年毕业），分为两种：一种是国民学校，那是完全免费的；还有一种称为“利赛”（lycée，即中学），据说教员比较的优良，功课比较的完善，训育比较的严格，但是非有钱的子弟不能进去。至于高等学校和大学，更不必说，没钱的人不能问津，要么只能进特为他们而设的职业学校。最近因有人鸣不平的结果，“利赛”初年级的一年已可免费，但是没钱的人读这不上不下的一年，于事何补？而顽固派则已大为愤怒，说这样使“上等人”的子弟和“下流”的子弟混在一起，将贻害无穷！

法国中学办法的严格，是在各国教育制度中向来有名的，毕业期限六七年，高中分文理科，文科毕业时须能三种外国语，其中有一种为死外国语，非拉丁文，即希腊文；理科虽不必学习死外国语，仍须学习两种外国语。他们都注重翻译的能力，作为将来进而研究更深学问时阅读外国书报的基础。高中毕业即为“学士”（bachelier）。

关于高等教育，法国有国立大学十七所，及独立的学院若干所。毕业年限自二三年至六年，依科而定（医科最长，须六年）。毕业后称“硕士”（licencier），所奇者，要得这种“硕士”，难于“大学博士”（这个名词意义见后），入学要经严格的考试，平日功课和毕业考试都较严。所以中国的留学生进这种“硕士”班的很少，进所谓“博士班”的反而多，因为进“硕士”班要经过严格的考试，进“博士班”只须有中国的任何大学的一张文凭，都得进去。学理科的还须随着教授在实验室里研究三四年，学文科的就只须预备一篇论文，学法科的从前也如此，近几年来较严，须考八门功课后才做论文，考得顺利的大概要两三年工夫。这都是指所谓“大学博士”（doctorat d’université），还有“国家博士”（doctorat d’état），非经法国本国的大学毕业，不能应考，论文也比较的严格。只有“国家博士”有担任中学教员的资格，“大学博士”和“硕士”都须经过“中学教员考试”合格后，才许任教于中学。这种考试均由大学教授主持。他们对于中学师资的认真，于此可见一斑。

中国留学生大概都注重在“大学博士”头衔的获得，这里面真正用功的朋友固不乏人，而不求实际但冀得一有名无实的虚衔头，以便回国后在尊崇虚荣的社会里瞎混的也所在多有。所以我们虽不能作一概抹煞之论，但社会对于人才须求其实际，而不可奖励凭借虚衔头以自欺欺人的风气，这是可以断言的。而且就是在这里面真正用功的朋友，在国外所学的多属外国的材料，到本国后还须注意本国的材料，作继续不断的研究，对于本国的社会才能有真正切实的贡献，此外还有一点也很重要，就是在未出国留学以前，宜先有比较充分的准备。有某君到了法国之后，进中学不愿意——其实能否考得进去，还是个问题——进大学又够不上，于是他天天吃饱饭后就跑到弹子房里去打弹子，连打几年，也算留学，一时传为笑柄。这虽是绝端的例子，但在文字工具及基本知识方面没有相当的准备而即贸贸然出外留学，这样的不经济，确是无可讳言的事实。

法国的高等学府当然以巴黎大学为巨擘。各省的国立大学，学生也不过数千人，而巴黎大学的学生特多，据该大学所发表的前年统计，学生人数共达三万人之多（确数为二万九千七百四十二人），其中本国学生两万一千四百六十七人，男生占一万五千六百八十七人，女生占五千七百八十人，可注意之点是女生人数仅占男生人数的三分之一。外国学生八千二百七十五人，几占全体学生三分之一；其中男生五千八百零四人，女生两千四百七十一人，女生占全体外国学生三分之一强。最近因受世界经济恐慌的影响，外人来留学的锐减，全体学生人数已减少五千人左右。其中文科约占六七千人，法科约八千人，理科三千余人，医科五六千人，药科一二千人。他们学文法科的人也比学理科的人多，这也是可以注意的一点。听说他们本国毕业生的出路，以学理科的较易，因为人数少，供需还相去不远。

在旧社会制度下，高等教育的资本主义化，固然是显著的事实，而且这样下去，在受此种教育者的本身，也一天一天的增加恐慌，也可以说是日趋没落，日向穷途末路上跑，因为在现社会里这种“商品”的生产过剩，到了后来连贱卖都卖不出去！在中国，大学生毕业每年整百整千的出来，而社会上天天闹着不景气，从前有人骂大学生不肯做小事，现在有的甚至连小事都没得做，这种危象的日趋紧张，稍稍留心中国社会现状的人都能知道的。在法国，他们的情形，当然不及我们的紧张，但据记者从多方面的探查，大学毕业生的“位置荒”，也渐露着端倪了。得着“硕士”衔头而无事可做，只得做汽车夫的已不乏其人，这比之日本的大学毕业生有的只得干倒垃圾桶的事业，固似乎胜一筹，但在素以在欧美各国中犹得“繁荣”自傲的法兰西，也渐有捉襟见肘的窘态了。

廿二,九，廿四，记于巴黎。

二八　法国的大学教授

中国的事情说是难做，有的时候却又似乎很容易做，例如“大学教授”，虽学识湛深的不乏其人，但大概只须挂有外国留学生衔头招牌的，好像对于“大学教授”的任务都能胜任愉快！这也许是在这过渡时代人才缺乏时期所不能免的现象，但是若把这种变态视为常态，不思有所改进，对于中国学术及文化前途的发展是很有妨碍的。我们谈到法国大学教授资格的认真，更引起我们对于中国大学教授这种现象的特殊注意。

关于法国大学教授，有几点值得我们的注意：（一）资格的慎重。他们要做教授的，在考得“国家博士”后，还须有八年或十年的服务经验和准备工夫。在这准备的时期内，或任助教，或任教务长的助手，最后须经过“教授考试”及格后，才有担任正教授的资格，所以做到正教授的大概都在四五十岁的年龄，对于他所担任的功课都有了相当的充分研究和经验。这种“教授考试”是由教部任命已做正教授的人所组成的考试委员会主持。（二）职位的稳确保障。他们的教授不是随着校长的进退而进退的，像中国的“最高学府”——尤其是国立的——往往换一个新校长，便有一班教授要打破饭碗，同时又有一班同派的人可以“弹冠相庆”，这是他们所没有的。他们的教授，根本就不是由校长聘请，是由教部任命的（不过校长得按服务规程，如教授有违法时，得检举），如他不违背服务规程，教部也不能任意辞退，所以差不多是终身职。进来不易，黜退也难，不像在我国那样招之则来，挥之则去的容易。（三）关于教授的研究工具有充分的设备。他们的大学，除有公共的图书馆外，每一正教授都有各人的几间专门图书室，关于他所专攻的那门书报，都尽量的搜藏，理科的教授还加上各人的实验室，关于这种专门图书室及实验室的经费，不是由大学校长所能任意给与或减少的，是列入国家预算，由国会通过，独立于学校平常经费之外的，他们对于学术研究的重视，可以概见。他们不但在设备上给教授以充分研究的工具，而且在时间上也使教授有充分研究的可能。正教授每年所担任的教授时间，大概都不过三十小时至六十小时，每星期至多不过一二小时而已。在事实上，教授并不因此而闲暇，因为他们的时间要用在实验室里面去，同时要博览关于该科的各国书报，接近世界上最新的知识，否则多人已发明的，他还不知道，或他自以为是新发明的，在事实上别人却早已有了。（四）教授的待遇。正教授最初每月薪金约三千法郎左右，可逐渐增至每月四千法郎左右，助教每月一二千法郎。一千法郎约合华币二百圆，四千法郎有华币八百圆之数，似乎为数颇巨，但是他们的“加尔松”（garçon，学校里的茶房）每月也可有一千法郎，而况这是比较高的薪金（最高可到五千法郎一月），在他们的生活程度，原不算得多，但是他们的职位既有稳当的保障，在生活上也就没有危险了。（五）研究的精神。理科各门的正教授所教的内容，都是他们在实验室里的心得，所以每年的教材不同，毕业生隔几年后如再到原来的老师处听讲，又是另一种新的东西，和从前所听的大不同了，因为他们这种老师是每年在那里有进步的。关于比较属于通常的教材，都是由助教授来教的。据说他们这种实验室里差不多每星期都有多少关于科学上的新发明，并有关于这种发明的新报告发表。这样一来，大学教授便负起科学上的发明责任（同时当然还有其他的研究机关也在进行着），促进利用这种发明的事业上的进步，同时也是大有贡献于学术和文明。讲到这一点，想到我们的大学关于研究上的设备怎样？对于大学教授的待遇怎样？所谓大学教授对于学术及文化上的真正贡献怎样？大学里的研究（？）对于社会事业的关联和影响又怎样？这种种都值得我们作深切的反省，倘若我们对于本国的学术及文明要获得巩固的基础和独立的进展。

不过有一点却也需要分别的说明一下，那就是法国大学里，在自然科学方面诚有上面所说的那样日在进步的程途上向前，而在社会科学方面，大学教授却都是很守旧的，他们所教的内容，根本上还都是帝国主义的传统学说：他们认法国为上国，为最上无比的上国。对于法国的现社会制度，对于伪民主的政治都表示十二万分的满足！来法国学社会科学的人，一不留神，便受尽他们的麻醉，思考越弄越糊涂起来了。法国青年的思想多偏于守旧，一部分固由于环境的比较的安定，不像我国青年之日处水深火热之中，处处受着惨酷的痛苦，但是一部分也未尝不是因为这班守旧教授所广布的毒素在那里作怪！

这班守旧教授所以这样冥顽不灵，也不无他们的苦衷，因为他们对于新的学说既有所不屑，要保持他们在社会上所已得的权威地位，不得不抱残守阙，极力挣扎一下。不过这在资本主义而又稍稍采用欺骗性质的和缓社会革命的所谓社会政策的国家里，也许还可以苟延残喘，在帝国主义和它的附生虫所侵蚀下的中国，情形便不同了。所以在“五四运动”时代站在思想界前线的某名教授，现在大发其投降帝国主义和取媚于军阀官僚的论调，便大受青年的激烈的反感，因为从前受他领导的青年，现在却站在他的前面了，为环境及时代所逼迫而不得不踏在他的前面了。这也可谓有幸有不幸罢。

廿二,九，廿七，记于巴黎。

二九　法国的农村

法国在世界大战以前，原是偏重农业的国家，自世界大战以后，利用赔款所得及所取得的各地的煤矿铁矿，对于工业才有比较激进的倾向，但是农业仍占很重要的位置，法国全国人口四千万人里面，仍有百分之四十，即一千六百万人是从事农业的。记者原想到农村里去看看，刚巧从前在意大利码头上走散的张心一君由德来法调查农村经济，便于九月廿五日，约同秦国献君同到凡尔赛附近的一带农村里去跑了一个整天。张君从前在美国专研农村经济，秦君在法国专研农村教育及农艺已有五年之久，记者此次观察农村，有两君做旅伴是再好没有的了。

我们先在凡尔赛农业研究院（L'institut des Recherches Agronomiques）里参观了一番。该院由农部设立，研究结果即由农业局实施于各农村，院的周围有八百亩地专供实验之用。院长系著名的农业教授调任的，亲出招待，说明颇为详尽，其中最使我感觉兴趣的是关于植物的病理研究，种种病状的解剖图形和模型，以及实验室里试验管中的种种病态研究，都令我感到我国内地大多数人民的疾病受到科学的研究和卫护的，还远不及这些生长在科学比较发达的地方的植物！

其次参观的是国立格立农（Grignon）试验场，和附近的格立农国立农业专门学校（École Nationale d'Agriculture）。该试验场有一万亩的田地供试验之用，规模颇宏大，试验结果也由农业局实行传播于各处农村的实际工作上去。国立农业专门学校和这个试验场，都设在农村，其影响于农业的改进都很大。该校有百余年的历史，于农业发明上有特殊贡献的教授，校里都替他们铸半身铜像，树立于校园旁，以资纪念。这种在学术上有真切贡献者的铜像，虽仅半身，却有它的特殊的价值。该校设备也颇完备，对畜牧尤多注意，虽在暑假期中，所养蓄的牛羊猪猡等等，仍得看到。它们的食料，都有一定的配合，开成"菜单"悬挂着，和我们在大菜馆里所看见的大菜单相似，不过还要精密些，因为每种"菜"都注明分量。上海话骂人做"猪猡"，听的人大概没有不勃然愤怒的，但是这里的猪猡都有合于科学方法的“菜单”，不能不说是“猪猡”里面也有阔绰的了！

法国农村的组织是以“村”为单位，他们叫作commune，每市有市议会，由村议会选出“村长”（maire）。四千万人口的法国，有五万余村长，平均每八百人便有一个村长。这种村长是没有薪水的，由原有职业的人兼任，村长之下，由农村小学的校长任书记（也可译为干事），农村小学同时也就是“村政府”所在，书记有相当的薪俸。这样一来，农村小学很自然地成为农村里的重要的中心，农村小学和农村社会也很自然地发生了密切的关系。人口比较少的地方，农村小学就只夫妇两人担任，夫教男生，妇教女生，成为夫妇学校，后期小学里农艺新知识的灌输，则由农业局聘任专门教员到各村轮流施教。这种“村政府”所管的事情，是关于户籍（人口登记）；土地登记及表册；人事（如村民结婚时证婚，丧事须请村政府派人视察，儿童产生须报告登记等）；交通（如道路邮电等）；教育（一部分经费由国家供给）；救济事务（如救济失业及其他慈善事业等）；并有警察权。他们因一般人民的教育程度已比较的高，办事易有轨道可循，所以事务简单，除少数人口特多的地方，都不过有这样简单的组织。这种“村长”有一定的职权，虽省长有监督之权，却不能像我国区长之徒为官僚的爪牙，以在乡间刮地皮为天职，因为他们的村民监督得也很厉害。

法国的乡村无论怎样小，都有一个邮局，兼理电报和一个公用的电话，小的地方往往邮政局长同时就是邮差。他们的农村里面也有平坦的马路，也有电车，走的次数虽不及城市的多，大概是因为需要上不同的缘故。

我国的农村有茶馆，法国的小小农村里也有咖啡馆，规模当然比城市的简陋得多，只是一个小房间，里面放着几张桌子，几张椅子围着，可是也有白的台布，也还比较地干净，柜台上一个中年妇人也还装饰得干干净净（指记者所进去过的一个农村咖啡馆而言），记者和张秦两君因为走得乏了，就也到这样的一个农村咖啡馆里去坐坐，另有农村的风味。张秦两君大谈其中国农村问题，我除旁听高论外，常溜着我的眼珠旁观咖啡馆的周围和其中的乡间人物。

我们跑来跑去，看了所谓“村政府”——农村小学——之后，天渐渐黑暗起来了，继之以大雨，我们三个人在草原上，森林间，逃难似的大踏步跑着。张君说这是法国的乡间，如在中国，也许我们的皮鞋上已踏得满鞋的泥浆了！最后由秦君引到一个他从前认识的农家里，一对老夫妇，一个十六七岁的儿子，他们“旧雨重逢”，倒也谈笑甚欢，那个女主人徐娘半老，风韵犹存，拿着一瓶酒和几个玻璃杯出来，放在桌上，老不开瓶倒酒，我们在旁倒想快些喝几口以消冷气！后来秦君在皮包里挖了半天，挖出一小包信封装好的中国茶叶送他们，那老头子才似乎受了什么灵感似的，赶速到桌旁把酒瓶开起来，我想这也是所谓礼尚往来罢。我们坐了一会，雨已停，便仍踏着湿的道路，于夜色苍茫中跑了许多时候，才乘火车回到巴黎。

法国的农村土地已渐集中于大地主之手。受着世界不景气的影响，已渐有失业的，尤其是酒业，法国的中部及南部的农家，几于家家种葡萄，葡萄酒为重要农产品，从前运销各国，现在卖不出去，陷入很困难的境地了。

廿二,九，廿九，记于巴黎。

三〇　在法的青田人

关于在欧洲的我国的浙江青田人，记者在瑞士所发的通讯里，已略有谈及，到法后所知道的情形更比较地详细。这班可怜虫的含辛茹苦的能力，颇足以代表中国人的特性的特征！而眼光浅近，处于侮辱和可怜的地位，其情形也不亚于一般的中国人，我每想到这几点，便不禁发生无限的悲感。

据熟悉青田人到欧“掌故”的朋友谈起，最初约在前清光绪末年，有青田人某甲因穷苦不堪（青田县为浙江最苦的一个区域，人民多数连米饭都没得吃），忽异想天开，带着一担青田所仅有的特产青田石，由温州海口而飘流至上海，想赚到几个钱以维持生活，结果很不得意，不知怎的竟得由上海飘流到欧洲来，便在初到的埠头上的道路旁，把所带的青田石雕成的形形式式的东西排列出来。欧人看见这样从未看见过的东西，有的也被唤起了好奇心，问他多少价钱，某甲对外国话当然是一窍不通，只举出几个手指来示意。这就含混得厉害了！有时举出两个手指来，在他也许是要索价两毛钱，而阿木林的外国人也许就给他两块钱。这样一来，他便不久发了小财。这个消息渐渐地传到了他的本乡，说贫无立锥之地的某某，居然到海外发了洋财了，于是陆续陆续冒险出洋的渐多，不到十年，竟布满了全欧！最多的时候有三四万人，现在也还有两万人左右，在巴黎一地就近两千人。洋鬼子最初虽不注意青田石的这项生意，而且是神不知鬼不觉的漏进来的，没有什么捐税，我国的青田人才得从中取些小利，后来渐渐知道源源而来，便加上捐税，听天由命的中国人在这方面的生意经便告中断，但人却来了，自问回中国去还更苦，于是便以各种各色的小贩为生。他们生活的俭苦，实在是欧洲人所莫名其妙，认为是非人类所办得到的！现在巴黎的里昂车站（Gare de Lyon）的附近有几条龌龊卑陋的小巷，便是他们丛集之处，往往合租一个大房间，中间摆一张小桌子，其余的地板上就是铺满着的地铺。穷苦和龌龊往往是结不解缘的好朋友，这班苦人儿生活的龌龊，衣服的褴褛，是无足怪的，于是这些地方的法国人便都避之若蛇蝎，结果成了法国的“唐人街”，法国人想到中国人，便以这班穷苦龌龊过着非人生活的中国人做代表！有人怪这班鸠形鹄面的青田小贩侮辱国体，但是我们平心而论，若国内不是有层出不穷的军阀官僚继续勇猛的干着“侮辱国体”的勾当，使民不聊生，情愿千辛万苦逃到海外，受尽他人的蹂躏侮辱，这班小百姓也何乐而为此呢？他们这班小贩这样说：每日提箱奔跑叫卖，只须赚得到一个法郎（就法国说），就是等于中国的两毛钱，每月即等于中国的六块钱，倘能赚得到三个法郎，每月即有十八圆，这在他们本乡青田固不必想，即在今日的中国，在他们这样的人，也谈何容易！所以他们情愿受尽外人的践踏侮辱，都饮泣吞声的活着，因为他们除此外更想不到什么活路啊！

在巴黎的青田小贩所以会丛集于里昂车站的附近，还有一个理由：因为他们大多是由海船来的，由马赛上岸到巴黎，这是必经的车站。这班人由中国出来，当然没有充足的盘川，都是拼着命出来的，到了马赛，往往腰包就要空了，尽其所有，乘车到里昂车站，到了之后是一个道地十足的光棍，空空如也，在马路上东张西望，便有先到的青田人（他们也有相当的组织）来招待他去暂住在青田人办的小客栈里，青田小贩里面也有发小财的（多的有二三十万的家资），便雇用这种人去做小贩，他便从中取利。所以在这极艰苦的事情里面，也还不免有剥削制度的存在！这种小贩教育程度当然无可言，不懂话（指当地的外国语），不识字，不知道警察所的规章，动辄被外国的警察驱逐毒打，他们受着痛苦，还莫名其妙！当然更说不到有谁出来说话，有谁出来保护！呜呼中国人！这是犬马不如的我们的中国人啊！

这班青田人干着牛马的工作，过着犬马不如的非人的生活，但是人总是人，疲顿劳苦之后也不免想到松动松动的娱乐。巴黎是有名的供人娱乐的地方，但在这班小贩同胞们，程度决够不上，无论咖啡馆也罢，跳舞场也罢，乃至公娼馆也罢，他们决没有胆量进去问津，于是他们里面比较有钱的人便独出心裁，开办赌场，打麻将，抽头，精神上无出路的小贩们便都聚精会神于赌博，白天做牛马，夜里便聚起来大赌而特赌，将血汗得来的一些些金钱都贡献给抽头的老板们！这几个开赌场的老板们腰包里丰富了，便大玩其法国女人，一个人可包几个女人玩。最后的结果是小贩们千辛万苦赚得的一些血汗钱仍这样间接地奉还大法兰西！

这班可怜虫过的是不如犬马的生活，同时也是盲目的生活，无知的生活。往往因为极小的事情，彼此打得头破血流！前几个月里有因赌博时五十生丁（约等中国的一角钱）问题的极小事故，两个人大打其架，不但打得头破血流，竟把一个人打死了！法国警察发现了这个命案，当然要抓人，听说这个“打手”在同乡私店里多方躲藏，至今尚未抓到。

这班青田人有的由海船不知费了多少手续偷来的，有的甚至由西比利亚那面走得来的，就好的意义说，这不能说他们没有冒险的精神，更不能说他们没有忍苦耐劳的精神，但是有这样的精神而却始终不免于“犬马”的地位，这里面的根本原因何在，实在值得我们的深刻的思考。

廿二，九，廿九，记于巴黎。

三一　由巴黎到伦敦

记者提笔写这篇通讯的时候，到伦敦已有一个多月了，因为预计所已寄出的文稿，还可供《生活》许多时候继续的登载，所以到今天才动手续写通讯；但这一个多月的时间却也支配得很忙。大概上半天都用于阅览英国的十多种重要的日报和几种重要的杂志，下半天多用于参观，或就所欲查询的问题和所约的专家谈话，晚间或看有关系所查询问题的书籍，或赴各种演讲会（去听不是去讲），或约报馆主笔谈话，或参观报馆夜间全部工作。每天从床铺上爬起来，就这样眼忙耳忙嘴忙，忙个整天。

记者系于九月三十日上午十点钟由巴黎动身，当日下午四点五十五分到伦敦。由巴黎到伦敦须渡英国海峡（English Channel），原有四条路线可走，而以走加雷（Calais）和杜佛（Dover）一条路线，所经海峡距离最短。记者在事前就听见朋友说起经过英国海峡虽为时仅两小时左右，但风浪极大，无论怎样富于旅行经验的人，却不得不吃些苦头，记者因怕晕船，不必要的苦头可免则免，所以就选走这条海峡距离最短的路——先由巴黎乘火车到加雷（法境），由该处离火车乘轮渡海峡，达杜佛（英境），然后再乘火车到伦敦。到通济隆买票的时候，才知道要走这条路，由巴黎到加雷的火车只有头二等，没有三等，这个竹杠只得让他们敲一下了。轮上，因预得朋友的警告，说三等晕得更厉害，千万要坐二等，我也只得照办，不过从杜佛到伦敦的一段火车却仍坐了三等。

下午两点钟开始渡海峡，一到船上，阴云密布，凛风吹来，气候就特别冷起来，许多男女老幼搭客身上都穿了冬天厚呢大衣，我却只穿了一件春季夹大衣，可是此时满心准备着大尝一番晕船苦楚，危坐待变，身上虽似乎有些发抖，却不觉得怎样冷。船上原有大菜间供搭客们吃中饭，但一则因为这种地方价钱都特别昂贵，二则因为准备晕船不宜果腹，所以我便打定主意叫自己的肚子饿一顿。记者饿着肚子坐着待变的时候，一面纵览同船的许多老的，少的，男的，女的，形形式式的搭客；一面却另有一种感触，觉得我所以肯，所以能不怕怎样大的风浪在前面，都鼓着勇气前进，只有应付的态度，没有畏避的态度，就只因为我已看定了目的地——所要达到的明确的对象——又看定了所要经的路线。此事虽小，可以喻大。

但是事情却出乎意料之外！我睁着眼巴巴地望着海面，准备着狂风怒涛的奔临，却始终未来，等到船将靠岸，随着大众从第二层甲板跑到最高一层甲板时，大风骤作，有许多太太小姐们的裙子随着大衣的衣裾被风吹得向上纷飞，她们都在狂笑中用手紧紧地拉着，一不留神，大腿和臀部都得公开一下，引得大家哄笑，还有许多“绅士”（Gentleman）们的帽子也被大风吹得满地（甲板上）滚。搭客们就这样笑做一团，纷纷上岸。

由瑞士到法国时，火车驶入法境后，仅由法国海关人员在火车上略为翻看搭客的箱子（火车同时仍在继续前行），此次由法到英，上岸后却须到海关受一番盘查。他们把本国人（英）和外国人分做两起，经两个地方出入。凡是本国人，只须看一看护照，就放过。一大堆外国人（其中以法国人占多数，中国人就只记者一人）便须于呈验护照后，由海关人员十几人各在一张桌旁，向客人分别查问。有个海关人员问到记者时，问我来英国干什么，我说我是个新闻记者，现在欧洲旅行考察。他很郑重地问："你不是来找事做的吗？"我开玩笑地答他道："我是来用钱，不是来赚钱的！"他听了笑起来，问我钱在那里，我刚巧在衣袋里有一张汇票，便很省便地随手取出给他看一看，他没有话说，只说如在英居住过了三个月，须到警察局登记，说完就在我的护照上盖一个戳子，后来我仔细看一下，才知道这戳子上面还郑重注明："准许上岸的条件，拿此护照的人在英国境内不得就任何职业，无论有薪的，或是无薪的。"总之他们总怕外国人来和他们抢饭吃就是了——这大概也是他们失业恐慌尖锐化的一种表现。

离了海关，提着衣箱赶上火车，于拥挤着的人群中勉强找得一个座位，便向伦敦开驶。英国火车的三等比意大利的好得多了，六个人一个房间，有厚绒的椅子，椅下还有弹簧，我国火车的二等还比他们不上，三等更不消说了。车行不久后，天气放晴，气候也和暖起来了，向左右窗外看看，乡间房屋多美丽整洁，比法国的乡间好，和在瑞士乡间所见的仿佛。途经一个很大的墓地，几百个十字架式的墓碑涌现于鲜花青草间，异常清丽，但见东一个西一个妇女穿着黑衣垂首跪在碑前，想像她们不知洒了多少伤心泪！

到后因已承朋友先为租好了一个人家的房间，便搬进去住。伦敦的街道，大街固然广阔平坦，就是住宅区的比较小的街道，也都是像上海静安寺路或霞飞路那一样的光滑平坦整洁。住宅大都三层楼，门口都是有余地种些花草。记者所租的房间，也在这样状况中的一所屋里。这种一般的小住宅，里面大都设备得很整洁讲究，在马路上就看得见华美的窗帷，不但房里有花绒地毯，就是楼梯上也都铺有草绒地毯。拉水马桶和自来水浴室也都有。房里都有厚绒沙发可坐。除东伦敦（East London）的贫民窟外，这可算是一般人民水平线以上的普通生活，这当然不是上海鸽子笼式房屋的生活所可同日而语了，至于连鸽子笼式房屋还没得住的人，那当然更不消说。不过记者在伦敦现在所住的这个屋子，却有些特殊的情形，这些未尝不是英国社会一部分的写真，下次再说。

廿二，十一，五，伦敦。

三二　华美窗帷的后面

记者上次曾经谈起伦敦一般居民的住宅，除贫民窟的区域外，都设备得很清洁讲究，在马路上就望得见华美的窗帷。但在这华美窗帷的后面究竟怎样，却也不能一概而论。像记者现在所住的这个屋子，从外面看起来，也是沿着一条很清洁平坦的马路和行人道，三层洋房的玲珑雅致，也不殊于这里其他一般的住宅，华美的窗帷也俨然在望，但是这里面的主人却是一个天天在孤独劳苦中挣扎地生活着的六十六岁的老太婆！她的丈夫原做小学教员，三十年前就因发神经病，一直关在疯人院里，她有两个儿子，一个女儿，大儿子二十岁的时候就送命于世界大战，第二个儿子也因在大战中受了毒气，拖着病也于前两年死去了，女儿嫁给一个做钟表店伙计的男子，勉强过得去。于是这个老太婆就剩着一个孤苦零仃的光棍。这个屋子她租了二十年，房屋依然，而前后判若两个世界，她还得做二房东以勉强维持自己的生活，租了六个房客（中国房客就只记者一个），因租税的繁重，收入仅仅足以勉强糊口，每天要打扫，要替房客整理房间，要替各个房客预备汤水及早餐，整天地看见她忙得什么似的。她每和记者提起她的儿子，就老泪横流，她只知道盲目地怨哀，她的儿子给什么牺牲掉，她当然不知道。处于她这样前后恍然两世的环境中，在意志薄弱的人恐怕有些支持不住，而她却仍能那样勤苦的活下去，我每看到这老太婆的挣扎生活，便觉得增加了不少对付困难环境的勇气。

房客来去当然是不能十分固定的，遇有房客退出，她的租税仍然是要照缴的，于是又增加了她的一种愁虑。记者搬入居住的时候，她再三郑重的说，如果住得久，她要把沙发修好，要换过一个钟，我听了也不在意，第二天偶然移动那张老态龙钟的唯一的长形大沙发，才知道不仅弹簧七上八下，而且实际仅剩了三个脚，有一个脚是用着几块砖头垫着的，至于那个钟，一天到晚永远指着九点半！地上铺着的绒地毯也患着秃头或瘌痢头的毛病。她三番四次地问我住得怎样，提心吊胆怕我搬家，我原是只住几个月，便马马虎虎，叫她放心。至今那张老资格的沙发还是三只脚，那个钟还是一天到晚九点半！她往往忙不过来，索性把我的房间打扫整理暂时取消，我一天到晚忙着自己的事情，没有工夫顾问，也不忍多所顾问。有一次有一位中国朋友来访我，刚巧我不在家，她对这位朋友把我称赞得好得异乎寻常，说她的屋子从来没有租给过中国人，这是第一次，现在才知道中国人这样的。后来这位朋友很惊奇地把这些话告诉我，我笑说没有别的，就只马虎得好！这几天有一个房客退租了，她便着了慌，屡次问我有没有朋友可以介绍。（这位老太婆怪顽固，不肯租给妇女，说不愿男女混杂，并说向来不许有“女朋友”来过夜。）在资本主义发达特甚的社会里，最注重的是金钱关系，一分价钱一分货，感情是降到了零度，没得可说的。

我曾问她为什么不和女儿同住，免得这样孤寂劳苦，她说如果她有钱，尽可和女儿同住，一切关于她的费用，可由她照付，如今穷得要依靠女婿生活，徒然破坏女儿夫妇间的快乐，所以不愿。在现社会里，金钱往往成为真正情义的障碍物。

附近有个女孩子，十四岁，她的父亲是在煤炭业里做伙计的，平日到义务学校就学，每遇星期六及星期日便来帮这老太婆扫抹楼梯及其他杂务，所得的酬报是吃一顿饭，取得一两个先令，人虽长得好像中国十六七岁的女子那样大，但因贫困的结果，面色黄而苍白，形容枯槁，衣服单薄而破旧，她每次见到记者，便很客气地道早安，我每看到她那样的可怜状态，未尝不暗叹这也是所谓“大英帝国”的一个国民！

当然，记者并不是说这一家“华美窗帷的后面”情形便足以概括一般的情况，不过在社会里的这一类的苦况，很足以引起特殊的注意，尤其是在经济恐慌和失业问题闹得一天紧张一天以后。由此又令我连想到另一件事。前天我在伦敦的一个中国菜馆里请一位朋友同吃晚饭，谈得颇晚，客人渐稀，不久有一个妙龄英国女子进来，坐在另一桌上，金发碧眼，笑靥迎人，沉静而端庄，装束也颇朴素而淡雅，从表面看去，似乎无从疑心她不是“良家妇女”，但这位朋友却知道她的身世凄凉，因受经济压迫而不得不以“皮肉”做“生产工具”。我为好奇心所动，就请认识她的这位朋友把她请过来，请她同吃一顿饭，乘便详询她的身世，才知道她的父亲也是参加世界大战而送命的，母亲再嫁，她自己入中学二年后，便因经济关系而离校自食其力，在一个药房里的药剂师处当助手，做了两年，对此业颇具经验，但后来因受不景气的影响，便失业了，忍了许多时候的苦，才在一个商店里找到一个包裹货品的职务，小心谨慎地干着，不久又因经济恐慌而被裁，于是便加入失业队伍里面去了，多方设法，无路可走，除求死外，只得干不愿干的事情，她此时虽在干不愿干的事情，但因青春美貌还能动人，所以对“男朋友”还能作严格的选择。我说青春易逝，美貌不留，不可不作将来打算，不择人而嫁，便须极力寻业。她说嫁人不能随便在街上拉一个，很不容易，寻业已想尽方法，无可如何，并说比她更苦的女子还多着哩，有不少女子终夜在街上立着候人，直到天亮无所获而垂头丧气，甚至涕泪交流的，所在多有。据记者所见，她的话并非虚伪的，平日我夜里十点后总不出外，最近因参观几个大规模的报馆，往往深夜始归，那样迟的时候，公共汽车及地道车都没有了，汽车又贵得厉害，只得跑腿，上月三十日夜里参观泰晤士报馆（The Times），走过日间很闹热的大街叫作Charing Cross的时候，已在夜里两点钟后，果见两旁行人道上每隔几家店门便有女子直立着等候什么似的，因怕警察干涉，仅敢对你做媚眼，或轻声低语，这类“站班小姐”大概都比较的年大而貌不扬，找不到“男朋友”，只有“站班”的资格了！

廿二，十一，八，晚，伦敦。

三三　英伦的休战纪念日

昨天早晨（十一月十一日）“房东太太”捧着早餐走进记者房间以后，一面布置杯盘，一面她的眼眶里却盈满了晶莹着的热泪，颤抖着呜咽着对记者说道：“今天是休战纪念日（Armistice Day），在十一点钟的时候，全体人民都举行两分钟的静默，脱帽示敬——对为大战所牺牲的勇士们示敬。”她说着的时候，那老泪就忍不住地在她的脸上直滚着。记者曾经说过，这位老太婆所仅有的两个儿子都是为着参加世界大战而送命的，在这天她的情绪上的深刻的悲痛，是不消说的了。我只得安慰她几句——虽明知这种空言的安慰是无济于事的。

记者被她提醒以后，匆匆地吃完早餐，略翻阅一部分的当天报纸，便向外跑，要看看“全体人民”“两分钟静默”的情况，一出了门，就有一个妇女捧着一盘的薄绸制成的红花，一手还提着一个罐头式的封好挖着洞的钱筒，迎笑着请我买一朵，我问后知道是捐给残废兵士用的，花分六辨士和一先令两种，便买了一朵六辨士的，将钱掷入钱筒，她便把一朵红花插在我的大衣左旁的领上，彼此道谢而别。我继续进行着，看见东一个西一个同样地持着盘，摇着筒兜售红花，才知道今天这朵花是不得不买的，因为买了一次便等于一张“通行证”，免得再麻烦了。不一刻，看见什么人的身上都插有这样的一朵红花，老的小的，男的女的，粗的细的，都有。望望汽车上，货车上，汽车夫都插有，穿着破旧衣服的清道夫身上也插一朵，乃至路旁站着或坐在地下，身上穿着破烂不堪衣服的叫化子，身上也插有一朵；据说这都是残废军士在一年中制造的，在这一天便有无数的市民自愿尽义务代售。在这一天，英国全国的街上这样售出的红花达四千万朵。这些红花，在许多孤儿寡妇，老父慈母看来，实象征他们的亲爱者无辜为帝国主义所牺牲者的鲜血！我的那个头发尽白的“房东太太”，对着这朵红花就不知道要陪了多少眼泪！要唤起了多少哀思！又像我在上次文里谈起在伦敦一家中国菜馆里所遇见的那个可怜的英国女子，她的父亲也死于大战，她自己弄到今天竟因失业而不得不干“不愿干的事情"，在这天对着这朵红花，念到她自己的飘零的身世，也不知道要怎样地"柔肠寸断"，泣不成声！

记者在熙来攘往的人丛中跑了一段，跳上一辆公共汽车，向前直驶，刚开到很热闹的托丁汉可脱路（Tottenham Court Road）和新牛津街（New Oxford Street）的转角，恰到了十一点钟，只听见一个炮声，各车立刻停止，喧嚷嘈杂的街市，顷刻间成为万籁俱寂毫无声息的境域，我车里的那个穿着制服的售票员立刻脱帽立正致敬，全车的人都立起来，男的都脱着帽，呆若木鸡似的，有两三岁的孩子轻声说些什么，也被他的母亲禁住，他只得睁大着眼睛发怔。我原是夹在里面看热闹的，但也未便独自一个人还堂皇坐着，所以也依法炮制，随着大家脱着帽立着。但我这时候却像在教会学校时照例做礼拜一样，我心里却另在转我的念头。尤其有趣的是各店口的男女伙计们，以及行人道上的男女老幼，他们都于顷刻间各就原有的方向及地位呆立着不动，好像大家同时受着电气似的偶像！两分钟到了，炮声一响，街路上又像车水马龙似的动起来，好像受着电气似的偶像，同时也好像听了"开步走"的口号，蠕蠕地动起来。这种现象确可以表示他们一般人民的训练程度——虽则这种所谓"休战纪念"

在实际上没有多大的意义，甚至可以说毫无意义，因为年年干着这样的“纪念”，年年在这一天，各国的大人先生们都要举行老调的典礼，凑凑热闹，像英国在这一天便要由英王把花圈放在参战兵士的纪念碑前（这次有雾，英王怕有碍身体，未出来，由威尔士亲王代行），全国教堂都做礼拜祷告，大唱“哦，上帝啊，我们几千年来的救助者”（“O God，Our Help in Ages Past”），有什么用？老调儿弹了十五年了，现在各帝国主义者正在准备着再来一次更惨酷的战争！

据英国作家威尔士（H. G. Wells）的预料，下次的世界大战里面，要死亡人类的半数。这并非夸张的话，在事实上有可能的。在前次世界大战的时候，毒气杀人的惨酷，已极可惊，最近英国在销路最广的报纸里占一位的《每日快报》（*Daily Express*，每日销数达二百万份）曾出一本关于前次世界大战的相片专集，其中惨象历历在目，受毒气而立刻死倒遍地的固惨，而成群结队的士兵，来不及戴上避毒面具，眼睛因受毒气而立刻成为瞎子的，垂头丧气痛哭流涕，一个一个瞎子用手摸着前面的瞎子肩上前行着，其不死不活的惨象更令人不忍注目！但是现在更进步了！据英国的重要杂志所记载的事实，这几年来各帝国主义的国家对于杀人毒气更有异常进步的研究，所造成的结果可比以前增加无数的惨酷，在他们且自诩为这是所谓“化学战争”（chemical warfare）。尤其可骇的，是他们除努力发明“化学战争”的种种毒气外，又在努力发明什么“病菌战争”（bacteriological warfare），可由飞机上掷下特制的装满瘟疫病菌的玻璃球，经这种病菌摧残的任何城镇，可于短时间内全数死亡，其效果比炸弹还要广，这是何等惨酷的事情，但却是各帝国主义者努力准备着干的。在这样的形势下，虽力竭声嘶大唱“哦，上帝啊……”，即使叫破了喉咙，有什么用？所以在伦敦有的报上老实说所谓“休战纪念”简直是和死者开玩笑！在这班不幸的死者，如说句宁波话，便是“阿拉白死脱”！

廿二，十一，十二，晚，伦敦。

三四　世界新闻事业的一个中心

伦敦的新闻事业，在世界新闻事业里面，素来占着一个很重要的中心地位，这里有一部分的原因固由于英国在国际政治上和经济上都占着很重要的位置（虽则在大战以后，经济上的权威已被暴发户的美国抢去不少），还有一部分的原因也由于英国新闻业的资格老：发达得早。像《大英百科全书》（*Encyclopaedia Britannica*）所称为“世界第一新闻纸”（The First Newspaper in the World）的伦敦《泰晤士报》（*The Times*），便有了一百四十八年的历史；代表英国守旧派意见，以“帝国日报老前辈”（The Empire's Senior Daily）自许的《晨报》（*The Morning Post*），有一百六十二年的历史，那就更“老”了。当然，仅靠老牌子倚老卖老是靠不住的，他们的存在或继续发展，自有他们所以能存在或继续发展的特点——虽则他们的立场和方向尽有种种的差异。

在伦敦大学政治经济学院当“红教授”的拉斯基（Harold J. Laski）最近曾说过，每天只须选读八种重要的报纸，注意各报的社论，对于国际政治和世界大势，便可获得很明澈的了解。他这几句话也许说得过分一点，因为读报的人自己如果没有正确的眼光和判别的能力，也许不但不能“获得很明澈的了解”，反而受着麻醉，越看越糊涂！但是编撰精审的报纸，的确可作为研究参考用的“现代史料”。记者自到伦敦以来，每日除观察，谈话，或听讲外，便以阅读八九种报纸为常课，自觉得益不少，兴趣也非常地浓厚。第一可注意的是各报有各报的特点，极少雷同。它们不但在言论上因各报的立场不同而内容互异，即在消息上也因为各报的注意点不同而取材也迥然各异；有的消息，简直尽可以这报有，那报没有，就是遇着异常重大的国事或国际问题，问题尽管相类，而彼此所载的详略或注意点，也不一样。像每期销数达二百万份的《每日快报》，向靠登载“惊人消息和男女秘闻”（sensation and scandal）著名的，该报在第一页用大标题描写的“社会新闻”，在注重政治要闻的《泰晤士报》上面，往往连页末小小的地位都占不到。

言论和消息，各有特殊的注重，以造成各报的个性，这原可算是报纸的一种优点。但是在资本主义的社会里面，也往往在这种“特殊”里面表现出很矛盾的现象。例如《每日工人》（*Daily Worker*，英国共产党的机关报）最近载有一段很凄惨的消息，据说有一个失业工人名叫诺烈斯（Walter Noris）饿着肚子在一个爱威尔橡皮厂（Irewell Rubber Co.）门前等候工作做，从早晨八点钟等到下午五点半，最后因完全无望，便跳入爱威尔河自杀。这是多么凄惨的一幕！但各报都没有，而差不多同时有个军官的小姐夜深由跳舞场乘汽车回家，因重雾，汽车误开到泰晤士河里面去，结果溺死，资本主义的报纸多把这新闻大载而特载，并把这位小姐的倩影放大登出来，表示不胜叹惜之意，而那位失业投河的工人，在新闻纸上的“惊人消息”，却远比不上这位跳舞晚归乘着汽车驶入泰晤士河的小姐！

关于机械的设备方面，记者曾参观几家规模特大的报馆，而以每日销路均达二百万份的《每日传知》（*Daily Herald*）和《每日快报》为最宏伟。他们多用电力自动机替代人工，时间迅速，效率增高。例如《每日传知》报因便于全国递送起见，除有一部分报系在伦敦印刷外，还有一部分报系在孟却斯特印刷，两地的消息，每晚都用电力自动机于几秒钟内互相传递。由孟却斯特经无线电直接通到的消息，在伦敦报馆的自动机即在纸条上面戳成小圆洞拼成的符号，这种符号的纸条钻入另一机械，立刻变成用打字打得清清楚楚的一张一张的新闻稿子，再由电力自动运送机送到编辑先生的面前。编辑先生和看校样的，看校样的先生和排字工友们，彼此稿件的收付，也都是用电力自动机运送。稿件一放上去，就像一只老鼠似的，立刻沿着电线溜到目的地。这和上海商务印书馆找钱用的运送机又不同，因为这种运送机上放置文件的东西是继续不断的自动地溜着，忙得什么似的，用的人连拉都不必拉。该报馆离电报局有三英里远，他们却在地下通一个小圆管，也用这一类的电力自动运送电报，每一电报在几秒钟内就可送到。孟却斯特和伦敦之间（相距约一百八十英里），不但消息用电力自动机传递得那样迅速而便利，就是相片，也靠电力的作用，最快的可于五分钟内拍过来。《每日快报》的设备更新，排版浇版等等工场内既都用电力，热度特高，同时都装有电机空气管，把外面的新鲜空气输入，所以里面一点并不闷塞，这是其他报馆所不及的。

报纸各有各的特点，不作表面上的摹仿，以及设备上的科学化，这都是值得我们注意的，此外便是于新闻里面常常注意插图的加入，以引起读者的特殊兴趣，除“老气横秋”的《泰晤士报》外，各报对这点都很注意，尤其是《每日快报》，但还不及法国《巴黎晚报》对于新闻插图的新颖生动而丰富。要加多这种新闻插图，不但摄影记者须灵敏而又具有吸取幽默材料的手段，而且印机也要好，印得明晰悦目，否则东一个墨团团，西一个一团漆黑，还是没有的好。

廿二，十一，十九，伦敦。

三五　英报背景和对华态度

关于英国报纸的情形，记者在上次通讯里已略有所述，现在要谈谈它们的背景和它们对于中国的态度。

英国报纸大概可分两大类，一类是所谓“风行”的报纸，他们称为“national newspapers”或“popular press”，销数比较地最大，却都是资本家的宣传机关，都操纵在他们的手里。这类“风行”的报纸最著名的要推《每日快报》和《每日传知》。英报界十年来有高度的“托辣斯化”，在报界托辣斯里面有“四巨头”（Big Four）之称，这“四巨头”之中手段最灵敏，声势最煊赫的要推比佛补鲁克勋爵（Lord Beaverbrook，1879—　）。从前提起英国报界的大王，大概没有人不知道北岩勋爵（Lord North Cliffe，1865—1922），现在英国报界最令人注意的便是这位比佛补鲁克勋爵了。每日销数达二百万份的《每日快报》，他便是最大的股东，全受他的操纵，他极力主张“大英帝国”（British Empire）的巩固，以便“大英帝国”的大资本家得尽量吸收殖民地的膏血！

《每日传知》在表面上是工党的机关报，但实际上却也受资本家的主宰！独立工党的国会议员某甲最近在众议院里曾经当面揶揄背党的麦克唐诺，说他现在已成为“守旧派的心肝宝贝”（The darling of the Tories），其实这个工党机关报也变成了“资本家的心肝宝贝”了！原来这个报纸被“四巨头”之一的英报界托辣斯大王异立亚斯（J. S. Eléias）所组织的奥旦公司（Odham）加入股子，该公司占全部股份百分之五十一，工党所组织的“职业组合总会”（Trades Union Council）占全部股份百分之四十九。资本家的手腕真厉害！就多这一股，有全权主持这报纸！所以这个报在表面上虽常发表些有关工党的新闻或言论，在实际则完全学《每日快报》的样，特别注重“sensation and scandal”（惊人消息与风流秘闻）的社会新闻，迎合一般人喜看奸淫盗劫的心理，推广销数，大增广告，赚的钱就往资本家的腰包里送！

这样的报纸，资本的雄厚和赢利的多，其数量往往足以惊人，例如现由“四巨头”之一的鲁索默尔勋爵（Lord Rothermere，1868—　）所主持的《每日邮报》（*Daily Mail*，北岩勋爵所创办，每日销数约达一百八十万份左右）也是英国“风行”报纸之一，资本现值四百万镑，合八千四百万圆，八年来，每年红利分到百分之九七〇！试想这如果是社会化的机关，所得的钱不归资本家而拿来办有益大众的事业，有益于大众的福利怎样的大！

讲到英国报纸在言论上的势力，却不在于这类所谓“风行”的报纸，而在于仅属一部分人看的报纸，其中不仅在英国受人注意，并且在国际上也受着严重注意的，这要推《泰晤士报》和《孟却斯特导报》(*Manchester Guardian*)。《泰晤士报》每期的销数大概不过二十万份左右，《孟却斯特导报》每期的销数不过十五万份左右。销数多而言论势力反不及销数比较少的报纸，这似乎是一件很矛盾的现象，其实略加研究，却也有它的原因。上面所说的那些专重在“sensation and scandal”的报纸，看的人根本就当作好玩，对它们并不存有严重的态度；《泰晤士报》一类的报纸，却为那些虽属少数而却是间接直接有关现在英国“统治阶级”的人们所惯看，这班“统治阶级”在现状下既有左右时局的势力，这些报纸的言论当然也随着增加它的势力。这样分析一下，这种言论代表什么人的意识和利益，也可不言而喻了。（关于伦敦的

《泰晤士报》，记者曾作较详的考察；关于《孟却斯特导报》，记者也特由伦敦到孟却斯特作较详的考察，它们的奋斗史却也颇有注意的价值，当另文记述之。）

此外英国的共产党发行有《每日工人》（*Daily Worker*），每日一张，据该报的广告部主任自己说，每期仅销四万五千份。提倡社会主义的独立工党没有日报，只出一种周刊，叫作《新导报》（*New Leader*），销数也有限，大概不过两三万。英国反革命势力尚在顽强时期，可见一斑。第三国际在英国出有英文的周刊叫《国际通讯》（*International Press Correspondence*），及半月刊叫《共产国际》（*Communist International*），可公开售卖。

最后记者要谈几句关于英报对中国的态度。除不是帝国主义喉舌的报纸外。不消说，对中国都存着轻视的态度……在此处，“轻视”两字已算是很轻很轻的字眼。试举一例：上月有三个英国人，据说是在南昌号轮船上当机师的，在牛庄附近被海盗绑票，回到伦敦后在各报大登新闻，最起劲的当然是《每日快报》，他们遇有中国东北的新闻，向来只有“满洲国”的字样，但遇着英国人在东北被海盗绑去，“中国”字样似乎万不可少，所以便在大标题上大写“中国土匪”（Chinese Bandits），描写海盗怎样怎样的残忍，看报的人就把它当作一般中国人的真实写景！据载最后还是靠日本军队把他们援救出来。这在他们并不觉得日帝国主义在东北不能禁止海盗打劫，反觉得中国要靠日本军队来援救肉票！登载了洋洋大文章还不够，还在该报的画报上登着不少关于此事的照片，有两张里面是几十个“中国土匪”被枪杀后纵横散乱的卧在地上，又足见“中国土匪”之多，而中国人命之贱！（据说该肉票是用钱赎出的，“大文章”里也未说有激战。）怪不得记者屡次听见英国的男女朋友老实的说，在他们未和中国人做朋友以前，见着中国人便觉得有一种不可思议的畏心，有的就老实把中国人当作“半野蛮”（Half Savage）看待。这不足怪！这是他们的报纸乃至一切出版物对华态度所产生的必然的结果！

廿二，十二，九，伦敦。

三六　谈《泰晤士报》

英国的报纸，在国际上最闻名的，大概要算《泰晤士报》首屈一指了。这个报差不多有了一百五十年的历史，讲到它的奋斗史，却也颇有趣味，并且令人想到天下成功的事情并非出于偶然的——其间都有若干困苦艰难的经过，和对于这些困苦艰难的抗拒，战斗，克服。

《泰晤士报》的创办人名华尔德（John Walter），于一七八五年一月一日发行第一号。最初并没有什么惊人的成绩，因为没有遇着盘根错节，利器也无从表见。但是一七八八年的三月六日，机会到了，在这天的前一夜，下议院对于东印度公司问题作彻夜的辩论，第二天早晨七点钟乃分成赞成和反对的两派。当时办新闻业的人都以为有些新闻报告就是了，迟些早些并不在乎，而《泰晤士报》却能载上当天早晨七点钟的国会新闻，辩论的内容和分裂两派的人数，载有四排之多，随后两天又接连胜过别报的消息，于是才引人注目。当时的报纸，依现在看来，大都是道地十足的“饭桶”，它们对于重要的国内外新闻，很写意地等候着“官报”，华尔德却独出心裁，逐渐在国内外布置着自己的访员，遇着重要的事故发生，他每能用迅雷不及掩耳的手段，预先派出才力可以胜任愉快的专员探取要闻。例如一七八九年七月的法国革命刚发生，他就预料事变的严重，预派有访员用最迅速方法传递要闻，后来十月路易十四和皇后由凡尔赛移到巴黎，以及后来他们先后被杀的消息，英文报纸就只有《泰晤士报》第一家发表出来。有的重要消息竟比所谓“官报”早四十八小时收到，别的那些“饭桶”报纸当然落后了！

据说华尔德的重要特性是赴事的奋勇，决断的敏捷，和意志的坚强。但他的报纸的力量渐增，他的苦头也渐多，曾经数次因严评权贵而被罚金或拘囚，有一次连尝着十六个月的铁窗风味，身体虽受了损坏，但他出狱后还是照旧的干着。他六十三岁告老后，于一八〇二年由他的幼子华尔德第二接下去。他虽是一个廿六岁的青年，但意志的坚强和胆量的壮勇，更胜于他的老子。因他的努力，因他的四十年的惨淡经营，当时的《泰晤士报》被人称为“英国最大的力量”，因为他不但努力于新闻方面的正确和迅速，同时并注意于社论的精警。当时的政府对于这个“新怪物”（New Monster）非常的怕，屡次设法要“收买”，甚至在邮递方面加以种种困难，但华尔德始终不屈，想尽种种方法抵抗困难。有人说他的这种始终不屈的奋斗，于今日的英国报界言论自由，有很大的影响。其实统治者的最笨拙的行为，莫过于想“收买”言论机关，他们不知道别的东西可“买”得来，言论机关是绝对无法“买”得来的，因为言论机关的命根在信用，“收买”就等于宣布它的信用的“死刑”，就等于替它鸣丧钟！

替该报努力的人当然不止这两个，以上不过略举一二故事，以见该报已往奋斗史的一斑。现在要略谈该报现在的情形。关于所有权方面，简单地说起来，除若干无力左右政策的小股东外，最大的是两个股东，一为创办人华尔德的玄孙爱德（Arthur Walter），一为亚斯德（John Jacob Astor）。英国人已把这个报当作一种“国宝”，规定好以后该报如须出售（即换老板），须获得一个委员会的同意，这个委员会是由下面五个人所组成的：（1）英格兰大理院院长，（2）牛津神学院院长，（3）皇家学会会长，（4）会计师公会会长，（5）英格兰银行总裁。

关于《泰晤士报》的特点，可分新闻和言论两方面来说。该报每日普通出六大张，每张四大页，合成二十四页，而最重要的新闻和引人重视的社论（在美国通称editorial，在英国却通称为leader）却都在当中的一张，所以我们每天看《泰晤士报》，一到手就先翻到当中的一张。新闻的一栏称为“帝国和国外”（Imperial and Foreign），下面便是一段一段的关于国内外的电讯，每段电讯都另有标题。非遇有非常重大的政闻，大标题总不易见，不像《每日快报》或《每日传知》那样，天天有大标题，而且不止一个。最近在《每日快报》上，因美国电影女明星曼丽璧克馥（Mary Pickford）和男明星范朋克（Fairbanks）离婚，便用大标题和相片，占着大半页的显著地位，这在《泰晤士报》上是绝对碰不到的。平心而论，电影明星离婚是否值得那样大吹大擂固成问题，像《泰晤士报》那样死气沉沉的编法却也未敢恭维。不过它却有一个很值得注意的要点，那便是它对于任何新闻不登则已，既登了出来，一定是比较的确实，尤其是关于政治的消息。它因此于无形中养成读者对于它的这种信任心。我有几次对英国朋友或在英国的中国朋友谈起重要的政闻，他们往往要问是不是在《泰晤士报》上看见的，倘说不是，他们还觉有怀疑余地，倘说是，他们便觉得特别重视。不过依我看报的经验，“确实”是一事，有否成见却另是一事。像《泰晤士报》对中日事件的新闻，多登些有利日本的新闻，多登些有害于中国的新闻，在分配中仍可含有厚彼薄此的作用。

关于言论一栏，在英报中《泰晤士报》的社论确有它特殊的风格和精彩。每天大概都有四篇洋洋洒洒的长文章发表，在质和量方面都为其他英报所不及。有人说章秋桐从前在英伦时，天天注意研究《泰晤士报》的社论，颇有心得，所以在他所主撰的曾经风行一时的《甲寅》月刊上，他的文章也颇有类似的风格。讲到“雍容雅度”的十足的“绅士”（gentleman）腔调，确有类似之处。

《泰晤士报》在英报中确可算为“铁中铮铮”者，不过在骨子里，对外仍是站在帝国主义的立场，对内仍是维持资产阶级势力的立场，却是很显然的事实，所以我们研究该报，仅就技术方面着眼，讲到政治立场，那又是另一回事了。

廿二，十二，十九，伦敦。

三七 《孟却斯特导报》的创造者

英国的孟却斯特（Manchester）——对华经济侵略的大本营，自由主义（liberalism）的发祥地——它的大名，我们早已震耳欲聋了。记者因于十一月底往爱尔兰观察那老大民族的解放运动，顺道到孟却斯特和利物浦勾留了一星期。孟却斯特以棉织物著名于世，最重要的市场是印度和中国。自由主义对于殖民地取柔和政策，也是出于要保持或扩充市场的苦心；像日本那样一手拿手枪，一手拿东洋货迫你买的办法，比之于自由主义当然是笨拙得不堪的。孟却斯特是对华经济侵略的大本营，而同时又是自由主义的发祥地，这里面的联系，也就意在不言中了。

在英国主持这自由主义最力的，是和《泰晤士报》在英国言论界分庭抗礼的《孟却斯特导报》。记者曾带了伦敦西友的介绍信，承该报副主笔华雷斯（Mr. A. S. Wallace）殷勤招待，作详细的参观和谈话。《孟却斯特导报》的编制，和《泰晤士报》大略相似，没有什么特点足述，规模也差不多，我以为值得我们注意的是担任该报主笔至五十七年之久，使该报由一地的报纸成为全国的报纸，成为国际的报纸，该报的创造者史各特（C. P. Scott，1846—1932）。

在世界新闻界上有今日地位的《孟却斯特导报》，史各特虽被称为创造者（creator），但该报的创办人却是他的姑丈推勒（John Edward Taylor），当史各特还在牛津大学肄业的时候，该报已由推勒的儿子推勒第二继续经营，他的年龄比史各特大得多，但却看中了他的这位表弟是个特出的人才，劝他准备着加入该报。史各特由牛津毕业后，先往爱丁堡的《苏格兰人报》（*Scotsman*，为苏格兰最著名的日报）去实习，在名主笔卢塞尔（Alexander Russel）手下襄助了一年，便到《孟却斯特导报》服务，到该报后又在副主笔古柏（John Couper）指导之下实习一年，然后才正式担任该报主笔，当时他才二十五岁，该报刚举行了五十周年纪念。一九二一年该报举行一百周年纪念，同时刚巧是他担任该报笔政的五十周年纪念。记者屡提起这些年数，意在注重事业需要长时期的继续努力。推勒看定了这个人才，便丝毫不加牵掣地任他放手办去，长时期的放手办去，这也是有不可及之处。一九二九年，史各特已八十三岁，自动辞去主笔职务，但仍任该报常务董事，直至八十六岁死的时候，他的一生真是全部分尽瘁于这一件事业。死后英国新闻界公认他是“近代英国新闻业上最杰出的人物”（the most distinguished figure in English journalism of modern times）。

关于史各特的生平，据记者管见所及，觉得有几点值得我们记述的：

（一）他一生在办报，也一生继续不断的在求学——广义的求学。我们看到他生平所作的私人日记，便可看出他“求学”之勤。他每和各种专家谈话之后，便把内容很详尽的在日记中写了许多页数，并非准备发表，只不过作为写社评时的参考，只不过作为增进自己学识的工具，所以有的时候，他的同事觉得某特殊问题在他定是外行，不料他却能说来如数家珍，引起不少的惊奇，这不是他能变戏法，只是他平日“继续不断的在求学”的自然结果。寻常学校里的学生也记录教师的讲辞（所谓“take note”），不过史各特的“学校”是全社会，随时随地都能得到他的“教师”。在寻常学校里对于教师讲辞的记录，也许是为着要敷衍考试而不得不勉强耐着性儿记些下来，在史各特却是像饥渴似的自动地追求着。

（二）他对于他自己所信仰的主张，能够很勇敢地坚持到底，不屈不挠的坚持到底。例如他曾经坚决反对英国对南菲洲波耳（Boer）战争，虽受许多人攻击，甚至他的报馆和家里都有受人“打倒”的危险，在最严重的时候不得不由警察保护，而营业上也受着不少的影响，但是他认为他的主张是对的，便勇往直前，毫不怯弱。（在这样危殆的时期，推勒仍信任他，这也是很可佩服的。）

（三）史各特能把友谊和公论分得清楚。他虽曾经被选为众议院议员，却始终未置身政界。可是历来有不少的首相或阁员向他征求意见，他立于朋友或顾问的地位，对于当前政治问题也有很大的力量。但是他不因为和这些人有了多少的友谊，便影响到他在言论上的独立的态度。例如大战时路易乔治（Lloyd George）任首相，遇着重要的国事问题总要请教他，和他友谊很厚，但是他对于乔治的政策，认为对的虽极力拥护，认为不对的，也极力攻击。（这都有具体的问题为证，为避烦屑，不具引。）

最后关于他对新闻业的态度，还有几句话可以说一下。

他说："新闻业的根本意义，实包含忠实，纯洁，勇敢，公正，和对于读者及社会的责任的感觉……新闻纸的最基本的一种职务是在采访新闻，这方面最重要的是要不畏艰险的保全真实，不应有丝毫成见参杂其间。评论尽可以自由，但是事实是神圣的，歪曲事实以作宣传，这是最可痛恨的。反对者的声音也应有被听取的权利，并不应少于赞助者的声音所能得到被听取的机会……"

史各特当然是过去的人物，他的中心思想也是过去的不合现时代的陈物，但是他一生对于新闻事业的继续不断的勇敢的忠实的努力精神，却还值得我们的注意。（其实这种努力的精神并不限于新闻事业，在任何有益社会大众的事业，都是一样的可贵。）

廿二，十二，廿四，晚，伦敦。

三八　孟却斯特

记者于十一月廿七日上午十点三十分钟，由伦敦乘火车赴孟却斯特，下午两点十分钟到。此行所得关于《孟却斯特导报》的材料，上节通讯里已述及，现在要略谈关于其他的见闻。

我们要感觉到孟却斯特对于英国的重要，只要想到英国的经济几全靠工业制造品的出口，棉织物向居英国工业制造品的第一位，在大战前，英国棉织物的出口货，实占该国全部出口货总价值中的三分之一，大战后虽锐减，仍占四分之一；我们知道这棉织物所自产造的大本营是在兰开夏（Lancashire），而孟却斯特却为兰开夏该业的最重要的中心地点。在大战前，可以说世界各市场的棉织物进口货，全部中的四分之三是由孟却斯特的公司输运出来的；在大战后，关于棉织物的国际贸易，也还有二分之一是操于孟却斯特该业中人的手里。英国在大战前成为“一世之雄”——世界上最富强的国家——就经济方面说，大部分靠它的出口贸易，出口货的大宗是棉织物，而孟却斯特却是英国制造棉织物的中心区域。孟却斯特和英帝国主义的繁荣，和英帝国主义对殖民地及半殖民地的经济侵略，其中密切的关系，于此可见。但是现在却到了倒霉的时代！视作靠山的出口贸易自一九二九世界经济恐慌以来，已越缩越少，缩到不及从前的三分之一了。占着出口货大宗的棉织物当然随着一同倒霉，加以日本在这方面的激烈竞争，日帝国主义和英帝国主义大抢市场，更使这只“壮牛”（John Bull）走头无路。东洋货最凶的是价钱便宜，例如一件布的衬衫，在英国即工资不算，运输和经商的费也不算，成本至少须一个先令六辨士（普通售价每件约在五先令左右），而日本货的布衬衫却能在英国市场上每件售价一个先令！所以即在英国直接的殖民地如香港，日本货的进口在一九三二年值七十余万镑（£737,088），一九三三年仅开始八个月内，竟增至一百万镑以上（£1,107,229）；又如在印度，日本货的进口在一九三二年值八百余万镑（£8,883,178），一九三三年仅开始八个月内，竟增至一千万镑以上（£10,448,081）！这里面棉织物当然也是大宗，弄得兰开夏的棉织工厂停工的停工，倒闭的倒闭，叫苦连天！帝国主义互争市场的把戏，正在钩心斗角一幕又一幕地演着，愈演愈尖锐化！

孟却斯特虽在倒霉的时代，但仍然是烟雾弥天，加以天天是阴云密布着，无时不是黄昏的模样，由工厂的烟囱里出来的烟还不够，街上还有一种旧式的汽车，不用汽油而是烧煤的（大多数是运货车），上面也有个小烟囱，在街上来来往往大放其烟灰。我每出门一次回到旅馆里，或仅出门走了几步路，用手巾向脸上一擦，或鼻孔里一抹，总是黑化。住这工业区的人民，烟灰想总吃得不少。但街市热闹，商店装璜美丽，交通便利，马路平阔，男女熙来攘往，却不失其为大城市的气概。

记者住在一个小旅馆里，房间约有二三十间，最下层有颇舒适的公共写字间和餐室。旅馆虽小，却非常清洁，楼梯和地上都铺着花绒地毯。里面除一个老板和一个老板娘外，就只有两个青年女侍者，虽仅穿着蓝布的罩衫，白布的圆领和胸前的围巾，但美慧天成，令人愉悦，可是一天忙到晚，我看什么事都是她们俩干着，早晨六七点钟就听见她们的迅捷的足声在房门外响着，直到夜里十一点钟以后才得休息，而那对主人却终日闲暇着。有一次刚巧只我一个人在公共写字间里的墙壁火炉前看报，这两个女侍者里面有一个进来替火炉加煤，我乘便问她星期日也略能得到休息的时候吗？她努着嘴说也是一样的一天忙到晚，说完后嫣然一笑，回转身又匆匆忙忙地去干着别的工作了。就在这小小的一个旅馆里，有资产者和仅靠劳动力以求生者，便截然分明，使人感到劳逸的不均，人生的不平。

到的那天，有位在孟却斯特的朋友杨君知道我来，特从伦敦买到几样中国菜的料子，预备约中国学生某君烧几样中国菜来吃晚饭，不料某君不在家，他忽想起有个他所熟悉的业洗衣作的华侨某甲也是烧中国菜的能手，便同去找他，就在他店里同吃晚饭，带来的几样菜就请他一手包办。这个小小的一家洗衣作，某甲是老板，这家店就是他的产业，年逾半百，人很老实，不过生得奇丑，还有个中国伙计，看上去很像鸦片鬼。此外还有一个五十来岁的英籍老太婆，和她的一个生得可算健美的女儿，年约二十左右，腹部已膨胀，听说已有了三个月的身孕。这老太婆很健谈，和我谈了许多关于英国的家庭习俗，特别注意钱的重要！后来听杨君说，才知道她的女儿不久以前已嫁给这个洗衣作老板某甲，这老太婆就靠这女儿吃着不尽，这也许是她对于“钱的重要”的一种表现罢。两女四男同桌吃了一顿。席中老太婆，杨君，和我，话最多，某甲和伙计因只会说广东话，变腔的英语也说不到几句，所以只尽量的喝酒吃菜。那个年青女子虽偶尔说话，但大部分时间都静默着好像在想着无限心事似的。饭后和杨君在途中时，我说菜的味道很好，不过看着那个满腔心事的年青女子，不知怎的心里始终感到有些怏怏不乐。其实这也是旧社会制度里的常有现象，像我国某“要人”，年逾半百，听说潜伏梅毒已到了第三期（比较起来，那位勤苦老实的某甲好得多了），还娶了年青貌美的大学女生，这女生的家属还在事前千方百计地怂恿她出嫁，因为高攀了贵戚，全家从此可以不愁不“鸡犬升天”了！这算是旧社会制度里的婚姻自由！

廿二，十二，卅一，伦敦。

三九　利物浦

英国棉织业大本营的兰开夏有两个最著名的城市，一个是孟却斯特，记者在上次通讯里已略述梗概了；还有一个是利物浦（Liverpool），在兰开夏西南沿海的一个船业中心，有英国的“西方门户”（the Gateway of the West）之称。该埠沿岸接连着的船埠达六英里半之远，港内水面积有四百七十五亩（acre）之广，无论怎样大的轮船，都能靠岸。英国进口货的四分之一和出口货的五分之二，都经过利物浦，该埠除在运输上占重要地位外，最重要的工业是造船，故大规模的船坞，连绵数里，坐着架空的电气火车，沿船埠兜了好半天，还看不完。但是英国的出口贸易，既跟着世界经济恐慌而踏上了倒霉之路，运输业当然随着一同倒霉。孟却斯特到了倒霉时代，利物浦也不得不到了倒霉时代。繁荣时代，规模越大越煊赫；倒霉时代，规模越大越糟糕，越难收拾。在一九三三年的一年中，造船业工人有一半以上失业；船埠工人及水手有三分之一以上失业，形势严重，可以想见。

记者于十一月三十日上午十一点三十分钟由孟却斯特乘火车动身，下午两点十分钟到利物浦。市面萧条，较孟却斯特露骨得多。在利物浦大学地理学院肄业的朋友涂长望君（《生活》的读者）到车站来照拂，并承他陪伴了两天，诚挚可感。记者此次出国最感愉快的是借着《生活》的媒介，遇着许多有志的青年朋友，涂君也是其一。我们虽未曾谋面过，但却是一见如故，快慰平生，因为我们在精神上都早成了好友。涂君说利物浦大学地理学院教授（兼院长）卢斯佩（Prof. Percy M. Roxby）对中国非常表同情，叫我去谈谈，当天下午四时左右便同往，将近该校和进了该校的时候，陆陆续续看见男女同学迎笑着对涂君打招呼，态度都很亲热，据涂君告我，该校因卢斯佩教授对中国异常表同情，每讨论到远东问题，总是帮中国，所以造成风气，他所主持的地理学院的男女生近百人，都是对中国特具好感的，我才恍然于许多男女生对中国人的亲热态度。

卢斯佩教授十年来曾三次到过中国，对于中国文化及地理问题的著作颇多，对于中国学生的事情，非常肯热心帮忙，遇着有演说机会的时候，总是替中国说话。中国的好坏，自有本身的事实存在，我们原不必听见有人说好话便色然而喜，但是肯表同情于中国的朋友，却也值得我们的介绍。

英国人把下午四五点钟的那顿茶点，看得很重，有人说他们晚饭不吃还不打紧，下午那顿茶点是万不可少的。我们到了地理学院里的时候，正遇着卢斯佩和几个同事在楼上一个小房间里吃茶点，便邀涂君和我一同加入。卢斯佩教授说他刚接到一位伦敦朋友的信，知道我来，正盼望着晤谈。他今年五十三岁了，还是一个独身，住在学生寄宿舍里，和学生混在一起，衣服看上去也很随便，大有一个书呆子的模样，大概他的注意力都用在地理学上去了。在这天的茶点席上，却有他的一位妙龄秀美的女秘书奥德恒女士（Miss Oldham）担任“女主人”的职务，很殷勤和爱地招呼客人的茶点。此外还有该学院的讲师史密斯君（W. Smith）。我们五个人围桌而坐，我们当然很容易谈到中国问题，我忽见他（卢斯佩）瑟瑟缩缩从衣袋里一个日记簿上，取出几张刚从报上剪裁下的关于中国的新闻，有一张是一个英国“死硬派”素有“中国通”之名的某甲写给《泰晤士报》的信，大意说日本占据满洲，虽经国联认为不合理，但现在已成事实，时势不同，如仍根据国联意见，不注意事实，徒然妨碍世界和平云云。这几位英国的男女朋友——卢斯佩，史密斯，和奥德恒——都愤愤不平，我暗中觉得我们自己不长进，旁人反代为不平，徒然增加我们自己的惭愧而已！我们约谈半小时后告辞握别。

卢斯佩教授有个习惯颇好笑，他谈话时，仰着头，眼睛好像总是望着天花板。倘若不是他的诚恳，简直有人疑他旁若无人。我出来后对涂君说句笑话，说卢斯佩的眼睛总是好像望着天花板，他大概从未知道同事里面有个那样秀美的密丝奥德恒罢！

记者在利物浦除参观了利物浦大学（建筑学最著名），大规模的船坞（有许多轮船都闲空着），利物浦的贫民窟（所谓 Slum，该处是在英国最大的贫民窟之一，衣服褴褛，房屋破烂，触目皆是）。此外在建筑上比较特别的是利物浦的“浮码头”，他们称为“landing stage”，因为在那海岸旁的潮水上落的很厉害，最高时涨到三十四呎，低时十一呎，所以为搬货及搭客上下的便利，不得不有浮着的活码头，该码头长二千五百三十四呎，平均阔八十呎，高出水面六呎到八呎，用铁链系在岸旁，价值二三十万镑，工程殊为宏大，走上去简直是陆地，不觉得是在什么码头上。不愧为帝国主义对外实行经济侵略的大本营的规模！

还有个尚在继续建造中的大建筑物是利物浦大教堂（Liverpool Cathedral）。世界第一宏伟的大教堂是罗马的圣彼得大教堂，高四百十八呎，利物浦这个才造好一部分的大教堂也有三百零八呎高，欲抢得第二把交椅，自一九〇四年开始建筑以来，建筑了近三十年，尚未完工，其工程浩大可想。记者去瞻仰时，不得不惊叹该处大贫窟里的许多贫命集合起来，那比得上这个上帝的福命啊！听说对此事捐款最踊跃的是该处的资本家。帝国主义最欢迎的是《圣经》（见《海上零拾》），资本家所欢迎的又是大教堂！

在英国的华侨，最多的是在伦敦（当另文记之），其次要算利物浦了，有三百八十人，其中约有一百八十人做轮船上的水手，火夫，及极少数的管事人（steward，类于茶房头的职务），现此中失业者已有六十八人，此外者几家小菜馆及小商店，大概只专做本国人的生意，其余的大多是洗衣业，也仅靠老主顾勉强维持着。（孟却斯特也有二十几个华侨，全是洗衣业，几全有了英籍的妻子。）他们大多娶了英国女子，冒着险到英国谋食的华侨，教育程度原很低，有许多中西文字都不识，而英国妻子至少受过高小教育，所以大半受妻子的管辖，惧内者居多，因为写信记帐以及许多事都需要仰仗她们。利物浦也有华人麇集的中国街（其实叫 Peet Street），记者也去“巡阅”一番，当然都是小店，有好几家关了门，“寄人篱下”，免不得随人倒霉了！并到该处一家中国菜馆里去吃过两次饭，看见几个中英合种的男女小孩，真长得健美可爱，和他们瞎谈一阵，觉得他们天真烂漫，性情都很和蔼。有个三岁的孩子，只头发是黑的，其余就全似个洋囡囡，可爱极了，我简直想把他抱回中国来；这家老板是个广东人，老板娘是个大胖子的英妇，他们有个合种的女儿已十八九岁，具着一副婀娜的美态，一对妩媚的慧眼，说着一嘴的莺声软语，婉转动听，听说已和一个英国人订了婚，准备明年出嫁，怎样的英国人却不知道。

涂君谈起他有个好友赵云鹏君，在利物浦大学专攻桥梁工程，也是《生活》的读者，最近因肺病进了医院，听见记者来的消息，以不得一见为憾，我说我应该到医院里去慰问他，便于十二月一日下午买了一些水果，约同涂君和特由伦敦赶来利物浦陪我同赴爱尔兰的张似旅君，到医院里去看他。他住在一个大病室里，有几十个病人一排一排的沿着四面的墙旁榻上躺着，布置得很整洁，他也穿着睡衣躺着，我们三个在病室门口伸着脖子看清了他的榻位，便蹑手轻脚地偷移到他的榻旁。经涂君介绍后，我和他很诚恳地握着手，并把水果捧给他，他看见我们来了，欢喜得什么似的。我们听见他说医生说已可无碍，身重加了两磅，不过还须疗养，也非常替他欢喜。我们除竭诚慰问外，不敢多谈，于郑重道别后，又偷偷蹑蹑地跑出了病室，已是万家灯火了。

当夜我便和张君乘轮赴爱尔兰的首都。

廿三，一，四，伦敦。

四〇　继续努力解放的爱尔兰

我们想起爱尔兰，每要连带想到这个老大民族七百年来继续不断地努力于民族解放的斗争，尤其是在已往的两个世纪里，这部斗争史是用殷红热血写成的，是无数战士粉身碎骨造成的！这斗争现在还未完成，虽则是离了一个旧的阶段，踏上了一个新的阶段；他们仍在英勇地继续努力于民族解放的斗争。我们不幸生在受帝国主义践踏的中国的人们，对他们不禁汹涌着同情，兴奋和惭愧的情绪。记者此次便怀着这样的情绪，到爱尔兰去了一趟。

在伦敦有位新交的好友张似旅君本来也想到爱尔兰去看看，听见记者有意去旅行，便约着同去。他由伦敦径抵利物浦，于十二月一日夜里十点钟同由该处乘轮渡爱尔兰海（Irish Sea），轮船虽小，但是有吸烟室，有大餐间，设备还算完整；房间很小，上下两榻外，有一冷热自来水白瓷脸盆，两人一室，记者和张君便住在一个房间里。我们先在大餐间里买了一壶茶，谈到十一点钟后就寝，第二晨八时到爱尔兰的首都都伯林（Dublin）。我们在都伯林虽仅仅耽搁了四个整天，但可算是尽量地利用着；一部分时间观览有历史意味的胜迹，一部分时间和几家报馆的主笔及各政党的主要人物谈话，最后还去访问了爱尔兰自由邦（Irish Free State）总统凡勒拉（Eamon De Valera）。张君真是一个很难得的旅伴，因为他兴致非常的好，一点不怕麻烦，有一家报馆的主笔，我们一同去访了四次才看到，他都是欣欣然没有一个字的怨声。尤其是寻访各政党中人谈话的麻烦，像在我们到时正在受政府搜查的法西斯党的机关，跑了好几处才寻到，寻到了，据说已移到某秘密处所，由该机关用汽车把我们两个人载着湾了许多圈子，才到了他们的秘密处所，我们两人相视而笑，因为无缘无故大揩他们的油。又如寻访共产党的机关，东查西问，到贫民窟里钻了许久，居然也寻到了。张君不但不觉得我讨厌，而且依他也非达到目的不肯甘休；这位朋友的不怕麻烦，不畏艰难的精神，尤其是他的那种欣欣然对付当前阻碍的态度，实在使我十分地佩服他，敬重他。

在都伯林所见的马路的平坦，交通的便利，乃至男男女女的形貌，在表面上简直分不出他们和英国人有什么截然的差异，但是一方面却是压迫的民族，一方面却是被压迫的民族；一方面一定要拉在大英帝国里面，一方面却要千方百计地造成完全独立的共和国。记者此次所要调查的，是他们所受的压迫已减至何种程度，和他们要获得完全自由平等的前途趋势怎样。爱尔兰有两千万亩膏腴之地，气候又宜于农业，英国统治阶级对爱尔兰的传统关系，最主要的便在剥削爱尔兰的农业富源。爱尔兰被侵略后，土地被没收，妇女孩童整批地被卖到西印度群岛去，英国人打死爱尔兰人在法律上是无须偿命的！当时那样惨苦的情形，这是读历史的人都知道的。但是爱尔兰人继续不断地反抗，前死后继地斗争，英国真好像吞下了一枚炸弹，终不得高枕而卧。最后经一九一六年的革命战争及以后的混战游击，终于一九二一年的《英爱条约》，产生所谓爱尔兰自由邦，有自己的国会，处理内政，行政首领对国会负责，但同时却有个总督代表英皇，而国会议员又须宣誓尽忠英皇。可是据说现在这位代表英皇的总督，实际上已没有人睬他，照例应呈他核准的律令也不送给他看，议员宣誓尽忠英皇的把戏也不照办了。这样说来，爱尔兰在实际上是否已经完全独立？现在他们所争的什么共和国，是否不过在名义上的问题呢？记者把这个问题提出问过好几个他们的报馆主笔（也问过凡勒拉，他的回答见下节），他们竟都承认是的。其实我们如作较深刻的研究，便知道不尽然。爱尔兰的海军根据地迄今仍在英国的掌握中，这是军事上很显然的事实。再就爱尔兰最重要的一个经济问题（土地问题）而论，英政府为和缓爱尔兰农民参加革命起见，特于一八八五年，一八九一年，一八九六年，及一九〇二年，屡颁布所谓《购地律》（*Land Purchase Act*），准由政府发行公债借给农民购地，唯购地的农民须每按年偿还本利若干，称为“年金”（annuity）。这样一来，至多不过把献给地主的佃租，改献到资本家手里去，而在半饿状态中过活的农民，还是依然故我！在一九三二年，爱尔兰农民进贡给英国的这样“年金”仍有三百万金镑之巨。英国统治阶级（主要的当然是资产阶级）现在仍借着“土地年金”和用进步的工业品（英国的）与落后的农业品（爱尔兰的）的交换，由此尽量剥削爱尔兰的农民。英国的资本主义尽量发展英国的生产，同时并尽量吸吮爱尔兰农民的膏血，使爱尔兰的工业永续地落后。此外爱尔兰的银行制度，完全和英国的发生连带关系。一方面爱尔兰的资产阶级将剥削所得，投资于英帝国者，仅就南爱而论，也超过了二万万金镑，所以为维持他们的切身利益起见，仍愿维持和英帝国的关系。现在爱尔兰柯斯葛雷夫（William T. Cosgrave）所领导的法西斯运动，便是代表大资产阶级，这大资产阶级和纯粹民族资产阶级的性质又有些不同，因为多少和英帝国主义发生了联系，所以他们是倾向和英国妥协的。爱尔兰民族解放运动，这班人当然是没有份儿。凡勒拉所代表的是小资本家和中等阶级，他们能负担起这个使命吗？这便是记者在上文所谓“前途趋势怎样”的问题，请容在下篇谈到凡勒拉时附带地提出来谈谈。

廿三，一，十五，伦敦。

四一　凡勒拉访问记

记者到都伯林的第三天下午（去年十二月四日），和张君似旅同去访问爱尔兰自由邦总统凡勒拉。我们去看他，原没有什么特别的事情，不过因为久闻这位为爱尔兰民族解放努力斗争二十年的健将，顺便去瞻仰瞻仰他的言论丰采，但是在我们到的那几天，爱尔兰和英政府交涉宣布独立共和国的问题，正闹得满城风雨，凡勒拉在这时候正是该国新闻记者所极不易见到的人物，况且我们并没有什么介绍信，冒冒失失地去乱闯一阵，能否见着，毫无把握，可是我们觉得不妨试试看，即见不着，也不过偏劳了自己的两条腿，没有什么蚀本的事情，于是便打定主意去跑一趟。我们到了他的官署门口的时候，只见一队卫兵穿着很威武的制服，现着很森严的气概，在门口持枪守着，我们俩挺胸大踏步前进，他们只注目望着，倒不盘问什么，到了传达处之后，道明来意，先由秘书在客室晤谈，他说总统见的人很多，寻常非在一星期以前预先接洽不可。我们说明天就要走，请他替我们问问看。他答应当天夜里用电话把接洽的结果通知我们。后来得到他的电话，说总统答应第二天下午五点半晤谈。第二天上午凡勒拉为着英政府殖民地大臣刚送来对于他的通牒（即询问英政府，如爱尔兰宣布独立共和国，英政府是否不致以武力压迫）的复文，开紧急国务会议，下午三点钟又在上议院报告这件事情，仍肯于百忙中的同日下午五点半和我们接谈，这大概是因为他听见记者是由中国那么远来的，但在我们觉得究是一件不易多得的事情。

我们先由秘书引进客室略候，便由他领到总统办公室里去，这办公室是个颇大的长方形的房间，设备很简单，只有一张很大的办公桌放在一端的窗前，凡勒拉背壁坐在案前，桌的右边放着两张沙发。凡勒拉座位的背后墙上挂着一张爱尔兰全岛的大地图，对面的那个墙上挂着一个很大的半身石膏像，看上去似乎是一九一六年革命战争的领袖披尔斯（Patrick H. Pearse）的遗像。凡勒拉每天就前面对着这个杀身成仁的烈士，后面背着全爱尔兰的版图，办他的公事。

凡勒拉的形貌，我们早在各种刊物及报上登的相片上看到了：那个颀长的个儿，深沉的眼光，好像记载着许多患难经历的额上皱纹，薄薄而紧凑的嘴唇，尤其可注意的是他的那个充满着思虑的面孔和静默镇定的态度。我们走进他的办公室后，他起立离座两三步迎客，由秘书介绍后，我们宾主三人握手后便坐下来叙谈。记者先对他致谢上次他在日内瓦国联会议任主席时对中国表示的好意，继说对爱尔兰民族解放斗争精神的敬慕，所以见他感到异常的愉快。张君也对他致谢他在百忙中接见我们的盛意，他自己也承认实在忙，我接着说我们不敢多费他的时间，只想很简要的替《生活》周刊提出几个问题来问他。他说谈话内容必须在《生活》上发表的话，务必先给他看过。记者答应照办，所以下面几段的谈话，已由记者回伦敦后先把要点译成英文，寄给他看，经他回信同意的。

记者问爱尔兰民族是否在实际上现已完全自由，爱尔兰政府和英政府所争者只是共和国的名称问题。凡勒拉答说不然。他说实际现状仍为爱尔兰人民所不能满意，并说他在致英国殖民大臣的牒文中也声明一九二一年的《英爱条约》是用武力强迫爱尔兰人民接受的。“当时爱尔兰人民如不接受，除立刻战争外，没有别条路可走。他们从未出于自愿地接受这个条约。但是在我的政府（凡勒拉自谓）负责宣布共和国以前，还要先把这个问题用投票方法征求全国人民的意向。”

其次记者问北爱尔兰的六郡（county）不能并入自由邦，是否由于宗教信仰的不同和经济的理由从中作梗。他答说宗教信仰的不同，即南爱尔兰也有，于政治并无妨碍。他深信哀尔斯特省（Ulster，在北爱尔兰）的九郡中，有六郡和其他爱尔兰部分隔离，从中作梗者是由于英政府的政策；一旦英政府的势力和赞助消灭，哀尔斯特省问题便可得到满意的解决。说到这里，凡勒拉立起来指着墙上所挂的地图，接着说道：“在北爱尔兰也有一郡选举我，足以表示即在这六郡里面，也有很坚强的少数赞成爱尔兰的全部统一。”

讲到宣布共和国，爱尔兰人民在经济上是否要受到打击（因英国关税对帝国的殖民地有相当的权利），他认为不成问题。他说：“今日世界上各地都有经济的困难，连英国和她的各殖民地都在内。就爱尔兰说，和英国的强迫的联合，和因此所引起的扰乱和不稳固，无疑地是我们的经济困难的主要原因。和英国脱离，便是稳固，这是趋向繁荣的第一步。”

张君问他对于中国问题有何指教，他很谦逊地表示对于中国现在局势不能有何具体的意见。他说觉得中国问题因为地大和人口的众多（记者按：爱尔兰面积仅三万二千余方里，人口四百余万），又因为中央和地方当局的缺乏彼此间的适当联系，愈感困难。他相信组织（organization）是解决中国许多困难问题的枢纽；允许各地方政府有大量的自主，同时关于全国的要政，须服从中央，他认为这样可以解决中国的许多困难问题。

以上几条是凡勒拉所同意发表的谈话内容。我们谈约半小时后退出。临行承他应记者的请求，叫他的女秘书检出他的最近肖像赠给本刊。我所得的感想是他在实际上已渐成为过去的领袖人物，他的思想和政策都难于应付现在和未来的爱尔兰问题；他的脑袋中所装的东西还只是民族革命，似乎关于社会革命的影子一点都没有。他相信组织是解决中国许多困难问题的枢纽，这话固很重要，但他却没有注意这种“组织”应该以什么为中心，然后才能对帝国主义的压迫作英勇坚决的抗争。

他在去年十一月因英国殖民大臣在下议院里说出一句爱尔兰自由邦有自由处置自己事务之权，便送给英政府一个牒文，询问如果爱尔兰自由邦愿和英帝国脱离，英政府是否不致用武力压迫；英殖民大臣用很滑头的口吻回答说，因为英当局不相信爱尔兰自由邦会有这样的运动，所以认为对此问题没有答复之必要！自由平等是要用热血牺牲去换来的，那有如此便宜货可拓！记者和凡勒拉谈话时，曾问他，据他看来，爱尔兰的完全独立问题可由议会的和平方法达到呢？还是要由于革命的武力斗争？他说这个问题要英政府来回答。我不便对他说这是要爱尔兰人自己决定的！

廿三，一，十七，伦敦。

四二　从爱尔兰归途中

记者偕张君于十二月五日夜里离开都伯林，所乘的轮船于当夜八点钟开，六日上午六点钟到利物浦，张君因该处有美国友人约谈，须稍作勾留，我独自一人先由利物浦乘八点三十分钟的火车回伦敦。离轮船时天刚渐渐黎明，于灰暗渺茫冷气袭人中，提着衣箱乘轮船公司所备的公共汽车直达车站，于当日下午一点半钟到伦敦。我暂时以伦敦为“家”，所以这段经历算是从爱尔兰的归途中。

在这归途中，陆陆续续看完了一本英文的凡勒拉传记，觉得现在他在实际上虽似乎渐成了过去时代的领袖人物（参看上节），但是在他尽着使命的那个阶段间，英勇赴义，浩然置生死于度外的激昂悲壮的牺牲精神，和每遇大难当前，都能处以冷静镇定的态度，也很足以使我们感到兴奋，所以在此处不妨略谈他的奋斗生涯。

凡勒拉今年五十一岁了，他的父亲，据说是个西班牙的医生，因做了政治犯而亡命到美国，他的母亲是爱尔兰人而生长于美国的，他便在美国纽约产生。他出生才两岁，便成了孤儿。后来他的母亲改嫁，把才三岁的他送到爱尔兰她的兄弟——一个小农夫——处养育。这时爱尔兰的一八八六年《自治议案》（*Home Rule Bill*）刚被英国国会否决，爱尔兰自由的希望正在无限期的黑暗中，这三岁的凡勒拉便在这黑暗的国难中长大起来，应时代的要求，在那个阶段的民族解放斗争中，担起他的领袖的职责。但是他这领袖不是突然间从天空中掉下来的，读他的历史，便知道他这领袖是由实际斗争中——继续不断的实际斗争中——产生出来的。他受过初等教育之后，考得大学公费，性喜算学，原想研究天文学，毕业后任算学教员，很得学生的崇敬，他们都说："凡勒拉先生教授算学的时候，算学不再是算学，却成了一件令人快乐的东西！"这样看来，他原来是个好教员，但是爱尔兰国难的紧迫，不容许他继续弄这件"令人快乐的东西"，一九一三年十月，负起爱尔兰民族独立运动使命的新芬党（Sine Fein，原义为"我们自己"）创办爱尔兰义勇军，私买军械，对英国作实力斗争，这位"凡勒拉先生"慨然投粉笔而从戎，由课堂而兵房，用全副精神加入这个运动，不久即因战绩升任指挥官。这是距今二十年前的事情。他在这两年的（指在一九一六年的革命战争以前）军事的实际斗争中，也就好像受了两年的实际军事训练。我们知道在一九一六年的革命战争里面，凡勒拉的英勇血战，震动了全世界，但是我们要注意，他并不是由课堂里的算学教员，一跃而为兵房里的指挥官，在此时以前还受了两年的实际军事训练，换句话说，这个指挥官也是从实际的革命斗争中产生出来的。他在行动上表现他是个组织者，是个战士，在每一个出乎意料之外的危难，或是生死俄顷的关头，他总是沉静而勇敢。

他当时有了七个子女，一九一六年在都伯林革命起来的那一天，他受命统率百人（当时义勇军全数不过千人），守一个要隘名叫博兰弥尔斯（Boland's Mills），他先和妻子诀别，下决心作殊死战，身先士卒，军官对他说指挥责重，请他审慎些，他喊道："已有比我好的人牺牲了生命的啊！"他还是拼死的向前作战。英国大军奔临，凡勒拉的军士以一敌二十，虽后来义勇军全部以众寡不敌而终于失败，但英军始终未曾冲破凡勒拉所死守的阵地。他的死守博兰弥尔斯是爱尔兰一九一六年革命史中最光荣的一页，好像我国翁照垣将军和他的军士死守吴淞一役是“一·二八”抗日血战史中最光荣的一页。

当时大势已去，他随着若干革命领袖被捕入狱，在军事法庭上很镇定而尊严地听受死刑的宣判。好几个革命领袖都被今天枪决一个，明天枪决一个，死刑就要轮到他了。但是说也奇怪，反因为他是血战最英勇的一人，死守到最后的一人，震动了英国全国的舆论，英国国会里面也有人提出抗议，于是他的死刑宣判竟被临时改为终身徒刑，但是当时有人把这个消息告诉在狱中的“凡勒拉先生”的时候，他正在看一本书，他的头由书上仰起来静听了之后，对这个人道了一声谢，仍很镇定而静默地继续看他的书。他由课堂而兵房，现在是由兵房而牢狱了。

他是当时若干革命领袖死着剩下来的唯一的一个，在牢狱里还在计划并主持外面的革命运动，同时暴露牢狱中对政治犯的虐待情形，一九一七年，英首相路易乔治正想运动美国加入世界大战，并要召集爱尔兰会议以求和平解决爱尔兰问题，对这些使英国丢脸的事很感到棘手，遂无条件释放一九一六年事变的政治犯，凡勒拉才同被放了出来。但后来他还好几次被捕入狱。

我们承认在他尽着使命的那个阶段内，他的确有过他的光荣的斗争史，但现在他似乎已渐成了过去时代的领袖人物，这理由我在上节里已说过，不再赘述。

五日夜里在船上吸烟室里和张君谈话的时候，他谈起加拿大人对种族成见很深，两年前他在美国有位中国朋友当医生的，娶了一个美妇，同往加拿大旅行，上岸时移民厅官吏依向例要使白种和有色人种分成两列问话，不许混合，这位朋友随前声明说："I am her husband. She is my wife."（"我是她的丈夫。她是我的妻子。"）这个官吏很没有礼貌地扳着面孔说道："I don't care whether husband or wife. I only look at your face！"（"我不管是丈夫还是妻子。我只看你的面孔！"）我听了很难过。我们可以想像此君当时的苦痛，但这岂仅是此君一人的苦痛！

廿三，一，二十，伦敦。

四三 “巴立门的母亲”

英国在政治上向有“巴立门的母亲”（Mother of Parliaments）的尊称。现在这位“母亲”倘若不是“风烛残年”，她老人家的光辉却已大不如前了。

所谓“巴立门”，我们都知道就是英国的国会，包括上议院和下议院。记者到英国后，也去夹在新闻记者席上旁听过，听听这班代议制度里的议员老爷们的长篇累赘的滔滔辩论。在下议院里，政府党坐在一边，和反对党的一堆座位对面，中间隔一长桌。政府党座位的前排便是首相和其他阁员的座位，各党听到自己方面演说或辩论的脚色讲到他们认为可以特别注意或特别有精彩的语句，便大呼其“听啊！听啊！”（“Hear！Hear！”）；遇着可笑的话语，便哄堂大笑，有的时候，竟好像彼此在“寻开心”！有的时候，反对党的议员立起来对首相或某阁员当面作一番很长的斥责，那个阁员也只得静默地坐着倾听，这种当阁员的大概也听得惯了，我看他还是很泰然的样子，大有我国所谓“笑骂由他笑骂”的态度。像已投降资产阶级的现首相麦克唐纳，便常在这个时候，被工党议员用社会主义的口头禅，当面对他讥嘲揶揄。我替他觉得怪难受，他却好像没有听见似的！其实这不过当面笑骂一场，笑骂完了，便算完结！议员领着他的年俸，首相或阁员则“好官我自为之”。这便是他们所自豪的所谓“绅士式的战争”（gentlemenly battle）。

这种“绅士式的战争”制度，在大战以前，也就是在一九一四年以前，都是靠两大政党——保守党和自由党——的运用，即所谓“两党制度”（two-party system）。在当时的众议院里诚然已有了四党的名称，除保守和自由两党外，工党已萌芽，爱尔兰国家主义派也另成一系，但都幼稚，大权仍在两大政党之手。一个在朝便成了政府，一个在野便成了反对党（opposition）；这样一升一降，循环干着。这两党制度所以能顺利进行着，有个很大的前提，那便是彼此对于现存的社会制度及政治制度的根本性质，有大量共同的立场。有了这样的共同的立场，甲政党接替乙政党组织政府，或改选一个新的国会，所移动的才不过比较属于枝节的政策，才不致大大地把前任所通过或所执行的法令根本推翻，否则这甲乙两党便无法循环上下着轮流执政。再说得具体些，英国的保守和自由两党循环上下闹了许多年的把戏，他们虽似乎处于敌对的地位，但根本上都是拥护资产阶级利益的政党，关于这一点，便是他们的大量共同的立场。这两大队“绅士们”，无论他们在会场上的“绅士式的战争”干得怎样有声有色，要想他们能从这“战争”中对现存的社会制度及政治制度弄出什么根本的改革来，那是绝对无望的。其实这所谓“代议制度的民主政治”（parliamentary democracy）所以能运用灵活法，根本大前提便是：在这制度里有左右政局势力的最大多数人，对于当前的政治和经济的根本组织，须有实际的同意。

这样的研究，我们感到特殊兴趣的，是英国由资本主义到社会主义的革命，能否凭借“巴立门”制度达到，很可以由此引申出相当的结论来。这一个答复，很可以从英国工党参加“绅士式的战争”的成绩（？）里面得到。

在大战后，以全国的工会组织为后盾，以社会主义的建设为号召的英国工党，曾经组阁过两次。英国工人运动差不多经过百年来的辛勤奋斗，工会组织的力量日渐强大，大战后英国资本家因利润率减退，尽力减低英国工人的生活标准，更引起工人的反响，工党势力的膨胀遂有一日千里之势。但是工党人物登上政治舞台之后，欲求实行自由党所行的改良政策，如社会保险，养老金，住宅津贴等等，还不可得，至于什么实行社会主义的建设，反抗资本主义制度，当然更属梦想。因为英国的资本主义虽还在利用“剩余力量”（remaining strength）挣扎生存的时代，但是日渐衰退的趋向是已无可挽回的了。所以在自由党执政时代还可拿出点敷衍工人的改良政策的费用来，到了资本主义日陷末路的时候，首相或阁员要增加这类的经费吗？他们的由文官考试制度出身的永久的专家官吏便要把事实告诉他们，说已无费可加了，如再加上去，税率加重，“企业家”不愿办“企业”，工人的失业更要多起来了。这的确也是资本主义制度下必然的趋势。结果如何？是落得个笑话！工党的领袖们不但不能实行他们在选举前口口声声答应工人群众的许多甜蜜的社会主义建设，为工人谋利益等等的大话，他们上台之后，反而要设法减少自由党所曾经给与工人的改良政策的经费，以维持日趋没落的现制度！有人说工党两度执政，在国会里都占少数，事事须仰自由党的鼻息，受其牵掣，所以无法发展。其实这还是表面的说法。在根本制度未改革前，工党在国会即得多数，他们有点石成金之术，以救济资本主义社会的根本矛盾吗？

要改革根本制度吗？是否像现在组织形式的国会所通得过？这只要回想上面对“代议制度的民主政治”的分析研究，便可得到相当的回答。即获得个意外的特殊的众议院，贵族院如何？英皇又如何？问题多着哩。

时代一天一天地前进着。“巴立门的母亲”往何处去呢？

廿三，一，廿三，伦敦。

四四　如此救济！

英国是欧洲各国里面工业化达到最高度的国家，虽以工业化著名于世的比利时，还须屈坐第二把交椅。就她的全部人口而言，从事工业工作的人和从事农业工作的人的比例，是七和一之比：即在每一个人从事农业，同时有七个人从事工业。在欧洲工业化居第二位的比利时，这两方面的比例是六个半和两个；瑞士和荷兰是大约六个和两个半。德国的工业化虽然也达到了很高度，但人民从事工业和从事农业的比例，却不过两个和一个，即每两人从事工业，同时有一个人从事农业。在法国这两方面的比例是五个和四个，工业会发达的国家，自从世界经济恐慌以来，失业的救济也会感棘手，就英国说，大多数人民的生计靠工商业（占全人口百分之八十以上），而英国船业和制造业之繁荣，大半倚靠出口贸易，世界既卷入经济恐慌的狂潮，国外贸易大受影响，生意没得做，船业当然也随着倒霉。于是从事船业，制造业，和商业的人民，便有许多陷入失业的困境中。自从大战结束后，英国政府的起伏，可以说全是以这个失业问题为中心。一九二九年的普选（英国国会每五年普选一次），各党的竞选运动，都是要从这个问题上博得人民的同情。路易乔治所主持的自由党，当时所出版的叙述该党政策的小册子，书名便叫作《我们能够战胜失业》（*We Can Conquer Unemployment*）。保守党和工党都纷争着，说只有他们各党的政策才能真正"战胜失业"。闹了许多时候，直到现在，不但不能"战胜失业"，而且对于救济失业的具体办法，唯一的倾向，是极力地减削救济费，是极力地想出种种限制的花样，使许多失业工人被驱于救济范围的外面去。

英国的失业人数现在多少？大家都以为这个数字可以看英国劳工部所发表的统计，这项统计是从该部遍设全国的劳工介绍所（labor exchange）所登记的失业工人数目汇编而成的。（这种介绍所现已无业可介，实际干的就只是登记失业，及发救济费等等。）其实这种统计并不能包括英国全部失业者的数目。失业工人登记之后，原可于若干时间内（大概为廿六星期）每星期领得救济费。（他们叫作"dole"，这字的原义含有慈善施与的意思，在资本主义制度下的工人，就只有领受“慈善施与”的资格！）当局要设法减削救济费，便想出种种限制工人登记的法令，如《全家总收入调查法》（*Means Test*），《不合格淘汰法》（*Anomalies Act*）之类，对你下种种的限制。（内容详下面。）工人未失业的时候，有些职业是有失业保险办法的，由工人每星期自己省下几个钱，雇主出一点，政府出一点，存作失业时的保险费，这笔款子原为工人失业时应得的，但是只得领二十六星期（而且自一九三一年以来，还要打个九折），过此期限，你虽仍然失业，登记簿上便把你的大名取消，在统计上便少了一个失业工人！假使你是个老子，你失了业，你的儿子未失业，你也领不到救济费，你的大名也不在失业统计上！假使你不幸身为女子，做了女工，虽然你在有业时照付了失业保险费，失业时如果你不自禁地嫁了丈夫，那你的失业保险费也不能照领，因此限制而从失业簿上取消姓名的女工已有数十万人之多；这样一来，你的大名也不在失业统计上！至于不是单身的工人，一人失了业，后面随着饥饿的家属，那当然更不在统计之列了。经此种种限制之后，英国公家的最近统计，失业人数仍在二百万人以上，实际受失业影响的多少人，我们很可以在想像中得其梗概。

这样一来，不但失业人数的统计可以大大地减少，救济费当然也可以大大地减少。所以英国劳工部大臣柏特顿爵士（Sir Henry Betterton）曾于去年（一九三三）十一月十七日，在众议院里宣布，说现政府自一九三一年十月实行“经济计划”（economic measures）以来，截至一九三三年九月为止，这两年间对失业工人的救济费，省下了五千四百五十万金镑（£54,500,000）！

这样以极力减少（？）人数和极力减少救济费为原则的救济办法，在劳动者方面所受的困苦及影响，只须随便举几件事实，便可见一斑。最显著的事实，是劳动者勉强付了屋租，不能顾全肚子。据英国各郡医官的报告，失业者家属体格的衰坏和学校儿童营养的不足，其数量有可惊的增加。去年四月间英国医学会（British Medical Association）公推九个名医，研究此事，经过九个月的调查研究，最近得到结论，谓英国失业工人的家属，已没有足保健康的最低限度的粮食。去年伦敦发生一件很惨的事情：有个失业工人名乌伊文（George Hewry Weaving），一妻七子，他所得的“dole”不够养他们，他的妻（Mrs. Minnie Annie Weaving）因爱子情切，常常自己挨饿，使她的子女能多吃一些，结果体格日衰，患肺炎而死。星期一起病，不肯请医生，星期三她的丈夫出去请医生来，到家的时候，她已经死了，一群孩子围着她哭！后来官厅验尸，怀浩斯大佐（Major Whitehouse）说："靠每星期一些救济费要养活九个人，还要付租金，我也只能说她是饿死的！"医师得费斯（Dr. Arthur Davies）也说她虽生了肺炎，倘若平日粮食充足，身体不致如此虚弱，我相信不致于这样容易受打击。这也许是一个比较绝端的例，但谁也想象不到在这样繁华的伦敦，竟有这样的人间地狱！

廿三，一，廿五，伦敦。

四五　纸上自由

我国俗语有句话叫“纸上谈兵”，我觉得英国和法国的“民主政治”倘若比专制的国家有不同的地方，最大的特点可以说人民的确已得到“纸上自由”了。这所谓“纸上自由”，也可以说是“嘴巴上的自由”。

要明白这特点，需要相当的说明。

法国的报纸，无论极左的报或极右的报，对于政府的批评指摘，都尽量地发挥，法国社会党的机关报和共产党的机关报，对政府更往往抨击痛骂得体无完肤，从来没有因言论开罪当局而有封报馆捕主笔的玩意儿。议员在议院里当面斥责政府要人，那更是司空见惯的事情。

号称“巴立门的母亲”的英国，为欧洲“民主政治”国家的老大哥，关于“纸上自由”或“嘴巴上的自由”，也可算是发挥到淋漓尽致了；尽管听任你在文字上大发挥，尽管听任你在嘴巴上大发挥，但在行动上，这资本主义的社会制度好像铜墙铁壁似的，却不许你越雷池一步！

英国自命为“君子人的国家”，有许多报纸上的言论，都是雍容尔雅，委婉曲折的，但是像工党机关报《每日传知》对于现任首相麦克唐诺之冷嘲热讽，甚至瞎寻他的开心，往往有很令人难堪之处；独立工党机关报之《新导报》，和共产党机关报之《每日工人》，对于统治阶级之严厉的评论，明目张胆宣言非打倒现政府，非推翻现统治阶级，一切问题都无从解决。这在专制或军阀官僚横行的国家，直是大逆不道，老早把“反动”的尊号奉敬，请贵报馆关门，请贵主笔大尝一番铁窗风味，或甚至非请尊头和尊躯脱离关系不可！但在英国不但这种报纸尽管继续不断地发挥他们的高论宏议，就是研究社会主义的机关，或共产党的出版机关所编行的书籍，直呼现统治阶级为强盗，也得照常发售，从没有听见政府当局说他们有反动嫌疑，非搜查没收不可。

还可举个具体的例子。英国是个君主立宪的国家，一般人民对于英皇还不得不有虔敬的态度，各戏院里末了时还都须唱着“上帝佑我皇”的歌调。去年十一月廿二日巴立门举行开幕典礼，训辞中提到经济恐慌和失业问题，有“我的人民继续情愿忍受牺牲”（the continued willingness of my people to bear sacrifices）之语，共产党机关报之《每日工人》在第二日的报上，不但在言论里极尽揶揄，并且登一个恶作剧的插图（附图即当时由该报上剪下缩小的），把英皇画成一个矮子，手上捧着一大张“皇上演辞”，下面注着上面所引的那句话。英皇后面，一个高大的警察和首相麦克唐诺扶持着一个《失业新律》，是准备在国会通过以压迫工人的，再后面便是一大堆工人群众示威高呼“一致摧毁*Means Test*（《全家总收入调查法》）！”及“打倒造成饥饿和战争的政府！”等口号，这种实际情形和“继续情愿忍受牺牲”的“皇上演辞”，适成相反的对照！尤其是把“皇上”画成那副尊容！但是《每日工人》照常公开发行，并没听见它得到了什么大不敬的罪状，“皇上”的威风，比我国的任何军阀官僚都差得远了！所以我说，“纸上自由”可算是发挥到淋漓尽致了。

英国巴立门里的“嘴巴上的自由”，记者在《“巴立门的母亲”》一文里已略为提起。上面所谈的最近巴立门开幕的那一天，还有一件事情颇有记述的价值。那天举行开幕典礼的时候，英皇在贵族院里刚才把演辞说完，听见有一人大声问道：“关于取消*Means Test*（译注见前页）和失业救济费折扣两事，究竟怎么样？”大胆这样向英皇问着的是独立工党议员麦阁温（J. McGovern）。他接着喊道：

“你们是一群懒惰好闲的寄生虫，靠着别人所创造的财富过活。外面人民是正在挨着饿，你们应该觉得自己羞耻吧。”（“You are a gang of lazy and idle parasites, living on wealth created by other people. You ought to think shame on yourself while people are starving outside.”）

当时与会的许多贵族们和议员老爷们都相顾惊愕，麦阁温大喊之后，从容步出会场，典礼也随在静默中收场。后来这位独立工党的议员还是继续做他的议员，没有听见他得到什么大不敬的罪名。这种新闻，如在我们贵国，早给检查新闻的老爷们扣留，不许刊登，但在英国，各报仍在第二天照事实登出，《孟却斯特导报》并在社论中警告政府，谓麦阁温的行为虽卤莽，但人民的困苦，实其背景云云。所以我说，“嘴巴上的自由”可算是发挥到淋漓尽致了。

这当然是处身军阀官僚横行的国家里面的人民所垂涎三尺的权利，因为在这样的人民，只有受压迫剥削的份儿，连呻吟呼冤都是犯罪的行为！

但是进一步讲，终究还仅是“纸上自由”！在行动上，统治阶级的爪牙——警察侦探等……也就防范得厉害。有位朋友在伦敦某处演讲，演毕后，有位共产党员顺便开着一辆破旧的自备汽车送他回家，就有警察暗随在后，把他的住址抄下，第二天便向他的房东盘问得很详细。又如在伦敦专售共产主义书报的工人书店，外面就常有便衣暗探注意买书的人的行踪。有一次我和伦敦报界某西友在某菜馆里午餐谈话，我们所谈的是关于英国新闻事业的情形，但因为他是共产党员，不久就有侍者偷偷地来关照，说外面有警察注意着。他们简直好像布满着天罗地网似的！

廿三，一，廿五，伦敦。

四六　大规模的贫民窟

伦敦不能不算是世界上一个大规模的城市，面积近七百方英里之广，人口在七百五十万人左右；英格兰和威尔士的全部人口的五分之一，城市人口的四分之一，都集中在伦敦。在这样大规模集中的情况之下，英国资本主义社会的形形色色，这种社会的内在的矛盾之尖锐化，都可以很明显地从中看出来。在这样大规模的繁华的城市里，同时却也有了大规模的贫民窟，这是很值得注意的一种矛盾的现象。

英国各大城市，都各有其贫民窟（slum），而以东伦敦的规模为最大。西伦敦（他们叫作“West End”）是最繁华阔绰的地方。最奢华的店铺，皇族贵人的宫邸，布尔乔亚享乐的俱乐部，博物院，戏院，官署，公园，国会，西冥寺，以及最豪华的住宅区，都在这里。所以在伦敦有人叫你开地址的时候，如你所开的地址是在“West End”，他们便认为你这个人多少是过得去的。南伦敦和北伦敦的属于工人住宅区的地方，也有贫民窟，但都不及东伦敦的规模宏大！

伦敦分为二十八区（borough），各区里面都有多少贫民窟点缀着，就是在所谓“皇家区”（Royal Borough）里面，也不免，不过在繁华富丽的地方看不大出。自伦敦中央起，迤东一带各区，都就可以看见几于“清一色”的贫民窟生活，也是世界上任何城市里劳动阶级最集中的一个区域。记者曾费了一天的工夫去观光，电车一开进了这个区域，就看见在西伦敦所没有的旧式烧煤的汽车在街上跑来跑去，上面有烟囱，喷出许多黑烟在街道上绕着；电车上的乘客也不同了，都穿着破旧的不整齐的衣服，顾不到什么“君子人”的排场了；满街旁的褴褛垢面的孩子，东奔西窜着。贫民窟里的住宅，大都是建筑于百年前的老屋，地板破烂，墙壁潮湿，破窗裂户的空隙常有冷风继续不断的传送进来，一所屋里每住着几十家，一个小小的房间里堆满着许多人，英国是科学发达的国家，电灯应该是很普遍的了，但在这一带贫人住宅里，还是用着油灯或点着蜡烛，如所住的是地室（basement），**那就终年在黄昏中过日子**！

据英国劳工调查所（Labour Research Department，这是

由劳工团体组织的研究机关，不是政府设立的）所调查的结果，在伦敦全家拥挤在这种地室里（住在贫民住宅的地上和楼上的还不在内）过暗无天日生活的工人，至少在十万人以上。据他们最近所调查的情形，“在伦敦贫民窟的地室，里面既黑暗而又潮湿，糊在墙上的纸都潮湿着下坠飘摇着；老鼠和虱子非常的多；住在里面的人很少和疾病不发生关系的”。

因为拥挤的缘故，常有父母和好几个成年的子女，甚且加上祖父母，同住在一个小小的房间里。因为这种屋子里的虫虱有各种各色的，既繁且多，每到夏季，往往赶着整千的人把他们的床拖到街上来，希望能够略得些睡眠，但是遇着了警察，又须被赶到门里去！

伦敦赫克纳（Hackney）一区的医官乌华雷（Dr. King Warry）调查该区贫民窟的拥挤情形，曾有详细的报告，试就他所报告的事实随便举一个例：他说有个家属共有六人，都住在一个小小的地室里，这家属里面有十岁和四岁的男孩，十一岁和七岁的女孩，那个母亲告诉他说，因为她无法使他们睡开，最大的两个男女小孩曾经发生过“非礼的行为”（indecent behaviour）。

一九三三年一月二十七日《标准夜报》(*Evening Standard*)所载东伦敦贫民窟的情形，里面说起有个家属住在地室里已十九年了；除父母外，有四个女儿，年龄自十三岁至二十一岁，两个男孩，年龄一个六岁一个九岁，都住在一个地室里，都要常往医生处看病。

这样“很少令人和疾病不发生关系的”贫民窟房屋，租钱在工人看来仍然是很贵的，普通每星期常需付到十五先令至二十先令，英国极少数最高工资的工人每星期虽可得到六镑以上的工资，但普通总在二镑左右，所以为着房租差不多便用去了一半(这是世界大战以后的情形，在以前平均只用去收入百分之十六至十七为房租)，结果剩下的一些工资不够顾全家属的衣食，父母子女往往在半饿状态中过活。

据各区医官的统计报告，贫民窟居民的死亡率常比普通的增加一倍至两倍，婴孩死亡率更厉害。就是养得大的孩子，也多遗传着所谓“贫民窟心理”(slum mind)，据说他们长大时的行为都使国家要增加警察和监狱的经费！

记者自去年十月到英国以来，听他们在内政方面闹得最起劲，视为一件大事的，便是消除贫民窟运动，大呼：“贫民窟是我们的耻辱！”卫生部大臣杨格爵士(Sir Hilton

Young）定了一个消除贫民窟的五年计划，据说要在五年内消除二十万所贫民窟的房屋，使一百万人有新屋住（据各报说贫民窟的房屋远逾此数，贫民窟的居民亦远逾此数），而新屋的建造则仍希望以利润为前提的私人企业家来办，并不想到工人租用贫民窟的房屋已嫌其贵，更有何余力来租用新屋！

其实贫民窟问题也是资本主义制度下的一部分的产物。贫民窟的人民那样苦楚，而据统计所示，一九三一年伦敦的土地生意不下一万二千万金镑，教会于一九三〇年在伦敦所收得的屋租就达三十八万金镑之多。土地的私有专利，房租的高抬，工人的贫穷，都一概不顾，只想如何如何叫工人从贫民窟里搬到新屋里去，便以为这问题可以解决了，这真是在饥荒时代劝人吃肉糜的办法！

廿三，一，卅一，伦敦。

四七　独立观念中的叫化子

有独立观念的不该做叫化子，做叫化子的似乎就不会有什么独立观念，但是就记者在伦敦所见的许多叫化子，“独立观念”和“叫化子”这两个名词竟可以联在一起；有独立观念的叫化子，其现象比单纯的叫化子，当然更含有严重的意义。

你在伦敦无论如何热闹的街上，几乎在每条街上都可以看见东立一个穿着破旧衣服的老头儿，西立一个穿着破旧衣服的失业工人模样的男子，有的立在店铺门口边上，有的立于马路和行人道的中间，面孔向着店铺，手上有的捧着小木盘，有的捧着小纸盒，里面排着十几盒自来火，一声不响的立着发呆，当着大风奇冷的时候，还可看见这些须发雪白的老头儿们发抖。这都不是真在那儿卖自来火的，却是变相的叫化子。你如果付了钱便想拿着自来火走，那便成了阿木林！和英国朋友谈天的时候，有时他们说到经济上的困难，往往说笑话，说“去卖自来火吧”！“卖自来火”原来几乎成了做叫化子的代名词。手上捧着几盒自来火，虽实际是在做乞丐，觉得面孔上似乎究竟好看些（？），这是他们还舍不得独立的观念。我所看见的这种以卖自来火为掩饰的叫化子虽不少，但很少看见有人挖腰包，只有一次看见一个路过的头发也是雪白了的老太婆，拿出几个辨士给一个捧着自来火，须发同样白的老头儿。这大概还是她在年龄上出于“同病相怜”的同情心罢。

有的手上拿着一个口琴，在马路旁一面吹着，一面兜转着大跳而特跳，好像发疯似的。有的手上拿着一个风琴，大拉而特拉，那种两手用死劲儿拉着，全身都跟着大摇大摆的神气，使你觉得他实在是用尽了全副的精神。有的手上拿着一个喇叭，在路旁吹着开步走的军号。有的坐在路旁打着洋琴，叮叮当当打了好半天，没有人肯破钞，见有人走过便大声叫着：“谢谢你！”（“Thank you！”）但我看去似乎仍然没有多大的效力！有的老太婆手上拿着一本书，向里立在马路和行人道中间，对着书朗声高诵，但她尽管喘着气高诵她的好书，我却没有看见有什么人去听她。最近在一条最热闹的马路上，看见一个人头上戴着方帽，身上穿着一件宽身大袖的长袍（在大学里得了学位穿的制服），夹着几本书，翻着一本，用手指着，大声演讲，看到他长袍底下衣服的破烂不堪（制服已是破旧的），以及他那副乞相，才知道他原来是装着“大学教授”架子的叫化子！他的那副怪形怪状，最初颇引起过路人的好奇心，围着看他，后来大概发现了他的真正目的，便望望然走去了。我回来道经那条路的时候，看见这位“大学教授”只单独地一个人站在那里，但他仍然口讲指划，刺刺不休，我不得不佩服他的坚毅的精神！还有一次在另一条最热闹的马路上，看见有一个四五十岁的人物，上身连外衣都没有了，在那样车辆和行人拥挤不堪的街道，在一边马路上连着大翻其筋斗！车和人都不得不让他。他那副急形急状的模样，非亲眼目睹的人，简直不能想像。这些现象，似乎都不外乎这个意思：我要拿你几个钱，也尽了一些力，不是白拿的。换句话说，便是还含有独立的观念，不愿作倚赖的表示。

此外常见的是在路旁唱歌，有一个人唱，有一男一女唱，有集队唱。这种队伍有三五人，有七八人，多时竟有二十余人，双人并行，衣服都是很破烂的，人倒多是强壮的大汉，看上去多像失业工人模样，领头的一个人把鸭舌帽翻过来拿在手上，备路人把钱丢进去。这种队伍常见于热闹市街上行人最多的时候，且走且唱，引吭高歌，颇有激昂悲壮之概，大概这类失业者一肚子牢骚无处泄，乘此机会大喊大叫一番，所以声音特别激越宏亮。除唱歌叫化队外，还有一种奏乐叫化队，每在星期日，有十几人，或二三十人，各拿乐器，在各马路相当的方场上，合拢来奏乐。这类奏乐队的叫化子，衣服比较穿得整齐，有的大衣常服穿得很好，乐器也比较的好，梵峨林，孟得林等俱备。

最令人看着惨然的是四五岁到十一二岁的小叫化子，这类小叫化子虽不及成人叫化子之多，但也常得遇见。有一次我在电车站旁看见一个四岁模样的小叫化子伸手向人讨钱，那样黄金发，深蓝眼，两只红苹果似的双颊，以及那一副天真烂漫的憨态，实在令人觉得可爱！有一个中国朋友曾经有一次被一个小叫化子追随着，他身上刚巧没有零钱，那孩子多追了几步，旁有一个英国绅士模样的人出来把这孩子拉开，轻声对他说道：“这是外国人，不要去扰他。”在天真烂漫的孩子，觉得肚子饿了便须伸手要钱，什么外国人不外国人，他们原弄不清楚！至于有名无实的独立观念，他们当然更不能理会，所以不讨则已，讨便是老实伸手问你要钱。

伦敦的叫化子虽有这样的五花八门，但是在女性方面，除五六十岁以上的老太婆外，青年的却没有。这原因很容易明白，因为她们有“皮肉”可作“交易”，迫不得已时便从这方面去发展了。你夜里在电灯辉煌人山人海的街市，如Piccadilly和Regent Street一带，便可看见“人肉市场”的概况。这在她们算是把“自由身体”（？）来做“交易”的，不是白拿你的钱，也就是含有独立观念的，但是多么惨酷啊！

廿三，二，一，伦敦。

四八　家属关系和妇女地位

资本主义社会里面，因个人主义之高度的发展，家属的关系也比较地疏浅。这是西洋社会一般的情形，是我们所早知道的。记者在上文里谈起英国叫化子的时候，曾说他们具有独立观念，而同时因社会组织的关系，失业者遍地，虽有独立观念而仍不得不做叫化子。在他们家属关系里面，也可随处察觉独立观念的成分。例如记者在伦敦所住的屋子的房东太太（二房东，前面曾谈起过），那样老，那样辛苦，那样孤寂，但是她仍不愿去倚靠她的已出嫁的女儿。我有一天夜里回家，一进门（房客各人带有开门的钥匙，故不致惊动别人），便听见厨房里漏出的抽抽咽咽的哭诉声，我辨得出是房东老太婆的声音，偷偷摸摸移步到厨房门口偷听，才知道原来是她对这替她帮忙的那个女子且哭且诉，说她这两天发着寒热，女儿又来劝她去同住，她说："为自尊起见，我不能去。”（“It is not my pride to go.”）这是她在这种社会里数十年不知不觉中养成的意识。试再举两件记者所亲自知道的事实。一件是有个女太太于两个月前死去了丈夫，把她的住宅卖了，来和她的已嫁的女儿同住，但她却一定要照付房租；因她所有的一些余积还不敷用，所以同时仍须每天出去做事，她的女儿劝她把事情辞掉，在家里帮帮她（女儿）的忙，这母亲不肯，觉得她那样自由些。还有一件是关于一个六十岁的老头儿，他是个鳏夫，很孤寂地独自一人住在一个租赁的房间里，他的女儿却嫁给一个开小汽车行的人家，很过得去，这女儿自己仍在做一个阔人的私人秘书，每星期有五镑的收入，丈夫虽只有几辆汽车，也还不坏，所以他们夫妇便住在一个“flat”（租用的全层的屋子，例如二层楼全层，或三层楼全层，比租零碎房间的算是比较地阔绰）。但是这个老头儿不愿白吃女儿的，自愿每星期替他们的这个“flat”大扫除一次，揩玻璃窗，刷地板等。在外国这类工作并不轻便，因为各房间里的地毯都须搬开，桌椅等等都须移开，门窗房角都须细细地揩拭一遍，每个房间往往要费到一小时的时间，是一件很吃力的事情，但是这老头儿自愿要这样干，这样干了之后，他的女儿每星期给他一些费用，他才肯受。这样的态度，在我们素重家族主义的东方人看来，简直不易了解！在西洋这类例子很多，父母子女的关系不过如此，兄弟姊妹的关系更可想见了。这种独立观念，就某种意义说，不能不算是一种“美德”——至少在力求自食其力而不肯累人一点上很可贵。但是在另一方面看，各人只在个人主义里兜圈子，不曾顾到社会的集团的利益，听任剥削制度的社会存在着，势必致于虽有独立观念而无法维持的时候，虽欲做工而无工可做的时候；平日辛勤做工，到老做不动时还须拖着命做，那些有剥削工具握在掌握的人，却可以不劳而获地一生享受不尽。

其次可附带谈谈英国妇女的地位。自世界大战后，英国妇女在职业界的地位似乎增高了不少，有女议员，有女律师，有女教授，乃至有过女阁员，但是这仅是在最上层的少数的人物，我们如移转注意到一般劳动妇女的情形，便可见她们还大多数在挣扎的生活中。据英国鼎鼎大名的女议员爱斯特（Lady Astor）在最近演辞中所说，英国妇女做工赚工资的有六百万人，其中已结婚的约一百万人。有许多妇女加入工作，似乎是好现象，但如仔细一研究，便知有两大原因：一是由于资本家利用“贱工”（cheap labor），妇女们的工资可以特别低；一是由于近几年来一般失业的日渐尖锐化——尤其是已往的三年以来——妇女不得不出来找工作做，以勉强支持家计。英国资本家看见世界不景气，为顾全利润计，便尽量利用贱价的女工，这是可于英国劳工统计中看出来的，至一九三〇年为止的已往五年间，男工没有变动，女工增加了百分之二十，其趋势可以概见。据劳工调查所所报告，在有的地方，一家里面，男的得不到工，只有女子在做工。她们麇集到工厂里去，一天忙到晚，每星期约得十三先令。（一般工资在两镑左右，即四十先令左右。）在限制失业救济金的法令*Means Test*（《全家总收入调查法》）未实行以前，她们每人还可留下一两先令做自己的零用费（pocket-money），自从该律实行之后，家属里男子（例如女工的父亲）的失业救济金，因为女子得工，要相当的核减，她们便须“涓滴归公”来养家人，窘苦更加剧了。有个钢铁厂的利用女工，那就更厉害！该厂只用十五岁的女子，每星期只出十三先令九个辨士。等她们满了十六岁，便把她们解除，换用新的女子。这些女子尽量受雇主剥削两年，后来嫌贵，便被解除。据说实行此法比换新机器容易，因为新机器还要花钱去买，新女子便堆在门口听你使用！（见一九三三年出版的*The Condition of the Working Class in Britain*，P. 201.）

女店员或女侍者每天工作十小时以上，每星期工资亦多在三十先令以下。例如规模很大的Woolworth商店（美国大富豪在英国开的支店），雇用女店员很多，每天工作上午八点半到下午八点，工作十一小时之久，每星期仅有二十七先令的工资。照她们普通的生活程度，每星期每人的膳宿须一镑左右，余下七八先令，如何够零用，衣服更不必说了，如再须挖出助家，苦况更可想！而这个公司的老板于去年十一月间因女儿Barbara Hutton成年，先给以三分之一的遗产，即在一万万金圆以上，约合二百万金镑！这里面就不知道含有多少女店员的血汗！

但是经济恐慌一天一天地进展着，加紧剥削还不能维持资本家的利润，于是更出于裁员。由内地因失业或家境困难而跑到伦敦做店员或侍者的女子，被裁之后，经过一番艰苦的挣扎而仍无法生存的时候，便沦入私娼的漩涡里面去。

记者最近有一天傍晚在伦敦蜡人院（Madame Tussaud's Exhibition）参观完了出来，就在附近一个饭馆里吃晚饭，一看规模非常的大，女侍者数十成群，招呼我的那个女侍者年纪很轻，妩媚玲珑，活泼愉快，那个脸总是现着笑容，这时候还早，客人不多，她刚巧立在我的桌旁闲着，我见她那副欣然的态度，便乘便问她："你在这里工作很快乐吗？"她微笑着说："表面上似乎快乐，心里不快乐。"我问："为什么呢？"她倒很坦白，告诉我这样的情形：她说前两个月这个大饭馆里才裁去近百的同事，都是女侍者，虽在目前每星期可领到失业救济金十五先令，但仅敷房金，衣食无着，在这些已裁去的女侍者里面有个和她最好的朋友，老实告诉她，说她（指女友）最初还幸而有个熟悉的女裁缝每星期给些零碎的缝纫工作叫她（女友）做，略得津贴，但因不景气，这零碎的工作也减少，最近她（女友）每星期不得不有两晚到街上去找"男朋友"（boy friend）过夜。我问她："自愿去找'男朋友'过夜，有什么不快乐的事情？"她皱着眉说："哦！不！不是真朋友，陪人过夜得些收入罢了！"我才知道究是什么一回事！这种为着生计所迫，虽欲做工而无工可做，万不得已，把身体当商品出卖，是多么苦痛的事情！这又是谁的罪恶？

据这个女侍者说，她所听到的这类事实还多着哩，怪不得她觉得"心里不快乐"。

英国在大战后，男子减少，女子过剩，也是社会上一个虽不显著而却成问题的事情。据一九三一年的统计，英国全国（所谓“United Kingdom”，包括英格兰，苏格兰，和北爱尔兰），男性22,071,000；女性23,971,000，女子多出一百九十万人。所以“老小姐”随处可以遇着，有好些中国朋友告诉我，说女房东太太因为她们的女儿有了爱人，津津乐道，觉得荣耀得什么似的！中国留学生在这里要得L. L. D.（原为法学博士的缩写，此处谐借为“Daughter of Land Lady”的缩写）并不难，不过她们的生活程度究竟比我国人的高得多，娶来容易保养难！况且中国还是个被压迫的民族，随处受刺激，精神上更免不了许多苦痛。

廿三，二，二，伦敦。

四九　英国教育的特点

依资本主义制度下的政治经济，教育的不平等乃自然的状况，在欧洲资本主义国家里面坐头把交椅的英国，她的教育制度当然也逃不出这个范围。英国人的特性是注重事实而不很讲原理的，她的教育制度便十足地表现着这个特性。全国的教育制度不是由什么中央政府定好系统颁布执行的，却是由几百年来，各地因实际上的需要，由教会机关，或公共团体，乃至个人，各自为政的办理学校，逐渐杂凑而成现在的情形。就是现在中央政府设有教育部（Board of Education，英国中央政府各部都称Ministry，部长称Minister，独有教育部称“Board”，部长称“President”，这大概也是他们尊重已成的事实），仍然仅立于“友谊地批评的顾问和协助者”（a friendly critic adviser and helper）的地位，在经济上对各校仅有酌量津贴的行为，关于五岁至十五岁的义务教育（即强迫教育）的强迫执行，也由各地方（所谓“区”，即“borough”）所选举的“区参事会”（council of county）兼理，至于大学教育，全由私人机关主持，教育部简直无权过问。这可算是各国教育行政上所没有的特殊的现象。但教育行政上的现象虽有特殊，而依事实上所演成的所谓“双轨制”的教育制度——**一部分是有钱的人受的教育**，**一部分是穷人受的教育**——也和其他资本主义的国家没有两样。当然，在他们还有很好听的名词，一种说是“为领袖而设的学校”（school for the leaders）；还有一种说是“为大众而设的学校”（school for the masses）。前一种是由婴儿学校（nursery school）而幼稚学校（infant school），由幼稚学校而预备学校（preparatory school），由预备学校而私立或受公家津贴的中学校，由这类中学校而升入老资格的大学校（如剑桥，牛津之类）。后一种便是从幼稚学校完毕后和第一种的分途，入所谓初级学校（elementary school），夹有职业训练；区立中学，也设有职业科；以及提早就业后可入的种种职业补习学校。这两大类学校的分道扬镳，**不是以智能为标准**，**全以家世及财力为标准**，所谓“领袖”教育，是养成维持现制度的统治阶级，或统治阶级的工具；所谓“大众”教育，是养成供剥削的被统治阶级。

从五岁到十四岁的强迫教育，是区立的，不取费的，如不入学，父母要被警察局请去依法受罚的，这应当是平等的了，其实也不然，因为有钱的人家仍要把子弟送入收费的私立学校，不和穷人一起的。这两方面的教育仍有优劣之分。至于贵族式中学校，最著名的如所谓“Eton College”，每人每年要缴费四百镑，每月每人合到华币六百圆！非贵族或大财主的子弟，谁能进去？而这种学校的毕业生，将来不是Sir（爵士），便是Lord（勋爵）。尤其可笑的是这校里的学生平日在校，一天到晚，无论上课吃饭，都要穿大礼服，戴高礼帽，虽十几岁的学生，都要这样，以便养成贵族化的特性！记者曾亲往该校参观，一到该校门口，就看见校内外一群一群的具体而微的“大人物”，自十四五岁至十八九岁的孩子，个个穿着大礼服，顶着高礼帽，臂下夹着一两本书，跑来跑去，真是奇观！有许多孩子长得实在美丽，红润柔滑细腻的皮肤，清秀焕发聪明的面貌。这不足怪！那样养尊处优的小贵族，这一些模样还养不出来吗？

普及教育原是一件好事，但是资本主义国家对于普及教育却有她的目的，第一是要得到工业上的效率，机器日益进步，运用机器的人，必须有相当的教育程度，才能得到好的效率，做资本家的良好工具；第二是国防，毫无教育其蠢如豕的国民，不知爱国，不能替资本家向国外去抢市场，或替资本家保守已抢得的市场，必须有相当的教育程度，才能了解“爱国”。（此处所谓爱国，当然不是指爱劳动者的国，是指爱资本家的国，换句话说，做资本家的工具而已。）这所谓“相当”，是恰到可以受资产阶级利用为限度，过此则非所许，所以在教育制度上也自然地表现着不平等的现象。固然，这种“一相情愿”的限制仍有危险，因为知识程度原是很难随意限制的，很难有绝对界限的，一般人民的知识程度略高起来，你也许压不住，革命情绪也许随着知识的渐高而俱高，这却是出于资产阶级和他们的走狗们的苦心孤诣范围之外的了。

英国学校每有若干奖金学额（scholarship）之设，这办法诚然可给与少数下层子弟的升学机会，但是这种不彻底的办法，于劳动阶级也许害多于利，因为把他们里面比较优秀的分子被吸入于贵族化和资产阶级化的高等教育里面去，反而加入了他们的战线！

最后请略谈英国的大学教育，关于他们所养成的资产阶级或小资产阶级的“意识形态”是现状下所不免者之外，他们所培成的研究学术的风气，却很有可取，这也许是英国和美国大学最大的一个异点，美国大学的Assignment（由教授指定要看的书）很多，小考大考频繁，记书本还来不及，常弄得你头昏脑胀，很少自由研究和思考的时间（这是好多赴美留学的朋友的感想），英国大学每学科每星期上学不过一二小时，使学生有充分自己研究和从容自由思考的时间。当然，这种充分研究的时间也要用得好，否则撒烂污朋友也可大撒其烂污。剑桥和牛津等大学都设有导师制（tutor system），也许就出于防备撒烂污的办法，因为既有导师时常督促询问，撒烂污便容易被发觉的。

说起英国大学里所行的导师制，记者曾特为此事到牛津（Oxford）去了一个整天。除参观牛津大学的几个学院外，并和几个担任导师的教授或讲师作详细的谈话。其要点也没有什么大巧妙，每个导师指定照顾学生几个或十几个，常常定期和学生作单独或几个聚会的谈话，常用茶点的方式，每学期大概都请学生吃一顿饭。学生关于选择科目，研究材料等等问题，都从这种种谈话的机会和导师接触，得到种种指导，这种导师制最大的优点，是于教室听讲之外，师生间多接触和交换意见的机会。有的话在教室里不便公开讲的，在茶话会中便可揭开天窗说亮话。例如讨论到某本著作，教授在课堂上也许不便过于暴露其中的劣点，在私人谈话间便可随意批评，把它大骂一顿。这种导师制的办法当然有几个条件，第一是教师的教书的钟点很少，才能分出时间来和所指导的学生作从容不迫的谈话；第二是教师要专任一校的教务，勿兼职他校，才有时间和精神来尽导师的职责。此外我所注意的是学生和导师所讨论的问题，有否关于学生个人的私事提出询问，据牛津大学几个导师的经验，大概都属于学识上的研究，关于个人私事的提出是绝无仅有的。这在中国便有些不同，例如有学生对导师提出经济困难问题，说学费缴不出来，我就感觉到导师无法可“导”了。

英国大学生除和导师时有谈话接触的机会外，同学间还有时常彼此轮流请吃茶点谈话的风气。有的在自己房间里请，有的在咖啡馆里请，有的还请教授或导师参加。在牛津大学的中国学生，有一个说他是最不善于交际的，但是每星期至少也收到一次吃茶的请帖。交际广的学生，差不多天天有茶点吃。这种吃茶，注重的当然不在茶而在谈话。中国俗语有所谓“听君一席话，胜读十年书”，多和有学识经验的人谈话，确能获得不少益处，不过常常请若干同学吃茶点，在穷学生也许受不了。他们大学里男女同学，这请吃茶的风气，也许是男女社交的一种好办法。伦敦大学没有导师制，但如该校名教授拉斯基系牛津大学出身，也不脱牛大风气，每逢星期日下午，总请若干学生（多的时候有一二十个）到他的家里吃茶。他坐在一张大沙发的中间，他的夫人坐在一边，他的女儿坐在另一边，其余学生有坐的，有立的，有靠的，围成一堆，大谈而特谈，一谈就是一下午，他的话常是滔滔不绝，你在那里可常听到在他处所听不到的许多关于政治舞台上，社会上，或学术界的遗闻轶事，笑话珍闻。

在英的中国留学生虽没有确切的统计，估计约有四百人左右。虽不敢说没有冒牌的留学生（有某省官费生某君领着官费不入学校，天天在房间里坐着悲观！），但大概而论，因英国大学很富于研究的风气，所以都很有研究学术的精神；而且在英国各著名大学，每学科都有相当国际闻名的权威学者，耳濡目染，潜移默化，引起学生对学术研究的兴趣和热诚于不知不觉之中。

廿三，二，四，伦敦。

五〇　英国的华侨

据伦默氏（C. F. Remer）近著《外国在华投资》（*Foreign Investment in China*）一书，自一九〇二年到一九三三年，全世界的华侨竟有七百万至九百万人！像欧洲的小国，最少的人口如安多拉（Andorra，在法比边境的小共和国），全国人民只有五千人；又如蒙纳可（Monaco，在法国沿地中海岸的小王国），全国人民只有两万五千人：这姑不去说它。像奥国（Austria），全国人民也只有七百万人；像匈加利（Hungary），全国人民也只有九百万人。依伦默氏所举的华侨人数，简直好像欧洲一国的人民在国外东奔西窜着！而且他们都没有政府做后盾。这样在海外自辟生路的侨胞的冒险的精神，苦斗的能力，不能不算为可以惊人的。中国每年入超，全靠华侨汇款回国有些调剂，据伦默氏的统计，自一九〇二至一九一三年间，华侨每年平均汇款回国达一万五千万圆；自一九一四至一九三〇年间，华侨每年平均汇款回国达两万万圆。华侨对祖国经济上的关系，不可谓不重大。但是祖国当局者视华侨在若有若无之间，毫无协助的实际办法，最近的趋势是日在没落之中，看上去只有日渐减少以至消灭的形势。英国的华侨，也在这样形势的包围中。

在十年前，旅英的华侨至少在一万人以上（听说在世界大战时达一万五千人），但是最近已减到三千人左右了。在英的华侨，大多数在轮船上做水手或火夫，这种苦工作，在经济繁荣时代的英国人多不愿干，所以肯吃苦的“支那人”要得到这样的机会并不难。自世界经济恐慌以后，英国船业受着很大的打击，首先被裁的当然要轮到“支那人”；而且就是可以维持的部分，雇主们也用英国人来代替“支那人”。所以这硕果仅存的三千人中，失业者已有三分之二了。

旅英的华侨以伦敦及利物浦两地为最多。在利物浦的约有三百八十人，其中约一百八十人是水手和火夫，其余除少数小商人外（开杂货店），多业洗衣作，在前面利物浦一节中已略有述及。在伦敦的约有四百五十余人，可算是在英华侨的大本营。其中有二百人是水手和火夫，失业者已达一百五十人；在中国菜馆（伦敦有四家）做厨子或侍者等有百人左右，在英国菜馆当厨子侍者等，原也有百人，现在失业的也有四十人了；此外在东伦敦开小商店做中国人生意的约有五十人。

东伦敦是英国的一个大规模的贫民窟，记者在第四十六篇一节里曾经谈过，在伦敦的所谓“中国城”（China Town），便和东伦敦结不解缘！其实无所谓“中国城”，不过有几条街里面中国人特别多些罢了。记者到东伦敦去观光时，也到侨胞麇集的区域去看看，差不多都是广东人，最显著的是中国药材铺，中国杂货店，里面有种种中国的土货，做的当然都是中国人的生意，所以生意的规模永远不会宏大的。有的小店玻璃门上贴着中国字条，上面有的写着“内进买摊”，有的写着“入内银牌”，有的写着“内便开皮”，我起初莫明其妙，后来询问有的在店门口站着的侨胞，才知道就是赌摊，请你“内便”赌博！我自居于新闻记者的资格，到一处推着门“内便”去看看，果然看见一个很脏的小房间里，堆着一群侨胞在那里津津有味地干他们的“开皮”，有几个塌鼻头的奇相，有几个烟容满面的鬼相，我对着他们发怔，发呆，他们看见我那副模样，大概知道是从祖国来的，很客气地对我点一点头，又回转头聚精会神于他们的“开皮”了。

我出来时抽了一口冷气，心里暗想，倘若外国电影公司又想摄些使中国人丢脸的把戏，这岂不又是一幕现成的布景！

到了一家中国杂货店里面去看看，那位“老乡”伙计倒很像样，但是他只会说广东话，英语也不大懂，我们很热烈地做了半天手势，还是闷着肚子握别！我只知道他的大意是说市面很不兴，生意难做。

在街上遇着几个中英合种的男女孩童，从四五岁到十一二岁，觉得他们都长得美丽，和他们谈谈，都和蔼亲热，可爱得很。华侨冒险溜往海外，都不能带妻子，所以有三分之一都娶了英妇。尤其是当世界大战时，华侨有机会和英国女子同处工作，因有接触的机会，她们觉得平日听得可怕的中国人倒也不怎样坏，因感情日洽而嫁给中国人的不少。这样溜到海外的侨胞，往往一字不识，英文更说不清楚，嫁给他们的英国女子虽也出身下层，但都能写字看报，因此养出的合种子女，往往和母亲感情特别好，看不起父亲，尤其看见有些不肖的父亲，自己失了业，靠着老婆辛苦出去做工养家，还要拿钱出去赌博。

这类中英合种的孩子，在伦敦已有二百上下，不但相貌好（虽也有极少的例外，尤其在女子方面），而且非常聪明。

据一位热心华侨子女教育的英国朋友告诉我，英国小学生的学业成绩够得上免费升学学额者只有百分之二十，而华侨小学生得此资格者竟占百分之四十二，可是为家境困难，虽免费而仍须自供膳宿，不得不辍学的很多，真是憾事。

这种原来聪明的孩子，因家庭环境之欠佳，已经吃亏，又难于升学，所以很难和英国人竞争；就是有幸而升入中学毕业的，成绩受师长赏识，毕业后承师长写介绍信介绍职业，雇主也每以中英合种的缘故，加以歧视，拒绝录用。这种合种的孩子真不幸，不但在职业上受这样的歧视，就是在一般社会上的地位也很困难，因为英国人对于种族成见仍然很深，都看他们不起。这原因在骨子里当然是由于中国人根本就受人看不起。就是嫁给华侨的英妇，也往往受她们本国人的轻视，她们气时也会说气话，说：“我不做英国人！我既嫁给中国人，便是中国人了！”

留学生中有些热心的朋友，靠公使馆学生会等处出些捐款，开办中华学校，在夜里以中文教这些合种的孩子，已开办了三年。中国文字真难学，这些孩子白天要进英国学校，夜里又要来吃这样的苦头，读了许多时候，仅能写自己的中文名字，能说“你好吗？”，有的虽能照样抄写中国字，但是读不出！

华侨的职业总不外乎洗衣服，烧小菜等事。关于洗衣业，因为英国人有了大规模的公司组织，利用机器，华侨的洗衣业亦日在退缩之中，有减无加，更说不到什么发展。华侨中开菜馆的已算是顶刮刮的阔人了！东伦敦华侨里面有一位名叫张朝的，在伦敦开了三十年的菜馆，现在算是东伦敦华侨的“拿摩温”的领袖！

廿三，二，五，伦敦。

五一　英伦杂碎

到英国后所得的印象，已谈得差不多了，还有些零零碎碎的见闻，随意再提出来谈谈。

英国式的“君子人”（gentleman）的音容态度，很普遍地流行于一般人民间。“谢谢”（Thank you.），“对不住”（Sorry.）或“请你原谅”（I beg your pardon.）等等客气的话语，几于随处都听得到。你在公共电车上买票，卖票的把票给你的时候，也对你说声“谢谢”；有许多乘客接收这张电车票时，也回报那卖票的一声“谢谢”。随便买什么，就是买一盒自来火，或是一份报，伙计或报贩收钱时对你说声“谢谢”，买客接到东西时也回报他一声“谢谢”。在饭馆里吃饭，女侍者捧上一盘菜，客人说声“谢谢”，她也回报一声“谢谢”。一天到晚简直在谢来谢去中过日子！大概无论什么事，除非有人骂你一句，或打你一下，你说声“谢谢”，总是不错的！“对你不住”或“请你原谅”的话，其用途似乎不及“谢谢”那样广，可是极小的事情，例如轻轻地误碰了一下或是让路慢了一些，就赶紧声明“对不住”，或“请你原谅”，往往两方面的人同时声明。有一位新到伦敦的中国旅客叶君，有一天对我说：“英国人真奇怪！我在街上走路时无意中很重地撞了一个人，他赶紧对我说：‘请你原谅！’我这样重地撞了他一下，他怎么反而请我原谅！”

据说这类“君子人”的行为，是含有自尊的意味，对你客气，不一定就是敬重你的意思，所以对于任何人都这样。

一般人的守秩序，这在西方各国大概都成了自然的习惯，无论在邮局里寄东西，在车站上买票，或是在戏院前买票，一有了几个人，便自动地立成一列，依先后前进，决无争先恐后的抢夺现象。在戏院前等着买票，一两百人立成双人的长队，是常见事情。尤其有趣的，我寓所附近有个影戏院，每逢星期六的下午，有两三百儿童，自三四岁至八九岁的模样，也在戏院前立成双人的长队，很静默地依着先后立着等候，并不见有大人在旁监督，这班小把戏的那样天真烂漫的可爱的神气，每当我乘坐公共汽车从那儿经过时，总要远远地回头望着他们。从小就养成这样守秩序的习惯，怪不得长大之后成了自动的很自然的行为。

英国人对于有色人种，有成见的仍然不少。往往门窗上明明贴着“招租”，或在报上“招租”的广告里明明说有屋出租，看见是中国人要来租，也许假说已经租了出去。中国友人某君有一次出去租屋，也遇着这样的情形，外面明明挂着“招租”的牌子，进去问时，却说是已经租了出去。这位朋友很不高兴，说既经租了出去，便该把“招租”的牌子脱下，免人白费工夫来问，房东不肯，这位朋友愤然自己动手把那个牌子强为脱下后，才离开！其实这于事还是无补。不过这不过是一部分的情形，有的人家因为住过中国人，知道中国人很好，却很欢迎中国人去租他们的屋子。外国的电影以及书报总把中国人糟蹋得不成东西，听说东伦敦的中国区，有的英国女子简直不敢单身到那里去，她们误会中国人之可怕，可以想见。可是她们或他们有机会和中国人做朋友后，却都觉得中国人好。

一般英国人对中国人仍莫明其妙，不能了解，你衣服穿得整洁些，仍要把你当作日本人。到过中国一两年的英国人，对中国的印象比较地好，因为中国人对外国人向来是很客气的。到过中国几十年的英国人，自以为看透了中国的种种劣点和黑幕，对中国的印象最坏，而且这类英国人往往以“中国通”自命！

英国社会里“老小姐”不少，她们的暮景生活颇多可怜的。在伦敦的朋友熊式一君的房东也是一位当过小学校长六十多岁的老小姐，常常抱着一只猫，抚摩着叫“达灵”（darling）！还有一位中国朋友承另一位朋友的介绍，说某某小姐请他去吃茶点，他欣然前往，到时才知道是一位七十多岁的老小姐，坐在一张沙发上，已经不能动调如意了！拉着他噜噜苏苏地瞎谈一阵，这位朋友不好意思就逃，如坐针毯！他说那个服侍老小姐的妙龄女仆，倒很漂亮可爱，但是英国人阶级观念特重，他又不便叫她加入谈话。

伦敦的雾是我们所久闻大名的，常常可于倏然间看见全伦敦被厚雾所笼罩，对面不见人，在白天也要全城点着电灯。遇着潮雾实在浓厚的时候，在街道上虽有了灯光，还是糊里糊涂的，一不留神，就须对碰，互叫“对不住”都来不及！有的报上就称这样的白天为“midnight afternoon”（半夜的下午）！本年一月二日英国南部八千方英里内，都被浓雾弄得漆黑。伦敦当然不能例外，电车汽车对碰，伤了不少乘客，同日有七个人因迷路大踏步走入河里去！有一个妇女竟致溺死，其余的幸而救了起来。盗贼也异想天开，这天伦敦发生了六处盗案，都是乘着浓雾的时候，不易看见，又不易追赶，有的抢了妇女们手上的钱袋就奔，有的竟合伙到店里去“各取所需”！

伦敦除夏季外，阴暗是常态，晴天是例外，下雨尤其是不可测，所以虽在太阳当空的日子，也有人手上拿着洋伞。他们所拿的这种洋伞都包得很紧，简直是当着“司的克”用。手上拿着一把洋伞，头上戴着一顶黑色绷硬的盆帽（他们称为“bowler hat”，我在国内时听见有人称为博士帽），这是英国人的代表式的（Typical）装束。还有人顶着高礼帽，穿着大礼服，也拿着洋伞在街道上跑来跑去。在报上登出的结婚照片，新夫妇从教堂里礼毕出来，穿着一身礼服的新郎，手上也往往拿着一把洋伞！同样地怕下雨，妇女却不大见拖着这样的一件家伙。

法国人多矮而胖，英国人多矮而小，但是法国和英国的警察都极力选用高大魁梧的大汉子，尤其是伦敦。普通的一个英国人和警察立在一起，简直大小差得多，这类大汉警察大有Swift所著的*Gulliver's Travel*（《格列弗游记》——编者注）里面的大人国中人的气概。

在巴黎的街道上和菜馆里，常看得见菲洲的黑人和安南人，在伦敦的街道上和菜馆里常看得见菲洲的黑人和印度人。他们自己的感想如何，我不知道，但我替他们设身处地想想，实在替他们觉得难过，因为总要连带想到“亡国奴”这名词上面去。但转念到我们自己，尤其是转念到我们东北的三千万同胞，愧怍愤懑的情绪更不能自禁地汹涌着上来！

廿三，二，七，伦敦。

萍踪寄语（二集）

弁　言

《萍踪寄语》初集里的材料，因为那时要应《生活》周刊按期继续发表的需要，所以在途中随时就观察所及，即握笔叙述。今年二月间，记者由英动身，经过法国，比国，荷国，而达到德国，在这三个月的旅程中，只留意材料的搜集，到了英国以后才组织起来追记的，这本《萍踪寄语》二集便是这样写成的。

记者出国以来，国内有不少直接间接的好友，辗转寄信来慰问，这是记者所铭感不能忘的；有的还问着“寄语”久已未见，“萍踪”漂泊何处，承蒙好友们这样殷殷地垂念，我只有愈益感奋。我此次虽负债出游，但是有朋友们许我负债，比之一筹莫展的，仍是幸运多了，所以我于愧怍之余，一面想乘此机会把自己充实一些，以作继续为社会勉竭驽骀的准备；一面仍时常不忘须就浅见所及，记些出来向垂念我的好友们报告报告。

但是记者常恨自己学识的浅薄，出国后，尤觉好书不胜其看，良师益友不胜其谈，事物不胜其观察，直像饿鬼看见了盛宴佳肴，来不及狼吞虎咽似的；而知识无限，浩如烟海，愈深刻地感觉到自己学识的浅薄，也愈迫切地觉得时间的不够用。因此在这样短促时间里，本想暂时搁笔；但是上面所谓之“时常不忘”的意识又常在督责着自己，所以特开“特别快车”，差不多在一个月内，把这本以德国为段落的《萍踪寄语》二集赶成，以求好友们的指教；并欲藉此最近的“寄语”，奉告最近的“萍踪”。这不能算做什么著作，聊当面谈而已。

记者于这本第二集“寄语”脱稿以后，将往苏联去看看，大概本年九月底可遄回伦敦；倘有所得，当再就“萍踪”所到，写些“寄语”出来，以扰好友们的清听。

韬奋记于伦敦。

一九三四，六，九，夜。

五二　再到巴黎

记者自今年（一九三四）二月七日把关于英国的“寄语”结束之后，这两个多月以来，“萍踪”又由静而动，由英而法，由法而比，由比而荷，由荷而德，持笔续写这篇“寄语”时，已由德国回到出发点的伦敦了。我现在的职责就是要陆续把这两个月以来的闻见和感想，报告给《生活》周刊的读者和朋友们（记者记此时，虽已很痛心地知道《生活》周刊被迫停刊了，但我深信《生活》周刊的精神是永远存在的，因为它所反映的大众的意志和努力不是一下子可以消灭的）。

巴黎为记者旧游之地，关于法国的情形，也已略有所述，此次由伦敦出发，注重在考察德国，顺便看看附近的比利时和荷兰两国，但因为有几位在法的《生活》的好朋友在我上次到法时，匆匆未及晤谈，坚嘱再弯到巴黎几天，在我也因为上次因要赶赴伦敦大学开学的日期，关于巴黎还有几处要看而未及看的地方，加以正在我想去的时候，巴黎刚在史达维斯基（Stavisky）大弊案发现后，政潮汹涌，闹得乌烟瘴气的当儿，新闻记者是爱管闲事的，也想藉此机会去瞧瞧向占欧洲所谓“民主政治”第二把交椅的法兰西。

法国的阁潮，向来是有名于世的，自世界大战到最近杜美格（Doumergue）在大扰乱中起来组阁为止，不到二十年，已有了三十一次的内阁，有的内阁成立几天就短命，有的刚成立就倒，但虽起来倒去，而政策却差不多，没有什么根本的变化，尤显著的是对外的政策，政党虽有左右派之称，左派最大的党是所谓激进社会党（Radical Socialist Party），其实既不“激进”，也和什么“社会”主义风马牛不相及，是道地十足的一个布尔乔亚（Bourgeois）的大集团，所以翻来覆去，都不外那一套“换汤不换药”的玩意儿！史达维斯基的大赌案，和这次内阁及众议院的大坍台，固为所谓“民主政治”者多露一次破绽，加上一道催命符，但政权既仍在布尔乔亚的手里，虽一时闹得怪好看，根本也就不过那么一回事罢了。

在这次政潮中，有两件小事颇堪发噱，一件是法国行动党（Action Fransaise即保皇党）的机关报对曾任外交部长的政界要人彭古（Paul Boncour）大开玩笑，彭古本属社会党，后来因为和激进社会党的领袖赫利欧（Herriot）合作，遂脱党，据说他曾经做过史达维斯基的娇妻爱勒特（Arlette Simon）的律师，非常要好，甚至说和她有过什么特殊的关系，自从这个大贿案发生之后，法国保皇党的机关报每在新闻里有提到彭古名字的时候，总把爱勒特加在彭古的名字里面，成为Paul-Arlette-Boncour！竟把他的尊姓大名这样地改造了！

还有一件事是这样：这次法国政潮弄得满城风雨，在街道上打得头破血流，前总统杜美格退隐在乡间里，被现任总统强请出来组阁，他已是八十多岁的老翁了；在这个时候，比国的国王亚尔培（Albert 1875—1934）爬山跌死，他的儿子利阿波第三（Leopold Ⅲ）随即承继王位，法国的保皇党看了在机关报上大放厥辞，说这种制度多么好，嗣王年青有为，承继王位的手续又省，何必像法国还要那样跑到乡间去拉出一个快要死的老头儿来，多么费事。中国话有所谓“仁者见仁，智者见智”，一人的见解，往往很容易受他的背景所蒙蔽，这样的情形被保皇党看见了，便认为是他们所以要

“保皇”的十足的理由！

这次再到巴黎，补看了好几个地方，现在撮述一二附记在这里。一处是众议院（Chambre des Députés）。这里面的情形，和在伦敦所见的众议院似乎不同。英国的众议院的议厅是长方形的，议员座位是同置在一个平的地板上；法国的众议院的议厅却是半圆形，议员的座位是一排高一排，半圆形地排在议长席的前面，建筑似乎比英国的宏丽。尤不同的是他们开会时的情形，在英国的众议院开会的时候，秩序比较好，一人说话未完时，别人很少起来插嘴，讲到得意时，本党的人也不过附和急叫“hear！ hear！”罢了，记者曾在该处旁听了一小时之久，所见都是如此；在法国众议院里所见的却有些不同，我在四月二十日那天下午五点钟前十分到那里，五点钟起开始开会，五点四十分即闭会，简直是四十分钟继续不断的一场大吵闹。本党人发言，本党的议员大鼓其掌，反对党的议员便同时你一句我一句插着大声瞎闹，此时最难做的是议长，拿着一个戒尺在桌旁打着，不行，就大摇桌上的钟（这钟的声音，好像救火车在马路上驶过时的钟声一样），有时可因此略停数分钟吵闹，不久又闹做一团；有时连这几分钟的效验都没有，议长好像气得发昏的样子，只得尽他们提高嗓子大闹着，待其自然的停止，不久又闹了起来！据久在法国的朋友说，众议院里这样哄做一团的情形是常事，有时大闹不停，议长无可如何，只得暂时退席以避之，因为议长走了，会议便等于暂停，大家得随意离席，暂作鸟兽散，闹的人也就闹无可闹！那天所议的是通过财政预算原则案，政府派希望大体通过，反政府派主张须逐项付议，结果是政府派占了胜利。那天旁听席上的人很多，大家看着那样闹得不亦乐乎的样子，都忍俊不住的大笑。这全部分的四十分钟，就没有一刻不在这样吵着叫着闹着笑着里面过去。我出了众议院的门口，还独自一人对自己发笑着。

在伦敦和巴黎都各有一个蜡人馆，在伦敦的称为杜索夫人的展览会（Madame Tussand's Exhibition），在巴黎的称为格雷温博物院（Musée Grévin）（都是以创办者的名字为名）。所谓蜡人者，并不是全身都用蜡做的人像，却是用蜡做的人头，人手，装在穿着真的衣服的身体上（这身体当然也是造成的）。就是面上的眼毛或胡子，头上的头发，也和真的一样，人身的大小和真的人一样，所以看的人厕身其间，竟好像钻进了人丛中。其中有的是现在还生存着的，有的是刚死的，有的是死去多时的了，好像古今生死同聚一堂！各国历史上及现代最著名的人物大概都有，例如美国有名的总统，就有几十个跻在一处，有坐的，有立的，此外如文学家，艺术家，飞行家，电影明星，乃至运动健将，如网球健将之类也有。尤有历史意味和价值的，是若干幕历史上引人注意的事件，例如拿破仑临终，罗兰夫人受审等等的全幕人物布景，用各色电灯陪衬，令人如身临其境。伦敦的比巴黎的好。在伦敦的蜡人馆里，还在地窖里布置许多被监禁或枪决的著名犯人，阴气逼人，如游阴间（这是想象之辞，并非记者相信有阴间，更未曾游过阴间）。在入口处，就有一个杀了头的人身，旁立着迎接你！在第二个门口上，旁边有个穿制服的青年闭眼坐着，看上去和别的蜡人一样，大家都不以为异，等围看的人略多，那个人忽然立起来，弄得大家惊吓一跳！里面有个“鸦片窟”布置着一个拖辫子的中国人服侍两个英国水兵吃鸦片。那个中国人只有一根辫子，和短衫裤子算是他的特征，那个面孔仍是西洋人的面孔，但在这样富有民众教育意味的机关，替中国人丢脸也就够了！从前有位朋友沧波在他所著的《伦敦闲话》一文里（见生活书店出版的《深刻的印象》一书），曾提及该馆里关于中国名人的像，就只在一个屋角里看见被称为“广东的省长”，“型像面色特别黄黑”的中山先生。我去看时，已找不到，大概他们把“广东的省长”都取消了！留下来的就只有那位拖着辫子服侍两个英国水兵吃鸦片的仁兄！在巴黎的蜡人馆里，关于中国的只有一幕所谓“中日之战”，是日本人打长城的布景，其中中国长城上竟阒无一人，不知道他们是否认为这是“一面抵抗，一面交涉”的象征！

我从另一方面想，我们自己倘能设立一个蜡人馆，却很有民众教育的价值，至少可将历来为革命而牺牲的许多烈士，尤其是辛亥革命之后，慷慨起义，临危舍命的种种惨状，把他们好好的布置起来，使人常常想到许多烈士的惨痛牺牲，现在所换得的是什么？尤希望那般拿革命做幌子而穷奢极欲无恶不作的高官显要们能有看到的机会！

关于巴黎的“玻璃房子”，以前不过听人谈起，还没有工夫去看，这次再到巴黎，也抽暇去参观一下。我和一位朋友于一个夜里去看，到后照例叫了两杯酒，和朋友围坐在一个桌旁，有几十个赤身裸体的女子来周旋，有一个挨到我的身上来做尽媚态，劝“开房间”，她——可怜的她——此时眼中所看的是法郎，心里所想的是法郎，无所不可的都是为着法郎！到了这样情况之下，什么美的观念都没有了，我和那位朋友坐了不到五分钟，连酒都没有喝，就匆匆地离开了这“人间地狱”。

一九三四，五，三，记于伦敦。

五三　游比杂谈之一

在欧洲的北部海岸，法国和德国的中间，有两个小国家，那就是比利时和荷兰。这两个小国的人口都在八百万人左右，是在欧洲经过战争最多的一块地方，这不但是因为这一块地方的南部（即比利时）是正夹在法德两大国的中间，为这两大国扩充地盘时常争的地带，而且也因为这两小国有了欧洲最重要的几条河的出口，为斗争的媒介。但这两个小国家虽被人加上一个“小”字，在你抢我夺的这块地方上，居然能靠着自己斗争的力量，终于能维持他们的自由平等的地位（当时的国际形势当然也有关系，但根本还是靠自己斗争的力量）。这时来自“大”国的我，来自“大”而任人宰割的中国的我，到这两国里看看，实在没有法子消除我的惭愧的心影。

记者于二月廿二日上午九点十五分由巴黎动身，十二点便到了比京布鲁塞尔（Bruxelles）。在火车里遇着一位荷兰老者，和他的妻子，同坐在一个车厢里，他们俩的头发都白了，至少都在六十岁以上的年纪，而体格康健，却无异于四十岁左右的壮年。这老者能英语，我和他谈话之后，才知道他在荷兰经营船业已四十年了，听他的口气，好像是一个轮船公司经理，我问他荷兰船业最近情形如何，他说没有一个轮船公司不蚀本的，现在只得勉强维持现状，以待转机。我们知道荷兰的国力，最依靠的是他们的商业，尤其是航业；荷兰的航业到现在，虽远不及十七世纪独执世界牛耳时代，但仍占很重要的位置，他们靠着均衡出入口的差异，这是最主要的要素，但据这个经营船业四十年的老者说，现在却没有一个轮船公司不蚀本的，这也是因为他们逃不出世界经济恐慌的漩涡。

在国外遇着外国朋友，十八九要问你中日问题怎么样了，这个老者也不能例外。他似乎很抱憾地说，中国不能打，最没办法，我便把十九路军在淞沪打日军情形告诉他，他听得津津有味，随听随译给他的夫人听。我想，我们还有十九路军拿来遮遮面孔，但以偌大的中国，只有这昙花一现的十九路军，这面孔还是遮不了！

记者到比国的时候，正值他们一“丧”一“庆”的当儿。我到的那一天（廿二日），是爬山跌死的比王亚尔培大出丧的日子，也就是他们的国丧；第二天是比国新王利阿波尔第三宣誓登位的日子，也就是他们的国庆。在这两天，满街人山人海，比京附近各城的人都特为跑来看热闹，我就好像看了“比国人民展览会”。在新比王和他的王后的“銮驾”经过街道的时候，两旁挤得水泄不通的人丛中，都挥巾或挥帽欢呼，有的在最后一排的角落里，一点儿看不见国王或王后的脸，也大脱其帽，这种敬重王室的心理，在我们看来真觉莫名其妙。比王未葬前，陈尸三日，一任人民观看，各处人民到比京列队循序进去观看者，每日十余万人，听说有的看了流着眼泪，有许多情愿饿着肚子，或一夜不睡，列在队中立着，等候进去一看。这里面大概为好奇心所冲动的也不少，不过据说比王亚尔培［特］在国王中算是很忠于国事和爱护人民的，所以确也留下了不少的哀思。

现在比国的政治和外交是惟法国的马首是瞻的，所以法国的政治如果没有什么大变动，比国的政治也就亦步亦趋，不会有什么大变动。比国的政党有天主教党，里面包括的是教徒，农民，资产阶级；自由党，里面包括的有财阀，工商界的领袖，和一部分的知识阶级；社会党，里面包括的有工人，由知识阶级中人如大学教授，律师，及其他自由职业者做领导；共产党。势力以天主教党和社会党的为最大，但经济实力操在自由党的手里。现在的局面，是天主教党和自由党联合战线压倒社会党，前两党为在朝党，后者为在野党。在这种形势之下，政治上的大权握在什么阶级的手里，可不言而喻了。共产党在国会里也有两三个议员，当廿三日那天新比王在国会里宣誓时，各党议员呼国王万岁，共产党议员则大呼“民国”万岁，大家也莫奈何他们，这如在以《马氏文通》触犯刑章的国家里，当然也是一件不可思议的事情！

讲到经济方面，比利时是欧洲最工业化的国家里面一个老资格，列日（Liège）的煤，在中世纪就有名的，铁和钢的工业，在十八世纪的末叶就发展了，现在这三种工业仍占最重要的位置，此外关于锌，铅，玻璃，纺织，也有大量的生产，从事农业的人民不到五十万人，从事工商业者却在二百万人以上。自世界经济恐慌发生以来，愈工业化的资本主义国家，倒霉的程度也愈高，比利时虽向来有富庶之称，也不能例外，试看他们的统计，一九三一年工人失业人数为二十万零七千人；一九三二年增至三十五万人了；一九三三年增至三十八万三千人了。所以在比国布鲁塞尔极宽敞平滑的马路上，两旁的洋房和树荫多么美丽，你在这美丽的环境中就可发现着衣服破烂的变相的乞丐，有一个清晨我和老友寄寒伉俪同在这样的一个道旁散步，就两次遇着这样变相的乞丐，手里拿着几根铅笔，伸着手向你要钱。其中有一个还有羞答答的样子，大概是初上任的，还没有得到多大的经验！据寄寒说，这都是失业的工人，在两三年前是从来没有看见过的。

布鲁塞尔有“具体而微的巴黎”（the miniature Paris）之称，居民八十五万人，街道整洁，建筑美丽，市政修明，确很可引起人们的美感，但比巴黎当然尚望尘莫及。建筑物以大理院（Palace of Justice）为最宏伟，价值六千万佛郎，占地比罗马的圣彼得教堂的地盘还大，欧洲的宏伟建筑物，最多的是教堂，其次是皇宫，此外则大理院也常夹在里面凑热闹，为游客常到之处。在我国，游客要特地跑到审判厅去看看，大概很少。布鲁塞尔比巴黎，“微”则有之，“具体”还说不上，不过有一件事却不很“微”，那就是在热闹街市如Boulevard Adolphemax一带，华灯初上，野鸡如鲫，我和寄寒伉俪及王君勤安等顺道过此，目见甚多。据说野鸡之外，还有不少公娼，那更可和巴黎分庭抗礼了！

记者在比虽仅前后四天，除到鲁文（Louvain）半天外，承蒙寄寒贤伉俪差不多天天陪伴着游览，所看的地方不少，比较重要的是他们博物馆的设备，国家虽小，对于民众教育的努力并不小。在同往参观历史博物馆的那一次，在同时游客中有三个美丽活泼的比国少女（依中国女子标准看去有十六七岁，在她们身体发育健全，据说实际都还不过十三四岁），其中有一个尤秀媚，忽对我们几个外国人注意，跟着我们一块儿看，最后临别时，彼此分开了，她们还回过头来嫣然对我们说“再会”，我们也欣然还报以“再会”，虽心里明知道这“再会”是大概绝对没有希望的。可是那天真少女的美感，至今还萦回脑际。

比国的最大的殖民地是在南菲洲的刚果（Congo），在比京时也特地去看了他们的殖民地博物馆，内容是动植矿物的生产之丰富，同时用相片和模型表示土人之野蛮和迷信等等文化落后的情形，受尽了种种的榨取剥削，还落得个不名誉的结果！比利时本国的全部面积不过一万一千余方英里，而比利时的殖民地刚果却有九十万余方英里，大了九十倍左右！

在比京也有所谓“无名英雄墓”，即在世界大战中阵亡兵士的坟墓。在马路上经过这个地方的时候，不但走路的人都自动地脱帽致敬，就是在电车里的乘客，也都自动地脱帽致敬，这也可见一般民众教育的程度。记者也路过几次，尤其令人连带回想的是一九一四年蕞尔小国的比利时因德国侵入国境而英勇抗战的经过。德国原答应比国如许他们假道，决不侵犯，而比国毅然不许，当年八月五日，德军开始攻击，比将勒孟（Leman）率领比军抗战四倍人数的德军至四十八小时，最后因避包围，退至Fort Lonein，仍收拾残军抗战，坚持一周之久，勒孟战倒于残墟中，昏迷失却知觉，被德军掳去，此役比军死亡四万八千人，德政府第二次提出要求假道，仍被比国拒绝，以后的情形，读者诸君都知道，用不着记者赘述。总之德军绝对不得在比国“不抵抗”中爽快通过，要进一步，便须吃进一步的苦头！当年十月十八日至三十日，德军要通过比国的野塞河（Yser）被比军作十余日的死抗，比军死亡一万四千人，其英勇尤为历史上令人肃然起敬的一页，比军坚守这一小块仅余的国土，直至一九一八年大战终了时为止，未曾被德军占去。暴敌侵入国境是什么一回事，还有什么苟安图存的余地！比利时虽是蕞尔小国，她所以能卓然立于世界，也全靠这一点英勇抗战令人不敢轻视的精神。当时毅然主持抗战的比王亚尔培［特］和首当其冲而死抗到底的勒孟将军所以能留永思于比国人民心中者，不为无故。

一九三四，五，十一，伦敦。

五四　游比杂谈之二

比利时是在欧洲经过战争最多的一个地方，这在上面已提及，滑铁炉（Waterloo）之战，也是这许多战争里面最著名的一个。记者曾于三月廿三日午后，和寄寒伉俪偕往滑铁炉一游，整整费了一个半天的工夫。滑铁炉是一个居民仅有四千人左右的小村，在比京布鲁塞尔之南十一英方里，由布鲁塞尔去，乘一小时的电车可达。在一八一五年的六月，这是英将威灵顿（Wellington）驻扎抗战拿破仑的地点，拿氏以神出鬼没的战术，怀囊括全欧的野心，几于所向无敌，最后经滑铁炉一败，真是中国话所谓"一败涂地"，皇帝没得做，关到圣赫伦那（St. Helana）岛上去，五年后便以一死了之。在当年六月十八日那天交绥的处所，就在这滑铁炉村上一个小墩名叫Hougomont的上面开始，现在仅是一个农场，设有一个陈列馆，陈列关于该次战争的遗物，在楼上有个圆形的大画室，却很别致，中间一个大亭，亭的周围有围栏，围栏外面离七八丈的周围，便挂着高十余丈的大油画，围着这个亭子。油画的内容是描写当时联军和拿破仑军队交战的情形。油画的下面和亭子外的空地接连，在地上便用真草，真茅屋，以及逼真的人马枪炮等等的模型布置着，油画的上面是画着蔚蓝的天空，和亭子上面接连着，全部用电灯衬托出来，使看的人从亭子里看出来，好像身临战地似的。除这个陈列馆外，还有一个纪念此次战事的人造的狮子山（Mout du Lion），这山是比利时于一八二三年及二六年间造成的，山高约一百五十尺，周围约一千七百尺，顶上中间有个铁铸的大狮子，二十四吨重，从山下可由二百廿六级的石级登到狮子的座子，座子周围及石级两旁都有铁栏杆围着。我们三个人都鼓着勇气爬到最高顶去远望了一番，这附近的四围便是数十万大军搏战之地，便是叱咤风云一世之雄的拿破仑大吃败仗的所在！天已渐渐地阴暗起来，匆匆下山回来，在电车里已是万家灯火了。

看到这个战地，使我回想到历史上关于此役有件趣事，**那便是拿破仑自信必胜**，**唯恐威灵顿乘夜不战先逃**！在六月十七日（一八一五年）的那个夜里，威灵顿和拿破仑的两方军队均驻扎在滑铁炉，等天明交战。拿皇帝把胜仗拿得十稳，深恐威灵顿在当夜乘黑暗中逃走，特于这个夜里——已经半夜了——离开他的居屋，只带着柏塔郎大将（Marshal Bertrand）一人相随，步行走出他的禁卫线，竟大胆地走到威灵顿驻扎地的前面，周围的丛树附近。这时已是夜里两点钟了，拿皇帝在万籁俱寂中倾听，忽然听见有一队敌兵在黑暗中的步伐声，他想这一定是威灵顿乘夜里黑暗中拔营，这一营大概是他的最后的卫队了！他此时绝对梦想不到第二天威灵顿的军队会那样的死抗不退。虽以拿破仑的将才，一有轻敌之心，也免不了大吃败仗，这倒可给我们一个很好的教训！

记者于三月廿四日的上午费了半天的工夫去参观比国一个文化中心的鲁文，有“比利时的牛津”（The Oxford of Belgium）之称，由比京乘火车去，不及一小时即到。鲁文是属于比利时的卜拉邦（Brabant）省的一个城镇，居民约有四万人，而在该处的鲁文大学的学生却有五千人左右，所以满街随处可以碰到男女大学生，他们或她们虽穿常服，却都戴有不一律的制帽，各科各级的学生，都各有其特殊颜色和标志的制帽，使人一望而知，有的制帽像我们所常见的睡帽一样，各学生同时是什么学会或团体的会员，还把许多金的或银的五花八门的徽章插在帽上的周围，很特别。该校虽男女同学，向例男同学和女同学不得两个人（即仅仅一男一女）在街上同行，否则一被学校当局看见，即须传去问话，麻烦得很，所以在街上确看不见有这样的现象，顽固习俗可笑，究竟不知道有什么充分的理由！该校以医工较著名，中国留学生有二十余人，前《大晚报》记者张若谷君也在该校肄业，记者到后，承他引导参观，鲁文街上极少车辆，清静安逸，与布鲁塞尔迥异。著名建筑有五百年历史的市政厅，宏丽的教堂，及大规模的图书馆等。当一九一四年八月二十五日，该城被德军占据，有意放火焚烧，连烧三天，烧毁了一千多屋子，存有十五万卷以上名著的图书馆也遭了这个浩劫。大战结束后，屋子已大多数重建，图书馆也重建了（大半出于美国人的捐款）。在德军侵占比境时，比国当局只想到死抗暴敌，并未曾想到一面准备不抵抗，一面把这些宝藏搬移到别处去，这大概因为他们深知国土一块一块地被暴敌侵占去，国且不国，搬移宝藏何用！况且他们没有不平等条约的妙用，没有什么租界可供移藏宝物，这也是比不上我们的！

比利时虽小，最有名的报纸，也有八九种之多，以《晚报》(*Le Soir*)为最盛，印刷精美，插图尤佳，听说销数每日近百万。该报虽号称“晚报”，每日出版四次，每次遇有最新要闻，即加以补充，第一次约在下午三点半，第二次下午六点半，第三次夜里九点半，第四次半夜，便须在第二晨售卖了，故实际已包办了全日的新闻。至于各报对中国的态度，也学着帝国主义的大国的模样，尤其是学着英法报纸的常态，那就是不登中国的消息则已，一登总是丢脸的消息居多！不过仔细想来，这也不能尽怪别人，因为我们自己，尤其是负政治上责任的人，先要问一问我们自己是不是要脸，先要问一问我们自己干了什么不致丢脸的事情！

最后请谈谈在比的中国人。在比国的中国学生约有二百余人，在恩特瓦柏(Antwerp)当水手的有百余人，青田小贩来来往往的也有四五十人。不久以前有驻西班牙的某比领受贿滥给护照，我国的青田小贩因纳贿而溜入比境者不少，后来这个领事的舞弊情形被比政府发现，革职查办，青田小贩被连累的都被驱逐出境。在这些脑子简单的青田小贩们，认为花了钱得到了护照，有什么错处，故常到中国使馆请办交涉，而中国使馆则以此事在比政府认为违法行为，无法可想，在法律上收贿者固被认为有罪，纳贿者也不是堂皇的事情，弄得很僵，况且做的是中国人，除准备着被驱出境的份儿外，更有什么话可说？

讲到在比的中国青田小贩，去年八九月间却发生了一件趣事。有三个青田小贩同住在一个比国人的家里，那家房东有三个女儿，正好配上了这三位青田小贩，都发生了关系，其中有一个女儿年龄还在十六岁以下，于是她们的父亲在法院提出诉讼，控告他们。但是房东太太以她的这个丈夫在外面有了一个姘头，平日不但不住在家里，而且置经济于不顾，还是这三位青田仁兄常常接济她的家用，所以到开庭审判的那一天，这位非正式的丈母娘在法庭上大帮这三个青田小贩！那天观审的很多，中国使馆也派有人去旁听，那位房东太太当着大众，对法官口若悬河地大讲她的一大篇大道理！她历数丈夫种种不顾家庭的罪状，极力赞扬这三个中国人如何如何的好！法官问问那三个女儿，也都说母亲的话不错，并且都表示愿嫁给这三个中国人。结果那个父亲大吃瘪，那三位祸中得福喜出望外的青田仁兄各据着娇妻，凯旋而回！这个案件，比国的报上只字不登，因为如把那位“丈母娘”的“中比人的优劣论”那一篇大文章发表出来，在他们当然认为是和比国人的体面有关系的。

还有一件事，在布鲁塞尔的大规模的理发店里，请了两位中国的扦脚专家！我们中国洗澡堂里的扦脚情形，想读者诸君都知道的。这两扦脚专家因为来修脚的多属舞女，享尽艳福，每月各有三五千佛郎的收入。一位娶了法女为妻，一位娶了比女为妻。中国人在欧的著名的职业，一为洗衣，一为烧菜（开饭馆），现在大概要加上了扦脚！在巴黎时，有的法国朋友说，你们中国人的菜当然好吃，因为你们有了五千年的文明，烧菜的研究也有了五千年的历史了！现在出了扦脚专家，不知和五千年的文明也有什么关系没有！

比国人对中国的态度，讲到政治的方面，比国外交向来是亲法的，惟法马首是瞻，法在外交上对中国的态度既不佳，比也可想而知，例如中日事件发生后，比政府的态度即偏袒日本。讲到一般民众方面，可以说大多数对中国完全莫名其妙，大概看到青田小贩，便认为这是中国人的代表。对于中国女子的印象，每以为仍是小脚，穿着他们在博物馆里所见的那种小脚鞋。（寄寒的夫人生得娟秀，在比外交界便很出风头，报上把她的相片登出来，即每有出门，街上行人都要特别注意她，也可以说稍稍替中国女子争得一点面子，至少使他们知道中国的女子和他们殖民地博物馆里所陈列的刚果女子究竟不同！）不过他们里面有一部分人因为本国无所不小，而觉得中国则那么大得吓人：讲面积，一来就是四五百万方英哩（比国面积只一万余方英哩）；讲人口，一来就是四五万万人（比国人口只八百万人）！但是中国那么大，人又那么多，而却又那么无用——至少在现状之下——大概他们不免更觉得诧异罢！

一九三四，五，一四。伦敦。

五五　唯一女性统治的国家

记者自英伦起程以来，天天遇着的都是晴朗的气候，而三月廿六日那天却是在大雨滂沱中，静悄悄地一人离开了比京布鲁塞尔，乘着十二点五十分的火车，往荷京海牙进发。当天下午三点三刻到海牙，到的时候却太阳当空，晴光四射，我因在荷兰没有什么熟友，便提着两个小衣箱，叫一辆汽车直驶中国使馆，一坐入汽车，第一印象便是整洁，向汽车的玻璃窗外面看看，第一印象也是整洁。那辆汽车是街上零租的野鸡汽车，但是汽车外面却油漆一新，揩擦得干干净净，里面的绒垫以及车旁的绒垫，都是很新很清洁的，这种汽车，在上海只能在私人自备的汽车中看得见的；再望望前面坐着的汽车夫，穿着黑呢的剪裁合身的制服，戴着黑呢的军帽，头发和胡子都修得很整齐，俨然好像是个军官似的。我最初以为我也许是碰巧乘着这样的汽车，但望望街上别部汽车，都相似。街道上也处处给人以整洁的印象，路旁的花草整齐而美，房屋的窗饰整齐而美，马路上和两旁行人道的清洁，简直好像用刷子刷洗过的。乃至来来往往的男女老幼，也个个整洁。在我所经过的几个国家里，在整洁上能和荷京相比的，似乎只有瑞士。我一入了这两国的国境，精神便为之一爽，眼光便为之一亮，这种整洁的印象，是在别处所未曾得到的，虽则伦敦巴黎布鲁塞尔等处的市政都办得很好（意大利比较地最脏）。

我国现在驻荷的公使是金问泗君，从前李顿调查团到上海时，顾维钧氏曾在沧洲饭店开茶话会，招待各报主笔，记者忝陪末座，曾和金君晤面，但未有谈话机会，这次在海外晤叙，觉他毫无官僚习气，好像在学校里遇着的一位同学，一见如故。他一嘴的松江口音，尤奇的是他的声音语调乃至笑声，和老友平海澜先生（前《英文杂志》主笔）没有丝毫的不同；倘若我在隔壁听他说话，一定要以为平海澜怎么忽然到了荷兰来了！我和这位变相的“平海澜”畅谈了许久，又承他介绍他的荷籍秘书谈了一会，大都是关于荷兰的情形，当晚即在使馆吃晚饭。这夜住在使馆附近的一个旅馆，布置的整洁讲究，除我在瑞士沮利克湖旁旅馆所见的以外，也是在别处所未见的。但是旅客寥寥，也和在瑞士湖旁旅馆里所见的一样！听说有个旅馆（亦在海牙）名Hotel des Indes，房间比较地昂贵，最廉的每天要在七个半荷币Florin（每个约合华币二圆）以上，就是要在十五圆华币以上，竟完全没有人住，个个房间空着，这样下去，恐非关门大吉不可，这也可作为经济上的一种寒暑表。

第二天早晨，我独自一人依着《指南》，到荷兰最著名的海滨希文宁根（Scheveningen）去跑了半天，所得的印象也是无处不整洁。该处即在北海（North Sea）之滨，由海牙去有电车可乘，十分钟即达。这海滨是个欧洲著名的浴场，设备周全，空气清新，广阔的沙滩沿着海边差不多近两英里，有大规模钢铁架撑着的广阔的桥似的建筑，由岸上伸入海面四百五十码之远（在英文称pier），伸入海面的那一端有很讲究的餐馆。在这pier上，可依栏静观怒潮如山崩似的一阵一阵地向岸旁汹涌奔驰而来，使人有海阔天空驾潮浮游之想。沙滩后面有广阔平滑的柏油马路，马路的另一边便是许多布置精美的旅馆，菜馆，咖啡馆等建筑，其中最宏伟精美的著名旅馆称Kurhaus，楼上周围的露台有三四十尺阔，有一千七百尺长。该旅馆的大厅可容三千客人，听说最热闹的时季是在六月至九月之间，我到的时候，不是热闹的时季，所以各处都是冷清清的，看不见几个人影儿。我想这既是特殊权利阶级享乐的所在，此后是这个阶级逐渐倒霉的时代，在未有法子使这种地方开放给大众以前，就是时季到了，要像以前那样热闹，可能性大概要渐渐地小了。

依《指南》说，这浴场的附近有旧的渔村，在这里面还看得见荷兰旧式的奇异建筑和奇异的男女装束，但是我在附近跑了不少地方，跑得一身大汗，还寻不到，后来询问路人，才知道这些地方也“摩登化”了。匆匆遄回海牙，在一个菜馆里胡乱地吃些东西当午餐，在下午又依着《指南》看了几处名胜，其中最为我们所久闻大名的当然是海牙国际法庭，在所谓和平宫（Palace of Peace）里面，该宫建筑很宏丽，由美国大资本家钢铁大王加纳奇（Andrew Carnegie）捐助三十万金镑而建成的。（等于华币四五百万圆了）。这个和平宫在表面上的目的是要藉仲裁办法来获得国际和平的，可是自受世界大战的大打击以来，所干的事，只不过遇有各国商人有关于自己利益的事件，各国政府偏袒自己商人而争吵不得解决时，才请这个“和平宫”里的国际法官费着不少唇舌来“仲裁”一下。那样冠冕堂皇而宏丽的所谓“和平宫”，现在所干的“国际和平”大事业，实际仅此而已！

荷兰是现在世界上唯一女性统治的国家，海牙便是这位女皇的常驻地。她现年五十四岁了，是荷皇威廉第三的女儿，因为没有儿子，所以在他死后，她十岁时就承继了皇位，先由她的母亲摄政，到十八岁时即实际执政。她的名字全写出来，有廿八个字母之多，总算是个少见的长名字（原文为Wilhelmina Helena Pauline Maria）。尤有趣的是做了女皇，为避免政权被夺或被丈夫干政起见，不得不选一个“饭桶”做丈夫；而且做了女皇的丈夫，吃饱饭没事做，非“饭桶”亦不能胜任！这位女皇登极后，于廿一岁结婚，对手是出身德国皇族，因娶了——毋宁说是嫁了——女皇，得到一个荷兰亲王（Prince）的头衔，其职务除以异性资格服务于女皇外，便是吃饱饭没事做，遇有公开宴会或盛会（public occasion），总是女皇在前，他跟在后面，各国外交官在交际场中觐见时，总是女皇先拉手，其次才轮到这位“饭桶”丈夫。总之无论何事，他只有跟在她的屁股后面的资格！中国话有所谓“雄媳妇”，有所谓“雌伏”，这个“饭桶”实可称为“雄妻”，或可说是“雄伏”！

这位“雄妻”“嫁”了八年之后，才替他的“雌夫”“制造”出了一个“小雌”，这就是现在荷女皇的独一无二的女儿，称珠丽恩娜公主（Princess Juliana），现在芳龄已廿五岁了，看去荷国下代的统治者——倘若世袭君主制度还存在的话——还是一个女性。这位公主的“饭桶”丈夫，尚在物色中，而且听说非“登极”后不能“大婚”，简直是守着“活寡”，这也是做女皇预备者“说不出”的一桩苦事！并且要物色这种“饭桶”，一天一天地难起来，因为除能做十足的“饭桶”外，还有个重要条件，便是须出身皇族的什么亲王，但是时代变了，这类“货物”——亲王——渐渐地少起来了，所以物色更不容易。荷兰虽采立宪君主制度，但荷女皇的政权很大，和英王之徒拥虚名，政权全由内阁负责者又不同。荷兰政府的立法权由女皇和国会连带负责（国会称States-General，分上下两议院，上议院的议员是由最富的公民中选出来的）。行政权则绝对归女星，在女皇之下虽有一个“参政院”（Road yon State，英译为State Council），遇有关于立法及大部分的行政问题，女皇即开会咨询，但全体参政员（共十四人）均由女皇委任，而该院主席（President）又由女皇担任，实际终属咨询（consultation）性质，实权仍操于女皇之手。因此荷兰最怕女皇的丈夫有野心，由夫权而擅行君权，于是“饭桶”丈夫竟为此种政制中不得不“利用”的“废物”！

荷兰的政党情形，和比利时的大同小异，也是教会党［（尤其是天主教，称罗马天主教党（Roman Catholic Party）］和守旧党（当然是资产阶级的）联合的势力。国会里虽也有自由党和共产党，但是人数极少，没有实力。尤妙的是守旧党中有个政党就老实自称“反革命党”（anti-revolutionary party）！这也倒是老老实实的，比自称革命，而实际是反革命，反以“反革命”骂人的，似乎总较胜一筹罢！荷国现内阁总理（其权甚微，不过做做主席），和内政部长便属于所谓“反革命党”。司法，国防，和经济劳动部长，这三阁员都属于罗马天主教党，这也可称为“反革命”和宗教的联合战线！

荷兰是个偏于农业的国家，他们的重要农产品，除牲畜外，尤以干牛酪，牛油，和鸡蛋等为最著。工业的发展，比较地落后；缺乏充分的煤量，是此中一种困难的原因。但是在三百万有业的人民中，已有一百万人从事工业的工作，他们的工业规模也就不很小了（以纺织业为最重要，大部分输出）。据最近的统计，一九三二年该国失业工人达廿五万三千；一九三三年，竟增至三十四万两千人，剧增的比例数颇可惊（Amsterdam有钻金刚钻的工人五千人，失业者四千！）；荷兰殖民地比本国也大得多，本国面积只有一万两千余英方哩，而殖民地的面积却有一百五十余万英方哩；本国的人口只有八百万左右，而殖民地的土著人口却有九千四百余万人。平均约计，每一个荷人，至少有十个殖民地的人民供奉他！但是殖民地的血究竟也有干涸的时候，所以还免不掉什么工人失业剧增的问题。

讲到荷兰的本国面积，有一点颇有趣的，是在不同的时期，有伸有缩。它的“缩”，并不像我国那样宽洪大量地容许日帝国主义者今天占一块明天占一块，嘴里还嚷着什么“一面交涉”，“一面抵抗”，却是被海所侵入，而荷人且能和海抵抗，建造大规模的海堤，像该国最西部的一省名海地（Zeeland）便是用三百英方里的海堤保住的。中国年年闹水灾，荷国国土大部分都在海平线八尺以下，却能利用精善的堤，不但保护着土地，而且使土地因此更腴润宜于农业，这也在乎努力不努力的区分！不仅此也，中国有“精卫填海”之语，荷人一向就在那里干“填海”的把戏！在中世纪的时候，屡次被海侵入，其中有一次竟把一大块陆地造成现在荷国北方的南海（Zuider Zee），把荷兰国土大缩一下！自十六世纪以来，荷人和海争地，填得的土地已在百万亩（acre）以上，在一九一八年，国会通过一个空前的——在全世界上空前的——填海议案，要在南海中填出一省的土地，预定面积五十余万亩，经费七万五千万金圆，需时三十三年，已于一九二四年开工，现在已填了一部分。荷兰本国面积不过一万两千余英方哩，居然分成十一省，现在又要和海争得一省！他们觉得土地的获得真不是一件容易的事情，所以听到中国的东北有德法两国合起来那样大，竟于几天内拱手奉让给日本，真替我们中国“肉麻”，在表面上代我们叹惜不置（据我国驻荷公使金君谈及，他就遇着不少这样代我们叹惜的荷国友人和政府当局中人），心里也许不免还要暗暗地惊异中国何以竟是这样一个大饭桶！

一九三四，五，廿五，伦敦。

五六　荷兰的商业首都

海牙是荷兰的政治的首都，安斯特丹姆（Amsterdam）可算是荷兰的商业的首都。记者于三月廿七日晚间十点钟和荷兰的政治首都告别，当夜十一点钟由火车到了荷兰的商业首都。在这天夜里未动身前，又承金问泗公使坚约吃晚饭，在座的有王宠惠君（现在海牙国际法庭任法官），冯执正君（安斯特丹姆中国领事，适因事在海牙），金夫人和冯夫人等。王君谈兴甚浓，说中国简直不知是什么东西！说她是国家，她不像；说她是亡了国，也还不是。假使他是上帝，在天上望下来，看见这样好的一块好土地被中国人弄得这样糟，讲句公道话，也不能原恕的。他又说欧美的政治家，一旦被议会弹劾，叫他滚蛋，他明天拿起皮包就滚；中国则不然，在政治上负重要责任的人，把国事弄得糟到不堪，你要赶他走，他还是要赖着不走！这夜记者因听见冯君也要回安斯特丹姆，本想约他同行，后来他因临时有事要延到第二天动身，于是记者一人先走。

在海牙临走时，承冯君介绍一个价格比较便宜的旅馆，我到安斯特丹姆后，即乘车直到该旅馆居住，该旅馆有房间十九个，只有四个房间有人住，我第二天早晨吃早餐时，顺便和该旅馆的老板谈谈，他摇头大叹生意不好，并说规模更大的旅馆更不得了。

在荷兰的海牙和安斯特丹姆的街道上所见的，最使我感到兴趣的是脚踏车之多。脚踏车（即Bicycle）原是一件很寻常的东西，但是有趣的，不但满街都是，好像蚂蚁成群结队乱窜着似的，而且乘坐的人之熟极生巧，运用如意，那两只车轮简直好像是生在身上的两条腿那样灵便！青年男女并排同乘蜜语，速率缓速如意，还要挽着臂，其灵便不在意，和步行毫无差异。有时三四人乃至四五人并排乘着大谈其话，风驰电掣而过，如在冷静的街道，原不足异，特别的是在很热闹的市街上，在许多汽车电车的夹缝中钻来钻去。在这些地方，在电车上所见的尽是老头儿老太婆，差不多看不见青年男女，要看看青年男女，只有在脚踏车上。那些健美的少女，挺着胸部，稳定着腰部，前后左右进退如意地坐在脚踏车上来来往往，煞是好看。怪有趣的是中年以上发胖得不知所云的妇女，还有很不自量地乘着脚踏车在街上凑热闹，看那个三四尺阔的臀部放在几寸阔的车上的坐位上面，好像一柱支撑着大厦，实在就难为了她！他们的脚踏车很普及，七八岁的小孩子就会乘，听说阁员的太太们乘脚踏车在街上来往，是件常事。安斯特丹姆的人口共约七十余万，而脚踏车的数量就有五十万辆。

荷兰女子的旧式装饰很特别，旧式的房屋也颇有趣，这都只能在仅存的渔村中才看得见。安斯特丹姆附近有两个地方看得见，一个名马垦（Marken），一个名和伦丹姆（Volendam），都是十三世纪传下来的渔村生活。两处情形差不多，我为省时起见，只选看了一处，便是和伦丹姆。三月一日下午偕冯君夫妇和徐家骥君同往，同乘冯君的汽车，一点多钟才到，途中我们的汽车有一大段经过田旁一条马路，虽在乡村，整洁一如城市，马路的一边是一望无际的碧绿的田野，一边是长满着青草的高十几尺的土墩，冯君在车里告诉我说，这也是一种海堤，堤的外面便是南海，我们走过的这条田旁马路，便在海平线七八尺以下，我们好像是在海的下面溜过去！这种工程很足以表示人力和自然斗争的胜利。到了渔村之后，所见的确另是一番现象。街道虽也是马路，却比较地狭窄，两旁房屋都是用木板建成的一层的小屋子，每所屋子两三个房间，也有玻璃窗，布置得也很清洁，床铺装在墙上，好像壁橱似的，有矮梯靠在床前，以便爬上去。冯夫人引导我们到一个她屡次到过已成相熟的渔妇家里，仔细地参观一下。这渔妇当然也是穿着特别的古装，已经七十五岁了，她的丈夫二十五年前出去捕鱼，一去而不复返，留下她孑然一身。她没有子女，靠洗帽为生，房间里仍依习惯整理得很清洁，指着墙上挂的她的丈夫的相片，还娓娓告诉我们关于她的丈夫的种种。冯夫人说有的时候这老太婆边说边揩眼泪！我听了很觉难过，“生别已吞声，死别长恻恻”，这真是人生无法避免的遗憾。

这种特别的装饰——广大而长的裙子，尖而且跷的木鞋，五花八门的头饰——衣服多是用花花绿绿的衣料制成的，尤特别的是四五岁的女孩儿所穿的衣饰，和她的老祖母的形式一样；那天我们在这个渔村的街道上看见两个四五岁模样的女孩子携着手走，两人所穿的都是和老太婆同样的形式，其中有一个大概因眼光不好，还带上一副有边的（似乎是白铜的）眼镜，远望去更像小人国里走来的一个小老太婆。我们都望而失笑。不过所见的不少青年女子，虽穿上这样的古服，却也能表现着她们的青春的健美态度。该处男子的服装也和寻常的不同，穿着很大的裤子，戴着奇特的帽子，但还不及妇女的特别。这天还是寻常的日子，每遇着星期日或节日，大家穿着新衣出来，那更特别地好看。

荷兰以殖民地广大闻于世，所以我也去看看他们在“商业首都”所建立的殖民地博物馆，和比利时的规模差不多，其实他们的重要用意也不外乎两点，即（一）物产丰富，大有剥削榨取的价值；（二）土人文化种种落后，大有该被剥削榨取的理由！

在安斯特丹姆所听得最难过的一件事，便是“拚大”和中国人竟发生了密切关系！“拚大”是荷语“pinda”的译音，译意是“花生糖”。花生糖何以会和中国人发生了密切关系？发生了关系，何以会使中国人听了觉得难过？说来话长，请诸君耐着性儿，让我略加说明。在荷兰的华侨约近三千人，其中有粤人，有青田人，以青田小贩为最多。青田小贩在欧洲各国替中国留下很恶劣的印象，我到欧洲后时常听到，在以前通讯里也略曾提及，前年（一九三二）在荷的青田小贩里面有人因生计无路可走，忽想出一种新花样，即勉强买些花生和糖，烧成一小块一小块的花生糖，用一只洋铁小箱装着，挂在胸前出去兜售。这原是做生意，不算是什么丢脸的事情。荷人做小贩的未尝没有，但是荷人做小贩的都穿着白衣，戴着白帽，装饰很整洁，而青田小贩却衣服褴褛，穷相毕露，其中抽鸦片的更是涕泪滂沱，面有菜色，荷人看见以为他是饥饿了多少时候的结果！有的便多给几个钱，有的甚至给一圆二圆的，最初每天侥幸得二十圆的，不算希罕，平均每月有三百至六百圆的进款。这样一来，青田小贩们认为这真是好生意，于是无业的固然大卖其花生糖，有业的也改业去卖花生糖，在最短时期内便如雨后春笋似的，胸前挂着小洋铁箱满街兜售花生糖的青田小贩竟达八九百人之多！这还不打紧，最尴尬的是他们都因为最初可以能引人哀怜而多给钱的，是由于那副穷相逼人，于是都用种种方法表现穷相，衣服固然要穿得特别的破烂污浊，在冬季就穿着单衣发抖，并有意把脸上弄脏，拖着鼻涕装死相！最初仅发现于洛特丹姆（Rotterdam亦荷兰大商埠之一），渐则遍及于海牙及安斯特丹姆。凡是在热闹场所，如大旅馆，大菜馆，以及各热闹街市，都随处可以看见在荷人认为中国人的唯一代表的卖花生糖的青田小贩！他们往往到各人家去打门强卖，中国领事馆常接到人家主妇的电话，说在做早餐时有卖花生糖的中国人来打门，午餐时又有，下午午睡时又有，做晚餐时又有，开了门便要强卖，啰啰不休，她气极了，很愤怒地叫中国领事馆以后不要再叫中国人去！他们不但在城市里，因人数多了，并分散到各村庄里去打扰。荷兰地方并不大，于是“拚大”在荷国竟很普遍地成了中国人的代名词！这个名词的含义不但是卖着花生糖而已，同时连带引起的印象是肮脏的身体，满面的烟容，呕人的鼻涕，强卖的麻烦等等，总之在他们（荷人）是认为代表一个十足讨厌的中国人！还有荷人把“拚大”为题，编成一首跳舞的歌，据说因音调非常的和谐好听，于是传播非常的普遍，各跳舞场固然都常常弹唱着，即一般人以及儿童等等，会唱的也很多。这歌的开首是“勒喀！勒喀！”（“Lecker！Lecker！”）译意是“好吃！好吃！”于是街上孩童每看见中国人，除对你叫“拚大”以取笑之外，有时也装腔作势唱着“勒喀！勒喀！”

后来因为这些“拚大”仁兄集着零钱，纷纷到银行里汇款回本国故乡，为数颇巨，被银行界所注意，在报上揭穿内幕，于是大家更不愿给钱，现在还留下三百人左右仍干着

“拚大”生意经，可是每天不过弄得到几角钱抽鸦片烟，度度命而已。

荷当局对此事始终不干涉，因为花生和糖都是他们的殖民地爪哇的特产，替他们推销一些，于他们无损，反正丢的是中国人的脸！

安斯特丹姆的中国领事冯君想尽方法要把这些人送回中国，但中国政府说没有钱（据说有三万圆可将这余下的三百人送回），去了许多公事再三说明，政治会议通过一万圆，财部仅拨三千圆，设法免票等等，才送回二十人，仍无济于事。我们都知道我国有宣传部，试与这些在海外的实际“反宣传”的效力比较一下，不知能得到何种结论！

讲到这些“拚大”青田小贩的本身，他们实在也怪可怜！其中有些原是做水手的，不胜“水手馆”中少数人的重重剥削，（这“水手馆”是几个在荷华人出些资本开设以介绍中国水手为职业的，听说求业的华人先须住宿该馆三个月，每日吃两顿苦饭，每月须出荷币六十圆，暂记在帐上，三个月介绍水手职务，所入仅足以归还此债，归清后，换别人去，原人再住该馆三个月，满后再出去做水手还债，如此轮流剥削，类似猪仔！）才走“拚大”这条路，在他们也不过是勉求生存罢了。我们因此又不得不连想到中国的政治经济问题，这根本问题不上轨道，这类枝节的解决办法，简直也无从说起！

做现在的中国人，在国外所遇着令人呕气的事真不少！记者在安斯特丹姆的那几天，电影院里正演着德国乌发电影公司（Ufa）所摄的侮辱中国人的影片，名叫“逃难”（Refugees）。这影片是以哈尔滨为背景，描演德国将官军士如何勇敢打俄国共产党，中国人如何怕死，如何龌龊，以及中国的军官如何贪污卑鄙等等丑态。尤可恶的是该公司联合中国在荷德的一二汉奸，引诱在荷的华侨（即青田小贩之类的人物）二百人左右，到德国去参加表演。荷报更多方揶揄，在广告上大书而特书，说“拚大”一变而为电影明星了！于是为好奇心所激动而去看的更多！此事在德国原已由中国学生会出来交涉，阻止开演（在柏林亦开演），但中国人有谁理？乌发公司还是悍然不顾地开演着，并且运到欧洲各国去开演。哀哉中国人！任人摧残糟蹋而已！

我还在安斯特丹姆的二月廿八的那天，正是该地法庭开审中国人假币案的事件，有中国水手身藏假造的荷币（五圆一块的银圆）不少，拿到赌场去赌博，输则出伪币，赢则只要钞票，遂被发觉，搜出身上伪币被拘。开审的那一天，看的人很多，判处有期徒刑六个月。德国汉堡同时也发觉中国人偷运大宗伪造的马克。听说这类伪币是素讲“王道”的某国浪人在上海秘密造成的，不过由我国海外的穷侨民代为偷运推广，得些余沥而已，但中国的名誉又多受一度的“洗礼”了！

一九三四，五，廿七，伦敦。

五七　一个从未和中国人谈话过的德国女子

记者于三月二日上午十点廿七分钟离开荷兰的商业首都安斯特丹姆，当夜九点三刻到柏林。

一连坐着十一小时左右的火车，这在欧洲旅行中算是比较地长久的旅程了。一个车厢里的座位可容八个人，进门分左右座，每旁四人，门的对方是个窗口，窗下有可升降的小桌子两个，这是欧洲各国火车大同小异的布置。这天我所乘的这个车厢，最初只有我一个人，坐在近窗的一个位置，后来陆续进来了三四个，都是男子，不久车过洛特丹姆时，有个女子上车进来，坐在和我的座位适成对角的近门的那个座位上。这女子很有健康美，两个晶莹的蓝眼睛，两颊桃红色的白润面孔，一头蓬松的黄金发，都颇动人，就是稍稍肥胖了一些。我和其他几个男子都在看书，独有这个女子眼珠滚转着东张西望，瞧这个，瞧那个，但全车厢里都没有人谈话，静寂沉默笼罩着全部的空间。到下午三点钟左右，其他男子都逐渐下车去了，所余下的只是坐在车厢里两对角的我和那个青年女子。我看书也看得倦了，便把书放下，向窗外纵览车外的野景，不一会儿，那个女子移到我对面的那个也近窗口的座位坐下。旅行的人最喜欢和各地人民有谈话的机会，我看她的态度很倜傥，便问她懂不懂英语，她欢然笑着说懂，于是才开始谈话。原来德国的中学和法国一样，除读本国文外，在法还要学习英德两国的语言文字，在德还要学习英法两国的语言文字。他们学习这两种外国语的重要目的都偏于养成阅看书报及翻译的能力，对于会话不见得都很高明，但因此一般中学毕业过的男女都大概能说几句。我所遇着的这个德籍女子，后来由谈话里知道她是中学毕业过的，所以除她的本国语外，法语和英语都能说几句，在她的意思，她的英语比法语好，我听起来虽觉得还有不少牵强处，但至少是可以传达她的心意了。她说从来未曾和中国人晤谈过，初看见我的时候，以为我是日本人。我们两人把彼此的话匣开放了之后，一谈就谈了几点钟，她的谈天的劲儿，比我还要好。我们起先谈些荷兰的景物，后来她把身世以及个人的婚事等等，都和盘托出地，全都告诉了我。德国女子的坦白豪爽，确为他国女子所不及，虽则她在谈话若干时间后，对我表示特别的好感和信任，她说从来未曾和中国人晤谈过，不料一接谈即觉中国人是好朋友。

这个德女年龄廿五岁了，父早死，母再嫁，她中学毕业已八年了，这八年来就在柏林一个化妆品公司里任事，已升到一部的主任，常被公司派到国外去开展览会，替公司推销货品，最近是被公司派到荷兰洛特丹姆去干这同样的职务，才结束遄回柏林的。听她所谈，对于她公司的事务布置得有条不紊，看去她似乎是一个很有干材的女子。她说她已定婚了，未婚夫的年龄比她大得多，三十八岁了，我乘这机会说："那你年青多了！"这句话探出她自己的年龄，说是廿五岁（西俗对初交女子不应直问年龄的）。她也乘这机会问我的年龄，我说"你猜猜看！"她仔细对我相了一下，说大概廿六岁。她自以为猜得很准，不待我承认或是否认，便又很柔婉地谈说她自己的事实，我只凝眸微笑着静听她的话语。

这位E女士定婚已四年了，她的未婚夫S君原是一个无线电公司的经理，每月有五百马克经常的收入，自备了一辆汽车，在四年前她的母亲带着她和几个女友在某跳舞场的时候（这种跳舞场里的女子都有母亲陪伴着，算是正当交际的一种地方，和“狂蜂浪蝶”的跳舞场又不同），桌子都没有空的了，S君刚巧也和一个朋友同到这里来，因她的桌旁还空着两个位置，便得到她母亲的许可，加入共谈。S君对E女士一见倾心，第二天就到她家里来（当时也就是在她的母亲的家里）访她，第三天就提议定婚。她说婚事那有这样快，不许，后来做了两个月的朋友，她的母亲和后父都极力纵恿，便定了婚。不料S君在定婚之后，正是世界经济恐慌的狂潮开始的时候，各业大概都受着影响，他的公司也在这“狂潮”中倒闭了，他便失了业，一失业就失了四年，迄今虽千方百计，仍是不免失业，因此定了四年的婚，直至如今还未能结婚。她说不但她一个人遭此厄运，她有女同学九个都已定了婚，都因为她们的未婚夫陷入了失业的队伍，大家都未能结婚。她的那个笑靥迎人的面部忽而装作苦脸，说照现在的情形看去，恐怕十年八年无法恢复经济的原状。我说你们新结婚，只须实行节制生育，生活也可比较地简单，结婚似乎也不妨实行。她说不然，依希特勒新颁的法律，男女结了婚，只许男子就业，女的便须做“家子婆”（英文的housewife，用上海话的“家子婆”译意，似很确切），倘若她就结婚，S君既未能得到职业，她还须随着失业，如何得了！这是经济问题，我却无法代为解决了。

她说她近来对于自己的事情，愈想愈烦闷，因为她屡次被公司派到国外去推广货品，她的未婚夫很不高兴，疑心她有别的男朋友在外国，常常和她吵嘴，最近她在荷兰写了几张风景明信片寄给他，一个复信都没有。我说这是你在职务上不得不做的事情，尽可解释给他听。她说因为他疑心重，无论如何解释，他都不能释然。我说幸福的婚姻的最重要的条件是男女两方均彼此真能爱，真觉得彼此可爱，你对他的爱怎样？她说他爱她比她爱他多得多，时常怕她解约；他曾对她说，如果她要解约，他要用手枪打她；而且她的父母也不赞成她解约，如她解约，他们便要和她断绝关系，我听了她这些话，知道她对于自己的婚事是很勉强的；她虽然在经济上已全能自立，但仍受着社会环境的束缚，时时在矛盾的心理中感到无法解脱的苦痛。还有一点也很可以注意的，希特勒的国社党的重要政策之一，是极力提倡人民多多结婚，多多生子，而在实际却是反而减少了结婚，也减少了孩子的生产。

后来我们谈到学习德文的事情，我说在欧洲旅行，只懂英语，随处碰壁，很不舒服，所以我颇想在德的时候，分一些工夫出来学习一些德语。她听了自告奋勇，说她在晚间可腾出工夫教我。我说你有了那样多疑的未婚夫，此事不很妥当罢。她说不要紧。我说倘你能实践两个条件，我可到你那里学些德语。她很焦急似地问什么，我说第一须征求S君同意，倘若他觉得有一些勉强，即作罢论；第二是每次教我的时候，最好须请她的未婚夫也来陪伴着。关于第二点，我说并不是我们自己不信任自己，实因为多疑的人往往无理可讲，我不愿增加他们的纠纷，所以要这样做。她都答应了。火车进柏林第一个车站时，她移过来和我并排坐，时时握着我的手，叮嘱我到柏林后一定要去找她。我说我要来探问你的未婚夫许不许你教我德文，一定来。在这样短的时间内，得到女性这样热烈殷厚的友谊，是我生平第一次的经验。我们两人在车里那样畅谈了大半天，别个车厢的外国客人偶尔走过我们车厢门口的时候，都很加以特别的注意，尤其是有两三个女旅客。E女士笑着对我说，他们以为我们是夫妇哩，所以那样注意。她说后颇有洋洋得意之色，我心里暗笑，这有什么得意！不过看她那样坦白豪爽，丝毫不避什么嫌疑的天真态度，却感到浓厚的兴趣。

车到了Charlottenburg一站，我先下车，她还要再下一站才下车。她听说我有位朋友张博士（张述祖君）要来站上接我，她也要看看她所遇的第二个中国人！所以我下车后，匆忙间还把张博士介绍给立在火车窗口内的她。走后张君说这女子生得很美，可惜稍稍胖了一些。我笑着说；我得的印象和你的一样。

记述游德的印象，劈头就写了许多关于一个德女的事情，这不是记者特别重视这件小事，一则不过为记述顺序之便，二则因为从这小女子的口角里，无意中可看出德国民间一部分的实际情形。我到柏林的第三天，便去找她，相距很远，乘“环城电车”差不多乘完一个半圈儿（如把“环城电车”看作一个大圆圈），仅仅车上费了一小时。到后E女士就把S君介绍给我，他也懂些法语英语，但英语的程度很差。我知道他已允许E女士教我德文了。我和她讲好每星期一三五夜里来一次，每次从八点到十点。路上来往要费去两点钟，所以我每次下午七点钟以前就要动身，在最初两星期，往往在“环城电车”上换车时换错了车，大兜其冤枉的圈子，到得很迟，回到寓所时，常在夜里十二点钟以后了。

柏林的一般房屋和伦敦的不同，伦敦的住宅多是一家独住的比较小的房屋，柏林的住宅多是像大公寓的式子，在一大座洋房内，住许多人家，大门内傍着楼梯上去，各层的屋子都住有几个人家，各家都另有一个小门出入；在每一个这样的小门内，有一个甬道，甬道两旁有几个房间，有厨房，有浴室和厕所，甬道和房间里都铺有绒地毯，浴室里用的是白色的浴盆，厕所里用的是抽水马桶（浴室和厕所常在一间里）。厨房里用的是煤气灶，布置得都很整洁。E女士的父母在汉堡，她在柏林就业，已自己撑了一个独立的门户，租赁了这样一个公寓里四层楼上的一个独立的屋子，里面有一间卧室，一间客堂兼膳室，一个厨房，一个浴室兼厕所，里面的布置也和其他一般人家的一样的讲究，在我看去可算是很舒服的了。这屋子是她一个人独立开销的，S君算是揩她的油，他们虽没有明对我说他们已同居，但我每次深晚离开时，S君还在那里；遇星期日他们约我往吃午饭，在上午十点多钟时，还看见S君在浴室里穿着衬衫向着镜子大刮其胡子，所以我断定他们是已同居的了。

这和已结婚似乎没有什么两样，但是他们俩都不满意，都很着急似的。男的因为要急于结婚，而结婚的先决条件是要先得到职业，于是像热锅上的蚂蚁似的，无孔不入的寻找职业，我每次去，差不多都看见他在那里翻着报纸找公司名称，写自荐信，因为在资本主义已发达的社会里，像在封建势力还有残余的社会里，找事要靠亲戚朋友或裙带关系的，已不同了。但我在那里一个多月，只看见他忙于写自荐信，却没有看见或听见他曾有一次把自己荐了出去！我最初几次还问问他成功了没有，听说还没有效果，还安慰他几句，后来看见他尽是老写着自荐信，我不好意思再问他，也找不出什么话再来安慰他了，只得假痴假呆地装作不知道。E女士每谈起S君寻业的事，总不免长吁短叹，蛾眉双锁。德国人失业的尴尬和紧张的情形，看看这一对男女天天好像负着重担似的，可见一斑了。

我每星期有三夜在E女士家里读德文时，S君也常在客室里写自荐信，有时练习书法，这原是我所要求的第二条件，在上面已说过，他在实际上既是和E女士同居了，此事却也很便当地办到，在我也很欣幸地减少了不少的责任。但是说来可笑，这个多疑的未婚夫仍然不放心。在两星期以后，有一夜他出去十分钟去买香烟，E女士偷告诉我，说S在厨房和客室相隔的那个墙上——很讲究的花纸糊得很好的墙上——偷挖了一个小洞；在我们上课的时候，他屡次托词到厨房里从这小洞里偷看，看我们有什么……最近她才发觉的。我听了笑不可仰，我说还好我们都是正正经经的，倘若接了吻，那真要闹得天翻地覆了，她听了只有憨笑。又过了几天，她又偷告诉我，说S君最近已暗中把那个小洞塞住了。我心里暗想，大概他已经可以相信我实在是无意于掠夺他的未婚妻了。

上面所说的柏林的公寓式的住宅，每晚到八点钟以后，就由房东或看门的把总门锁起来，各家出入都须自带钥匙，我每次在夜里去，如八点钟尚未赶到，总是由S君在门口等候着迎进去；出来时，也是由他从四层楼上跑下了不少的楼梯，把我送到大门口，因为出时要他用钥匙开门，走后还要由他锁门。最后一星期，有一夜他不知因日里做了什么吃力的事，已疲顿得不堪，我走时他觉得已没有气力跑那四层的长梯，便叫E女士送我下来。她自动地挽着我的臂，送我到大门口时，笑着不肯就进去，对我望着，把她那樱唇渐渐地接近我的唇边，我看她那样渴望着的殷切情绪，并知道在欧洲各国和要好的女友接吻不算一回事，便顺从了她的渴求，给了她一吻。她笑眯眯地谢了我，回转身好像凯旋似地向楼上如飞地跑去了。我一路失笑着回来，笑自己无意中演了电影中的一幕；同时并哀怜S君，因为她的心是否在我——我始终无意对她“转念头”，所以绝对不希望——虽未能断言，但她的心不在S君，却是无可讳的事实了。我觉得单恋而要勉强维持，在单恋者方面实在是一件极不值得而且极无聊的事情！

S君虽是个多疑的人，但待我却很好，每在我来读德文的夜里，他在忙着写自荐信之余，还忙着泡茶，拿糖饼，殷勤招待我；每在星期日他和E女士同样地十分的殷勤约我同游，到了不少他们的亲戚和朋友的家里吃茶点聚谈，使我看到听到不少关于他们各家的情形。使我最觉诧异的是有一次在E女士的一个女友家里吃茶点闲谈，E女士和她的女友都说她们深以我不像吃鸦片者的样子为可异！我问何以就觉得我必须吃鸦片？她们说，据她们所听说，中国人都是吃鸦片的！经我驳说解释之后，她们才恍然平日传闻的错误。这在我们听了当然不胜诧异，尤其是像这两个女子都至少是高中毕业生，何以一无常识至此！但是想到欧美各国关于糟蹋中国人的种种宣传，一般人安得不把中国人“另眼看待”！记者追记这篇文字的时候，这几天经过伦敦大学政治经济学院附近的王路（Kingsway），便看见有一个教堂前挂着一个很大的广告，是素在口上主持“正义”的国联协会（League of Nations Union，这是英人赞成国联的一种组织）替国联做的宣传，这广告上面用图画表示国联的种种事业，别的好事都轮着碧眼儿，唯有禁止毒物鸦片的一项，图里的那个烟鬼却是个中国人的象征！中国人抽大烟的大名，可谓已名震寰宇了！

我将离开柏林的前一夜，还到E女士和S君处辞行，E女士很大胆地当着S君的面前不自禁地哭了许久，我倒着了慌，不知如何是好，我说你们两个都是我的好朋友，这样反而使我不好过，她才勉强收泪。那夜承他们两位直送我到“环城电车”的站上（约有二十分钟的步行），殷勤握手道别。我因怕此事往后也许要引起意外的纠纷，这决不是我所愿有的，所以临走时声明我在欧洲是在各国跑的，行踪无定，而且太忙，恐无暇通信，请他们原谅。

一九三四，六，一，伦敦。

五八　所谓领袖政治

到柏林后，常听到德国人互相见面打招呼时，不像法国人之叫“Bonjour.”（日安），或英国人之叫“How do you do？”（你好?）却叫着“Heil Hitler！”（大概可译为“希特勒万岁！”）这大概是捧领袖的意思，虽则有些德国朋友私下告诉我，说有许多是在威权压迫之下，要保全自己的饭碗，不得不这样叫一下，在实际上所叫的不是希特勒“万岁”，是他们自己的饭碗“万岁”！

此外在照相馆玻璃窗内所陈列的，满山满谷的形形式式的希特勒的相片；在雕刻铺子或铜铁铸像铺子的玻璃窗里所堆着排着的，也是大大小小无微不至的希特勒的造像，这大概也是捧领袖的意思。这类相片或是造像里所表现着的希特勒，当然都是威风凛凛，神气活现的态度。他的政敌里面有的竟敢恶作剧，不知怎样弄到一张呆头呆脑的照片，据说是希特勒一岁时候的真面目，拿来各处广发！还有人把他的相片另印一下，在头发上面加一个小小的列宁的相片，和发纹稍稍混乱，使人粗看不知道，略一细视，才看得出，也拿来用秘密方法广播全国，党老爷们（国社党）也许还很热心地帮同推广，以广宣传，后来发觉，极力禁止，却已“宣传”得不少了！

讲领袖政治的，大概都很提倡对于领袖的盲目的奴性的服从（服从原也有好的方面，如服从真理，服从所信仰的主义，服从正当的规则及值得服从的人物等等，但和盲目的奴性的服从，在性质上当然有很大的差异）。像意大利由法西斯党所办的青年团团员正式加入做党员的时候，必先宣誓“愿无讨论地（without discussion）执行领袖（Il Duce指墨索利尼）的一切命令……”我在德国时，也常常听见这里有几万公务员，或那里有几万国社党党员，聚拢来举行大规模的宣誓礼，最重要的一句话，是“绝对服从希特勒”。

无论什么性质的集团或机关，只须是有“群”的形式，在职务上的需要，当然有领袖的必要；就是我们寻常组织一个旅行团，如人数较多，为种种事务上的便利和需要计，我们也常要公推一个适于做团长的人，代表大家的公意和需要，主持一切。他的最重要的任务是要能把这一团人所要解决的事情解决掉，倘无法解决而又装腔做势，尽管吹牛，谁来睬他！倘若这个团长仅勾结几个坏蛋，为少数人的私利，摧残大多数团员的福利，用残酷手段压迫大多数团员，还要以“领袖”自居，认为“领袖”是天生的，你们这般团员活该像奴隶似的受统治，这又成了什么话呢？

现在德国各校所用的历史教本，除由政府所承认的教本之外，还由政府所选任的“历史家”特著种种补充的读物，最重要的是叙述希特勒的发难和他的“主义”，目的在造成“以爱国心，种族的意识，和领袖制为基础的更伟大的德意志”。（Greater Germany founded on patriotism，racial consciousness and leadership.）试举其中有一册是《一九一四至一九三三年德意志民族的复兴》（*The Rise of the German Nation 1914—1933*），就说“在德国最困苦的时候，在德国正临着深渊的时候，上帝又在希特勒的身上，给德国人民一个伟大的领袖”。这和我国的无知乡民相信“真命天子”的观念有什么分别？不过一方面是在中国乡民中之无知者，一方面是出于素以科学发达闻于世的德国的“历史家”罢了（注：以上引证语见*Daily Herald*，May 10，1934）。

现在这种领袖制，德国不但在政治上采用它，并极力输入全国其他的各种组织里面去。例如德政府在一月间新颁的《劳动法》(*Labor Law*)，便把雇主认为“领袖”，把他的工人认为“服从者”。这些“服从者”依法虽也有组织所谓“信任委员会”(Confidential Council)，但这个委员会的候选人却须由“领袖”——即雇主——会同国社党的“工厂细胞组织”(Factory Cell Organisation，即国社党所包办的工会组织)的书记，共同圈定之后，再由职工选举，组成所谓“信任委员会”，代表全体职工和“领袖”——雇主——“合作”。由雇主圈定的“信任委员”，当然是可以“信任”的了，不过此处的“领袖”却不是“上帝”所“给”的，乃是有资本做雇主的人们！他们的靠山是“上帝”所“给”的那个政治上的大领袖！

我以为这种政治上的领袖是否“上帝”所“给”的，倒不值怎样的注意，我们所要注意的是他能否解决全国大多数人所亟待解决的问题。德国的情形和中国的不同，但大题目也只有两个：一个是对外问题，尤其是取消《凡尔赛条约》问题；一个是对内问题，尤其是救济失业问题。我觉得“上帝”所“给”德国人民的“政治领袖”所干出的“领袖政治”，对这两个问题，似乎只有“口惠”，实际都没有办法。这层此刻暂且慢谈，后面当有专篇作事实上的分析。

我此时要提出可以注意的几点如左：

（一）上面所述的那种方式的政治领袖，也决不是像天上凭空掉下来的一件东西。例如德国的希特勒，去年一月间所以得一跃而上政治舞台，实当时实际环境所凑成；德国自社会民主党秉政以来，不主张彻底改革，只在现社会组织下努力，始终为资产阶级利用，后来资产阶级鉴于劳动阶级的声势日大，深觉社会民主党之不足再供利用，乃索性揭开假面具，利用国社党，作明目张胆的压迫，以作最后的挣扎。换句话说，这制度还须靠民族资本家做靠山，才能成立，殖民地化的国家，便无效法的可能。

（二）这种所谓政治领袖，在未上台以前，要夺取政权，也要用欺骗方法，吸得一部分民众的拥护；这种欺骗，所以能有相当的效力，是因为他从前未在政治舞台上有过恶印象留在民间的缘故。倘若早已久执政权，统治得一团糟，信用扫地，要想再用欺骗方法，利用“领袖政治”的新招牌，那更是一件难事了。

（三）在外国所见的这种所谓领袖政治，虽未见他们对国事有何根本的办法，但他们个人方面，还能稍稍顾点面子，不得不做出一点勤廉的样子，像希特勒最近听说连薪水都不要，全部捐作党费，这于社会根本问题的解决当然没有什么关系，并不值得怎样的赞扬，但比之东一个别墅，西一所洋房，穷奢极欲的政治上的所谓“要人”，给人的印象究竟有些不同。

最后关于“领袖”这个东西，还有一点感想要附带地说一说：我在柏林的时候，屡次听见有中国友人看见德国有一班人大捧他们的领袖希特勒，便慨乎言之地说中国人就缺乏这种“美德”（？），说中国人就不肯拥护领袖，并肯定地断言中国之没有救药，病根就在这里。关于这一点，我却有些不同的感想，我觉得中国人最重视领袖——不过我们所重视的领袖是真能在行动上事实上表现他能为大众牺牲努力的领袖，倘只叫中国人对着挂空招牌的领袖举手行礼高呼“×××万岁！”这玩意儿是弄不来的。关于这一点，事实上的佐证多得很，随手拈来都是。试举一二比较近的事实说。在举国民众热烈抗日高潮的时候，马占山将军在嫩江率军血战抗日，全国人民对于他的崇拜的种种表现，实难形容。杜重远先生当时到四川重庆一带去演讲救国运动，甚至看见有人把他的相片排列在祖宗牌位一起，有人希望他有机会做中国的大总统！上海十九路军血战抗日，全国民众对于他们的领袖及士兵们的崇拜，其种种表现，也是出于衷心而为我们所共见的。我当然不是说这些人就可以做中国政治上的领袖，我是要证明中国人所要重视的领袖是在行动上事实上有办法为大众努力的领袖，不是挂着空招牌摆着空架子的领袖。如有人自以为是中国的领袖而怪中国人民不知或不肯拥护他，我要请他问一问自己有了什么，做了什么，足以引起中国人民的信仰和敬重！

一九三四，六，二，伦敦。

五九　褐色恐怖

德国现在政治的特点。第一是领袖制度，其精神所在是中国古语所谓“民可使由之，不可使知之”；认为人类中有生而为领袖的，有生而为被统治的，只须由头等领袖指挥一切，次等三等……领袖襄助他，统治大众。这个特点，上文已略述梗概。第二特点便是残酷无比的“褐色恐怖”（Brown Terror）。这种情形，在德国仅能略有所闻，因为他们也知道无人道的惨酷行为不是一件荣誉的事情，所以力守秘密；但新闻记者究是无孔不钻的惹人厌恶的东西，像英国最著名的一种报纸——《孟却斯特导报》（*Manchester Guardian*）——便常有确凿事实的通讯记载（听说这个报在德国曾有一时禁止进口）。此文所述的事实，有的就是撮取该报上最近数月来所记的材料。

在德国拘留政治嫌疑犯，或完全被诬，冤枉捕去的人们，都关到所谓“concentration camp”。在中国报上有人译作“特别拘留所”，加上“特别”的形容词，也许易于使人误会为含有“特别优待”之意，其实其中的惨酷情形，虽不一致，但大致都无异于人间地狱；而且寻常所谓“拘留所”是待审之处，在此处则活该受罪，无审之必要！这个名词的原字意义是“集中的营幕”，事实上就是把整千整百的被认为有政治嫌疑的人，或不自知怎样得罪了党老爷的人，不由分辩地拘往聚在一处，有的住在很苦的屋子里，有的竟是同聚在露天的大场上，好像犬豕似的。现在这种“营幕”有数十处，宛转呻吟在这里面的有五万人左右，时时还有大数量的补充。这里面最惨的是鞭挞，打得死去活来的鞭挞。打时用的鞭是牛皮做的，中间镶着一条钢；这种牛皮钢鞭，也就是犯人们自己做的。打的数目由廿五下至七十五下不等。从前做过社会民主党或共产党职员的，拘入后不问有何理由，普通的规矩是先须赤身打一顿。素以模范见称的达孝（Dachau）“集中营幕”，去年八月十八日的前一日拘进廿五个人，在这一天都毫无理由地被拉出来赤身鞭挞一顿，算是行入门礼！最凄楚的是住在附近的犯人听着被打者的惨号的哭声，打得昏倒过去了，有医生打针救回来，醒后再打！

去年七月，柏林的“秘密警察”（Secret State Police）抓去一个音乐家，被指为嫌疑犯，被引入一个囚室，里面灯光如豆，黑暗得很，有八个S. S.（黑衫党员，称防卫团，亦即国社党员，其地位较S. A.即褐衫者高，穿褐衫者称冲锋团。）在那里等着，囚室里面只中间有一张桌子，他被伏缚在上面，两脚用绳缚住，两个S. S.拉着他的手臂，两个S. S.同时开始鞭挞，叫他招出同伴的人。他只被打四五下的时候，已痛苦难受，用手挣扎，脚上的绳被弄断了，他用力挣起来，请他们把他立付枪决，情愿速死；他们那里肯许，绑上去再打，他痛不可当，大呼“招了！招了！”于是再打几下之后，被拖到楼上另一个地方去，他上梯见一玻璃窗，即打算自杀，跑上去把玻璃打破，割破手臂问的血管，S. S.赶上来打时，见血流如注，才把他铐上，交给狱卒带去，狱卒替他涂上一些碘酒，把布包扎起来。后由一个医生很粗暴似的来验视一下，睨视他手上的包扎和背上的伤痕，问打了几下，狱卒答说“十五下”。

挨了种种的拷打酷刑，还有代守秘密的责任，万一幸而得以生还，固然是应该三缄其口，就是在拘留所里，也须守口如瓶！据说有一个“秘密警察”的警官偶尔看见了一个这种犯人的面上伤痕一塌糊涂，问他“为什么这样？”这个犯人很不识相地回答说“我是曾经被打的”。这警官听了继续打他几下，申斥道：“你胡说八道！这里是向不打人的，不要忘记！”这个犯人赶紧低声下气地求饶道：“我误会了，以为你要知道真实的情形。现在我知道了，我是曾经跌了一次，把自己跌伤的。”

这类行为是出于“秘密警察”和S. A.及S. S.一班人物，是国家法律所不能制裁的，而且是不许外人知道的，可称为“秘密的恐怖”（secret terror），此外还有所谓“合法的”恐怖（legal terror）。因受这种号称“合法的”恐怖而被砍头者之多，为德国从来所未有。因为这些砍头的罪还经过形式上的法律程序，所以不很受人注意，其实它的恐怖程度并不减少。因为这类法律是追溯已往的，有许多被认为犯罪的事实，或甚至虚构的口实，都是在一九三二年的事情，而残酷的新律却是去年才颁布的，却引来责罚在未有这种法律以前所发生的事情。例如有六个工人于去年十一月在库龙（Cologne德国西部的一个重要城镇）被砍头，据说是因为在一九三二年杀了一个褐衫党人。其实这里面有几个犯人，一点没有杀人的证据，还有其他的，法庭也无法否认他们不是出于自卫的行为，因为在那时各党斗争的时期内，褐衫党人谋刺别人的也不胜其数。但是这六个人的脑袋竟被砍掉，而且是用斧头很笨拙地硬砍一阵，死得很惨。据当时目睹的人说，形状之惨，非笔墨所能形容，所能说的，是当时这六个人都很勇敢地就死就是了。

伦敦《每日快报》（*Daily Express*）驻德特派记者史德芬斯（Pembroke Stephens）最近（本年五月底）因通讯触怒德当局，被德当局逮捕，最后被驱逐出境，据他说在德国警局里，曾听到妇女的呻吟声，又看见墙上挂着不少砍了头鲜血淋漓的尸身相片，宛转挣扎而死的惨状。他便向伴着他的几个侦探询问，说据他在德所闻，犯人和政治犯被砍头时，是由刽子手拿着斧头当面向仰卧的人砍下去，他们极力否认，说并非当面，不过用铁链拖到砍头架上，由刽子手从犯人背后砍过去。其实“当面”也罢，“后面”也罢，不用枪决而用杀头（死非其罪还是另一问题），杀头不够而还要用斧头来乱砍一阵，这也算是日耳曼文化或文明的极端表现了！

这类恐怖，被认为“劣等种族”的犹太人固然遭劫最惨，被尊为“优秀人种”的日耳曼人也在所不免。

历史上的大革命，虽都难免有一段恐怖时期，但像这样无人道的残酷情形，尤其是在文化比较进步的近代，却绝无仅有。况且说不上什么革命，实际干脆是反革命，这种残酷的恐怖就简直是向文明人类挑战了。

一九三四,六,三，伦敦。

六〇　种族的成见和梦想

德国的“纳粹”（Nazi）和意大利的“法西斯”，虽同是狭义的国家主义，即志在跑上帝国主义老路的侵略的国家主义（这是他们的共同点），但德国的“纳粹”却有一个很大的异点，那便是更加上了很浓厚的种族的成见和由这种族成见所引出的很滑稽的梦想。

希特勒在去年十月出版了一本书，名叫《我的奋斗》（*Mein Kompf*），风行一时，英国书坊替它大登广告，说是“研究近代政治学者所不可不读的书”，其实在这里面除充满了成见外，找不出什么“政治学”来。尤其是第十一章《国家和种族》里所说的话，更为可笑。他的前提是：

“我们在这世界上所羡慕的一切——科学，艺术，技术上的能力和发明——都是很少数国家的创造的产物，而这些国家原来或者就是出于一个单独的种族，这种文化所以能存在，全靠着他们。倘若他们被毁坏，这世界上的一切的美，都被他们带到坟墓里去。”

这“一个单独的种族”是什么？他以为：

“倘若我们把人类的种族分做三个范畴——创造者，维持者和破坏者——那末只有亚利安这一种族可算是第一个范畴的代表者。”

这一段里面的“只有”两个字很可以注意；所谓“只有”，那就是不属于亚利安的其他种族，例如属于“非亚利安”的塞米族（Semitic Race）的犹太人，以及有色人种的一切种族，都在排除之列。

所谓“亚利安”（Aryan），原指一群“印欧”（Indo-European）的语言文字，这群语言文字现在差不多遍及欧洲全部，并伸展到印度；包括英文，法文，德文，西班牙文，意大利文，希腊文，俄文，亚美尼亚文（Armenian），波斯文，以及几种印度文（见 H.G.Wells, *The Outline of History* P.145）。据历史家的推测，以为在太古时候，这群文字也许是出于一个源流；又推测说这一群语言的种族或者最初是由俄国南部，分散出来；有的朝东迁，到波斯印度去；有的便西入欧洲，成为条顿，斯拉夫，和拉丁等种族。换句话说，所谓

“亚利安”，统而言之，就是白种；所谓“非亚利安”，就是白种以外的其他各种族。希特勒认为世界上所有的好东西，如科学艺术技术和发明等，都是白种人的成绩，所以白种人有征服一切其他种族而单独生存的权利。

但是事实上的困难是“亚利安”人虽有他们的文化史，而世界上其他种族——尤其是有古文化的种族——也有他们的文化史。于是希特勒和他的信徒们恨不得一手抹煞历史。有名Lewis的著了一本《希特勒》，里面有这句话：

“‘亚利安人’——‘白种人’——这些人，在远古时代，曾把文化带到印度，而且也许也带到加尔底亚（Chaldea，西亚古国，在纪元前二三〇〇年即灭）和中国去。”

在这位捧希特勒的作者的高见，中国的五千年的古文化，也是承蒙亚利安人赠送的了！所不胜可惜的是这位大作家还缺乏了胡适之先生的“考据癖”，仅能说出“在远古时代”；横直在未有历史的荒古时代，神不知，鬼不晓，我们随便说送了什么，便是什么！况且他还很谦和地用了“也许”的十分客气的字样。照他们的意思，大概在中国文化史上不无相当位置的孔老夫子的原籍，“也许”也是亚利安罢！

去年年底有德国某“人种学者”著了一本书，大吹日尔曼人种的优越，其中可笑之处很多，尤其可笑的是把人类分为三大种：第一种是Mensch（优秀人种，日尔曼人种当然是在顶上的）；Untermensch（劣等人种，如南欧巴尔干各国）；Unmensch（非人种，当然是他们所认为有色人种所归属的）。记得在上海有位善于恶作剧的朋友，每喜对人说：“你这样的人真是在人类里所寻不出的！”不料善于体贴希特勒的“历史家”能抬出“上帝”来；现在又有善于体贴这位“领袖”的“人种学者”，能在人类里寻出“非人种”来！

闲话少说，言归正传，希特勒既认为“只有”亚利安人是能替世界创造文化，能替世界保存“美”的种族，他所积极提倡的有两件事：一件是保全日尔曼种族的血统，在德文是所谓“Blutsgefühl”，意谓“血统的感觉”，即不许德人和有色人种或塞米族的犹太人结婚，因为他以为万分宝贵的日尔曼人的血一与“劣等人民”混合起来，也要使优种变成劣种的；还有一件是提倡唯一优种的亚利安人征服全世界，因为他认为必须如此，世界的文化才有进步。

现在德国的公务员，如三代祖宗中含有犹太血或有色人种的血，饭碗就在打破之列。因为他的祖宗里有的“勿识相”，和犹太人或有色人种发生了性的关系，在当时尚未入世的儿子，孙子，乃至曾孙，好像都要替他负责似的！最近见德国所公布的《农法》(*Peasant Law*)，里面所定的农民得享的种种权利，就说明只限于“德国的公民，须自一八〇〇年以来家族中不含有犹太人的或有色人的血统者”。现在是一九三四年，距一八〇〇年是一百三十四年了，做子孙的要替百年前的祖宗的性的关系负这样大的责任，而且是无法负责的事情，真可说是含冤莫白！

去年十月间德国证券交易所有三百十四个经纪人被准许营业，有一百五十五人被拒绝，其中有半数被拒绝的理由是因为据说他们含有“犹太血”的“劣迹”。至于名教授，科学家，著作家等，因不幸被认为祖宗里面有的染有犹太血统“劣迹”而被排斥驱逐者，更不可胜数；他们因为血统关系，无论在文化上有何重大的贡献，都在所不计的了，这显然又是血统和文化的矛盾问题！

德国排斥犹太人，是有经济的理由，不仅是种族的问题，但种族成见既为国社党的重要内容之一种，故党员中之盛气凌人者，每发生得罪其他外国人的事件，尤其是东方人。最近此种“盛气”听说较前衰落了。在国社党将上台及刚上台炙手可热的时候，有的党员在街上见有德国女子和东方人同行的，便要询问那女子的理由；倘若那女子是有职业的，往往因此打破饭碗，有友人某君自汉堡来柏林，据谈去冬在汉堡有中国学生某君偕一德国女友在街上走，被一卐字党党员路过看见（褐衫党人的臂上总缚有一块红底白字——卐字——的布条，故亦有人叫卐字党），盛气斥女的为什么和“猪猡”同走。据说那中国学生怕事，只得忍耐过去。做了“弱大民族”的中国人当然易欺，（寻常名词是“弱小民族”，中国并不“小”，似乎只得称“弱大”。）别国人便没有这样易惹。据去年十月二十日的《孟却斯特导报》所载，有个美国人名Roland Wely的。被两个卐字党员所打（据打者的理由，是他对游行中的卐字旗表示轻蔑之意，这当然是很含糊的话），被美国驻德大使提出抗议，这两个党员各被定罪监禁六个月，各报初不敢登载其事，美大使仍不答应，说此事非公布不可，然后有的报上才有这件新闻。

我在上面第五十七篇通讯里面所提起的E女士，在第一次的星期日，他和S君在家里将陪我出去的时候，他先和我说，倘若在途中有“希特勒的党员”（他这样说）问起的时候，她要说我是替S君在上海做推销的生意，因此成了朋友的关系。我听了不知怎样本能地立刻引起不快的感觉，我回答说：“那就算了，我不去！我本来说不去，恐怕没有工夫，后来是你们都再三请我来，我觉情不可却，才来的。”她觉我动了气，再三陪着笑脸道歉，说他们俩都以我为好友，决没有不愿同走的道理，这不过因希特勒不讲理，他们不过在事前预防罢了。我也谅解他们的诚意，便一同出去；她一手挽着她的未婚夫，一手挽着我的臂，三人并行着，途中遇着不少卐字党员，但都没有过来问什么，这算是很侥幸的。

卐字党员中却也不是都属浮嚣的，我在德国所认识的德友里，也有卐字党员，他们待我都很好，其中有一人，待我尤其殷勤可感。当然，这都不过是友谊的朋友，我并不曾和他们多谈党务，免得使他们为难。

讲到保全血统，在事实上确也很不容易，依我在德国的见闻，德女嫁给中国人的，或和中国人作“同居之爱”的，或在渴望嫁给中国人的，都很不少。大概他们有的只是“面包的感觉”，很缺乏“血统的感觉”！讲到“爱”，那更是和“血统”不发生连带关系的东西。我在火车上和E女士第一次谈话的时候（参阅本刊三十期《萍踪寄语》），她也谈起希特勒禁止德女嫁给外国人的事情，尤其是东方人。她说一嫁给外国人，即失德国国籍，甚至即有失业的危险。我问她假使你爱上了一个东方人，你愿意不顾国籍的抛弃而出嫁吗？她说愿。我看她的“血统的感觉”，在希特勒看来也是不及格的！

德国一般人民，我觉得都很可爱，所以我对于日尔曼种族只有敬重的态度，但国社党那样排斥其他种族的态度，我认为是成见；征服一切其他种族的念头，更是梦想。

一九三四，六，五，伦敦。

六一　经济的难关——失业问题

关于法西斯以及加上种族成见的纳粹，就制度上加以客观的分析和判论，记者也略有管见，想在本书全部结束时的结论上提出来谈谈；现在我们所要注意的是我们无论对于何种制度，都不该存有主观的成见，都须平心静气看看它能解决当地的问题到什么程度，以此客观的事实为观察的标准，便能“思过半矣”。例如关于意大利，据《国际劳动杂志》(*International Labour Review*)所载，意大利农场工人的“真实工资”的指数一年少一年：一九二三年是一〇七；一九二六年是八九；一九二九年是九七；一九三一年是八七。至于失业的数目则一年多一年：一九二五年是一二二，〇〇〇；一九二七年是四一四，〇〇〇；一九三〇年是六四二，〇〇〇；一九三一年是一,一〇〇，〇〇〇。

闻风兴起的德国纳粹政府，对于外交只空口叫着：“德国不再是第二等的国家了！”（德国退出国联时，希特勒对国人演讲中的话）。未上台前满口答应国人必办到取消《凡尔赛和约》的事情，上台后仍然没有办法，这姑不去说它；未上台前满口答应国人要把大工厂收为国有，要没收不劳而获的进款，要立刻将大商店收为市有，以低价租给一般小商人经营等等（都载在廿五条的党纲中，党名里镶有“社会”两字，即以此为标榜），上台后也仍然没有办法，反而做了大资本家的保障，这也姑不去说它；只就希特勒自己承认是用了全副精神对付的失业问题，有了什么实际的成绩，已是一个很可研究的问题。

希特勒政府是去年一月卅一日得到政权的，去年一月底的失业人数是六，〇四七，〇〇〇人；到去年十一月底，据政府公布的失业人数是三,七一四，〇〇〇。于是希特勒政府很得意地宣称他在一年内已将失业人数减去二百二十余万人了。倘然这是实际的情形，不能说是没有他的成绩，问题是在实际的内容能否经得起分析的研究。

欧美各国是讲科学的国家，所以对于统计上的数目字很看得重，于是统治者在宣传上也不得不在统计的数目字上用工夫；这些数目字既是官方发表的，是否完全可靠，已有疑问。但即就这数字来说，这数字不过是官厅准许登记的失业数目，所谓“登记的失业”（registered employed），还有实际是失业而却不被政府算作失业的，至少是不在登记范围内的失业，那就被推在原来失业数字之外，不减少而减少了。例如被拘留在“集中营幕”里面的有好几万人，犹太人及政治犯之逃亡出境者有六七万人，法律不准已结婚的女子就业，这类的人虽失业而不算为失业者，约有廿五万人左右，都不在失业统计里面。

此外有两种人不是有业而却被硬算作有业的：一种是所谓“劳动服务”（arbeitsdienst），除作筑路等工作外，大多数都送到所谓“劳动营幕”里面去，受军事训练，有住宿膳食，而没有工资，这里面容纳的约有廿五万人。还有一种是“土地工人”（landarbeiten），由政府和大地主说妥，大批地用去，只有膳食，有一些零用钱；大地主雇用工人本来要出工资，这样一来好像添了不少农奴！据估计亦有廿五万人左右。这两种合计五十万人，也都不在失业统计里面。此外尚有三一四，〇〇〇人是所谓“救济工人”（notstandsarbeiter），是一种“试工”，连工人应得的最低的工资也没有，渡饥而已，这三十余万人也不在失业统计里面。连上段合计共约百万人。

失业统计既靠不住，比较靠得住的是看看疾病保险计划中的得业的统计，据去年十月底这项的统计是一，四八〇，〇〇〇人。上面共计的百万人也算在得业之列，一百四十八万人中除去此数，所余的常态工人得业的增加数目大概不能超过五十万人。

而这五十万人的得业，实际还是揩已有职业的工人的油；把他们的工作的钟点减少，因此也依比例地把他们的工资减少，拿来分给失业的工人。依统计所示，有工的人数虽略有增加，而总工资的总量却反而减少，这种矛盾的现象，症结就在这里。德国工人现在所得的“真实工资”，其低度实为德国五十年来所未有。据一位统计家很准确的统计（见今年一月十二日的*Manchester Guardian*）现在德国工人的工资，其净得的平均数量，在去年九月间是每周二十一个马克零六五，而工人家庭（以夫妇两人及两个子女计算，即以两大两小四人计算）的最低限度的生活费是每周三十八马克零.四〇。在这些统计里，可以看出一方面虽高唱失业人数的减少，一方面却是大揩劳动者的油，使他们过着半饿的生活。

关于此点，有个很可注意的实例。据德国规模非常宏大的西门子电机厂一九三三年的营业报告，可得要点如下：（1）工人人数增加；（2）工资总数减少；（3）红利反而增加，得百分之六；（4）全部营业及生产减少。

工人的工资既锐减，“购买力”当然也随着锐减，于是间接又影响到必需消费品的销路，而加紧生产过剩的困难（相对需要的物品和奢侈品更不必说）。德国自一九二九年以来，输入已一年一年比输出加多，但在今年（一九三四）一月份以前，还略能出超，自今年一月份以来，索性成了入超，而且入超的程度一月比一月高！而希特勒挽救经济恐慌的口号（见希特勒于今年三月廿一日对全国的无线电播音的演词），却是“政府已决定增加生产以增加大众的购买力”；国外贸易既日减，工人的工资又锐减，试问所增加的生产往哪里去？这真是现制度下无法解决的矛盾。

很有人赞扬希特勒的政府能大量地拿钱出来提倡公共的工程事业，尤其是筑路，在上面所引的希特勒三月廿一日对全国的演词里，他就说今年要用六万万五千万马克来建筑汽车路。但这种事情至多是增多了上面所谓“劳动服务”，而且这种汽车路不过是备战之用，在现状下决不是生产的事业（即生产增加，也找不到出路，上文已述及）。所以这样的办法，是否能解决德国的经济难关，虽还要看将来的效果，但以常识推测，已很令人怀疑。

资本主义制度的国家，对经济没办法，往往和妇女们为难，这也是一幕悲喜剧！他们都要把妇女们尽量地推到家庭里去做“家子婆”，以便腾出地位来给失业的男子，作为减少失业的一个重要办法，像英国就有这种倾向，听说美国也很在那里玩这个把戏。但是这些所谓“民主政治”的国家，虽鬼鬼祟祟地干了一部分，嘴上却未便怎样吹牛；而希特勒的纳粹的政府，却认为这是千万分合理的大事业，希特勒曾明目张胆地说：“一个妇女的地位是在厨房里，教堂里，和床铺上。”（见今年三月廿三日的*Daily Herald*）他总算很老实，把“床铺上”都拉了出来；不过睡觉不是妇女独有的，男子何尝不要睡觉！就说是夫妇一同睡觉罢，但也是两个人的合作事业，何以只是“妇女的地位”在“床铺上”呢？听说希特勒虽有电影明星做女朋友（英国报上时常登有这个女明星的倩影和行迹，大书标题曰：“希特勒的唯一女友”，并说她认为“希特勒是世界上最最伟大的男子”），却是未曾结婚，我就不知道他自己也用着用不着“床铺”！

但是无论如何，在他认为把妇女们推到“床铺上”去，是救济失业的一个妙计。所以他在三月廿一日对全国发表的那篇大演说里，也提到这件事：他说利用借款办法，还可使二十万妇女结婚，为着这项借款办法，政府已准备了一万万五千万马克，专作此用。

这个“借款办法”很有趣，听说是这样：有业的男子要结婚的，如觉费用不够，可向政府借一千马克，以后每月摊还十马克；结婚后生了一个孩子，政府赠送二百五十马克，如此在实际他只须归还七百五十马克了；如再生一孩，政府再赠送二百五十马克，如能生四个孩子，则一千马克即等于不必归还。惟用此“借款”结婚的女子须对政府立证书，声明不就任何职业。

这样一来，不但可把许多妇女们推到“床铺上”去，而且还可鼓励“早生贵子”，督促新婚夫妇们的特别努力！达到“政治领袖”积极提倡增加人口的目的，以便近则可为战争增加材料，远则可使全世界都布满了“优秀人种”，可以大大地增进世界文化，所谓一举两得！

所可惜的是只有“有业的”才有利用这种“借款办法”的权利，因为失业者当然更没有“摊还”的能力。像E女士的那位未婚夫S君，虽急得像热锅上蚂蚁似的要正式结婚，对此“借款办法”当然垂涎三尺（这办法内容的大概，就是承他告诉的，可见他自己对此事是十分的注意），也只有“望梅”而无法“止渴”！

就经济的立场看去，即使都把妇女们推在“床铺上”，继续不断地努力造出不少的“优秀人种”，经济问题既没法解决，反而增加了所得工资锐减者的负担；况且“优秀人种”越多，工作越不够分配，只有替失业者准备“后备军”，根本上反增加了经济的困难。所以这里面也含着不少的矛盾。

一九三四，六，六，伦敦。

六二　纳粹统治下的教育主张

资本主义制度的国家，关于教育方面有个共同点，便是所谓“双轨制度”，有一班国民受了义务教育之后，便须入职业学校受短期的职业技能训练而藉谋糊口的；有一班国民使得一级一级地升学，养成上层阶级的材料：这两方面全以经济的背景为标准。德国的现行学制，当然也不能例外。德国的义务教育法定六年，实际不止六年，因六年毕业后，无论欲就何业，都须再依所择的职业，入职业学校，其年限一二年或二三年，依业而异，否则虽有职业机会，亦没有被雇用的希望。这六年称为国民教育，都是不预备升学的。预备升学的读至第四年终了，即入中学，这四年称为基本教育。中学九年，分三阶级，每阶级三年，有实科中学与分科中学之分。据说后期中学的程度几等于英美大学的程度，故德国的大学程度几等于英美的大学院程度，这不过是听留德的朋友谈起，记者没有到过美国留学，也不曾在德国进过大学，未敢妄断。德国大学文理科定三年，法科四年，医科五年，但实际因功课来不及做完，每须延展。除工程师文凭外，其余各科不毕业则已，毕业了都是博士，据说博士尚有一二三四等之分。我笑语一位留德的朋友说，博士既有四等程度之分，我们称人博士最好还要分清“头等博士”“二等博士”等等，不过如有人是“四等博士”，也许不愿听！

有钱人家的女儿受满义务教育后，往往不再入学校，请私人教师到家里来教外国文学音乐等等，以养成上层阶级的主妇为主旨。有钱家族的男子则又不同，以学位为社会所重视，（德语称博士为“博士先生”（Herr Dr.）也勉强入大学，惟注意于选择容易的科目和比较易与的教授。这是无意求高等教育而进大学的青年，所靠的当然就是他有钱，真肯求学的，大概还是中产阶级的子弟。（无产阶级的子弟无论真肯不真肯，当然都说不到。）从前还有苦学生得一面任事，一面求学，现在已没有这样的机会了。

德国的中学生只须中学毕业考试及格后，升大学即可不必再考。本来每年中学毕业的学生有三四万人，同时也就是升入大学的有三四万人。今年不同了，纳粹统治下的教育主张，开宗明义第一章是限制升学的人数。今年一月间已由政府宣布在全国已有资格升入大学的青年（即中学毕业考试已及格的）里面，只准许一万五千人得升入大学，工业学院，或其他高等教育机关。因此有两万三千人已经中学毕业而原有资格入大学的青年，今年都在失学之列！

此外女子被准许升入大学的数量，只占全数中百分之十。这理由当然不是因为女子没有升学的能力，她们所以得不到平等的机会，很显然的理由是当局千方百计要把她们推到“床铺上”去，他们认为女子如受了过多的教育，不很愿意被人限制在“床铺上”，这样一面要增加失业的人数，一面要减少“优秀人种”，这和奖励出嫁养子的原则不合的，所以于限制升学之中，更须加紧地限制女子升学！这是纳粹统治下的教育的第二种重要的主张！

尽量把妇女们推到“床铺上”，这算是把妇女问题解决（？）了；但是那两三万预备升学而不许升学的“优秀人种”，当局对他们怎么办呢？当局答应他们组织失业委员会，和教育机关合作，设法把他们介绍到工商界里去服务。德国失业情形的紧张，我在上篇通讯里已略述梗概，这个“失业委员会”有何广大的神通，能把这几万的新产生的失学而又失业者，介绍到工商界去，这似乎也还是个问题罢。

其次请问那已被准许升学的一万五千人，是用什么作标准来选择的？据当局所宣布，于什么智慧，体格，品性，等等条件之外，还加上一个条件叫做“民族的可靠性”（national reliability）——换句话说，这升学候补者必须是个“纳粹”，或是现统治阶级的“敬佩者”（admirer）。所以听说实际上只有纳粹党员才有升学的权利。这可算是纳粹治下的教育的第三种重要的主张！

据当局的意思，将来这种升学人数的限制还要严，还要减少，以达到需要和供给能“平衡”为止。照现状看去，失业者遍地皆是，简直无需要之可言，恐怕非减少至零数不可；可是一方面又有许多“优秀人种”层出不穷，不能束之高阁，这似乎又是个难问题。

至于为什么要把升学的人数严格地减少，据当局的解释，也很不免矛盾。他们一方面举出事实证明“没有面包的毕业生军”（army of graduates without bread）之日增，而专业位置之不敷分配。据说在一九一一年，全德国有六万二千大学生（其中有二千三百女生）；在一九三一年，有十二万三千大学生（其中有一万九千七百女生）。他们估计，在一九三五和一九三六年将有比实际位置所能容纳的多出两三倍的博士。在一九三一年，有八百个至九百个的青年化学师（都有药科的专门资格）；而现在却有一千二百个至一千三百个药剂师求业而不可得。照他们这样的推论，是供给多于需要。

但是在另一方面，他们又说所以要限制升学人数的理由，是因为“错误的教育理想”使学校离开了服务人民的工作。这样说来，只要所输的知识是合于当局所认为准确的“教育理想”，这缺憾便可避免了。但是像上面所举的许多“生产过剩”的药剂师，还是因为在现状下的经济结构使他们得不到职业呢？还是他们在药科的知识和技能上有什么不合于“教育理想”呢？这问题的症结如果不弄清楚，要想救济，更不容易了。

听说不但升入大学的人数要受限制，升入中学的人数也将要受限制，这岂不成了限制主义的教育吗？

这是纳粹统治下的教育的最近倾向。

一九三四，六，六，伦敦。

六三　德国新闻业的今昔

德国的重要报纸，就大概说，本来是操纵于几个托辣斯，其中就其鼎鼎大名的有三个，而这三个之中，犹太人包办了两个。这两个原来都是拥护社会民主党的。一个名叫乌斯太音（Ullstein），资本一万万马克，可想见其规模的宏伟；所办的几种日报和定期刊物，都是风行一时，名闻世界的。例如最近（本年三月）因受种种压迫而停刊的《获惜协日报》（*Vossische Zeitung*）就有两百年的历史，在各国老资格的报纸中有“获惜姑母”（Auntie Voss）的著名绰号。现在这个“姑母”不幸因环境的压迫，而送了一条老命，西欧提倡自由思想的报纸多表示悼惜；这个不久寿终正寝的“姑母”，她就出身于乌斯太音。该公司所办的《柏林午报》（*B.Z.am Mittag*）是德国午报中的大王；所办的《柏林画报》（*Berliner Illustriete*，是周报），每期销数在百万份以上，所享盛名仅次于《伦敦新闻画报》(*London News Illustrated*)。

还有一个犹太人办的大规模的报业托辣斯，名叫卢笃福摩塞（Rudoff Mosse），资本五千万马克。该公司所出的《柏林日报》(*Berliner Tageblatt*) 在国外尤为流行，一部分原因是因为所印的字体是用英文字体的写法，不是用德文字体的写法，外国人便于阅看；听说这报在德国本国的销数仅三分之一，售到国外的反占三分之二。此外该公司还出有两种有名的晚报。

第三个著名的报业托辣斯名叫协尔（Scherl），是德国大资本家许根堡所办的（Dr. Hügenberg，演摄侮辱中国人电影的乌发公司也是他办的）。该公司资本约自一千五百万至一千七百万马克。所出的《本埠日报》(*Lokal: Anzeiger*) 和卢笃福摩塞所出的《柏林日报》并驾齐驱，此外也办了两种有名的晚报。

除这三个大托辣斯所办的报外，还有个月报叫做《德国普报》(*Deutsche All gemeine Zeitung*)，算是能比较立于超然的地位说话，于德国舆论界原有相当的地位，对中国的态度比较地最好（这报记者也去参观过，并和该报政治部主笔晤谈过，但没有什么特点可记）。但实际也并非真是超然的，因为它的后台老板是德国实业联合会（*Reichsverband der Deutschen Industrie*），该会会长便是大资本家克虏伯（克虏伯钢铁厂是我们所常听见的）。大概要和中国做生意的团体，对中国的态度都比较地好些，英国的《孟却斯特导报》也是一例。在我们当然只有自己争气奋斗，不愿存有苟求于别人的意思，而且也不应存有苟求于别人的意思——再进一步说，自己如不努力，苟求于人也是无用的。

最后还要附带提到的是纳粹的两个比较最著名的党报：一个是德国现任宣传部长炙手可热的人物葛伯尔斯博士（Dr. Göbbels）所办的《进攻晚报》（*Angriff*）；一个是《人民观察日报》（*Völkischer Beobachter*）。

这当然是很简单的大概。据德国新闻学研究院（Deutsches Institut für Zeitungskunde）的调查，在一九三二年（即希特勒上台的前一年），全德国的日报有四千七百零三家之多，其中党报（各党的）约近千家，凡党报而对某党特别接近与同情的约有一千二百余家，超然的报约有二千零数十家（这里有一点也很可注意，就是各听任自然的发展，超然的报特别多），可见情形很复杂；不过我觉得这类材料的叙述如果过多，读者也许要感到枯燥乏味，所以只很简要地说了一些，现在让我谈谈参观乌斯太音所得的印象。

乌斯太音算是在德国规模最宏大的出版及印刷机关，该公司的房子分两处：一处在柏林的柯曷街（Kochstrasse），是编辑部，各事务部，及所办的各种日报的出版处所在，可称老屋；一处在柏林附近的腾迫荷福（Tempelhof），是较新的大印刷所，专印定期刊物和丛书，所印的都是该公司自出的刊物，没有工夫接受外面的生意。记者偕同友人张博士也分两次去参观。于三月卅一日先去看该公司的老屋，屋分四层，虽非印刷所，因为有印报的关系，也有四五十架轮转印刷机，每小时都可印两万份的通常日报。此外有一架最新式的印刷机，每小时可印三万份，而且印时一点没有机声隆隆的声音，装在印机房的中央部分，看上去巍巍然好像南面王似的。但是因为生意清淡，四年来竟没有开用的机会，那样好的一部印机，就只得让它那样赋闲着！各报的编辑处和发行部的办事处，都依类聚在一处；例如有个全层的楼房都用作发行部，各报的发行部虽同在一层，彼此用玻璃墙隔开，柜台和行人甬道则联成一长条。大量生产经济，这样“大量”办公也有它的经济处。该公司全部职工最盛时代达一万二千人，现在只有七千人，这里面就替德国留下了失业者五千人。职员中女子过半数，包裹间的工人，女子亦过半数。职工出入上下者既多，所用的电梯也很特别。两个电梯在贴隔壁，电梯上立人的那个小房间不止一个，是几个叠着同时上上下下的。这两个隔壁成邻的电梯，一边继续不断地向上升，一边继续不断地向下降，两个电梯的门是一直开着的，两边一升一降地循环动着不停，所以没有人开梯，也没有人关梯；你要上楼或下楼，一钻进去就是！

各报的新闻照片贮藏处也聚在一处，所以非常经济。走进这个贮藏处，只看见四方八面的墙上都是许多小橱，好像中国的大规模的药材店似的（因药材店满壁都装着放药的小抽屉），不过这些小橱不是用木做的，是用铝做的，大概是要防潮湿的用意。该处共藏有新闻照片七八十万张，所用的管理员都是女的。我和张博士进去参观的时候，引导参观者问我们要不要试取什么中国的名人照片看看，我们就问他们取看“孙逸仙博士”的照片。有个女职员在索引卡片上一翻，不到一两分钟，即拿到一叠孙中山先生的照片。其中有一张是在海外摄的，大概还是在同盟会时代；有一张是和夫人宋女士同摄的，大概是在日本时候摄的；有一张是辛亥时在南京临时政府时代摄的；有一张是在南京国葬时的照片，孙夫人也在内；还有一张是两个穿着黑色男子学生装而不失女子态的青年，据说是孙博士的两个女儿，这在国内却是从未见过的。看完了“孙逸仙博士”之后，引导者询问还有什么人要看没有。我们都踌躇了一下，因为替我们丢脸的中国军阀官僚的照片，在他们贮藏室的，想也不少，这在他们也未尝不可认为有新闻的价值，但我们却不愿看他们的那副不要脸的脸！既而张博士忽想起李鸿章来，她们一听见，好像就很熟悉似的，说这是较老的照片，跑到楼上去查，也不过一两分钟就拿了来，我们都惊叹其敏速。一看这位老李的照片有两张，都是一九〇一年的，是三十几年前的老古董了。在一张里这位老李在中央堂而皇之的坐着，穿的似乎是钦差大臣的官服（这名词似乎很生，但中国大人老爷们穿的蟒袍补褂，又不好竟叫礼服），左右有几个穿官服的随员恭而且敬的立着，在这几个随员里还有两三个似乎是“洋鬼子”，怪好看！在还有一张里，老李穿着宽袍大袖的便服，似乎是和他的家里的人同拍的（都是男子），他老人家也是老气横秋地坐着。其余的都是立着。看了这老头儿当时的气概，使人怃然感到中国近数十年来的国势每况愈下的不堪回首！看后出来，我问张博士何以忽然想起李鸿章来了，他说德国人把李鸿章比俾斯麦，至今还有人想起他（按俾斯麦对中国人物最佩服的是李鸿章），甚至有人弄错了，以为李鸿章是姓章，每遇着中国学生里有姓章或姓张的，以为这便是李鸿章的后代，往往问起李鸿章如何如何！

该公司有自备的电话接线处，内部相通的电话线有九百根，与外面相通的电话线有一百四十根，电话接线处用的是女接线生，有二十余人，耳朵上挂着两个听机，手上把机钮拨来插去，工作异常紧张。我看见这里面有个女子年纪似乎很老了，头发已斑白，嘴已瘪，皮已皱，也在那里很紧张地当接线生，不得一秒钟的休息，心为恻然！

校对室里很有趣，校对者两人一桌，一排一排坐着，看上去总有百人左右，好像上课似的，真可叫做“大量”的校对！

最初在该公司的总办公室里接洽的时候，出来周旋的是两个三四十岁及四五十岁的女子，看他们办公桌上排着的名牌，还写着Frl. 某某（Fraülein之缩写，即密斯某某），我对张博士说这又是“老小姐”了，到欧洲以来，看见“老小姐”遍地皆是，怪可怜！但是想到中国的“老小姐”更可怜，因为欧洲的“老小姐”虽做了“老小姐”，却未尝没有和她们的“男朋友”享过性的生活，中国的“老小姐”才真是“老小姐”，我认为这是人生很不幸的悲剧！

话又忽然说得离题太远了，下面再略述关于该公司的大印刷所的情形。

记者和张博士于四月三日到腾迫荷福去参观乌斯太音的大印刷所。上次去参观该公司的老屋，整整费了两小时的时间；这次去参观该公司的大印刷所，整整费去了四个小时半的时间。

进门后，有个很大很厚的签字簿，是预备参观者签字的，上面已签字的以日本人和美国人为最多，中国人来过的很少，只有一两个，而且是学生。

这印刷所有九层，两层在地下，七层在地上。中央的钟楼有十六层，二百三十五尺高，在这钟楼的第十四层和第十五层，装设有自备自来水的高度压力管。这楼上大钟的钟面直径有二十三尺半阔，是在全德国最大的。许多电梯的电梯问，每间同时可乘二十四人。

印刷所的工作不仅是印刷而已，在一本书或一册杂志未达到印刷机以前，还须经过不少的手续：例如要排字（外国排字是用打字机式的机器，便利得很，通讯里已谈及），要制图，照相，制版等等；印后还须经过折叠，装订，裁平等等。彩色的印刷物所经过的手续更烦。这种种方面都分部的办，即印刷本身，也分成三部：一是阳文印刷部，一是阴文印刷部，一是影写版印刷部。此外还有各种试验室，所用的材料都须先经过试验室的试验。各部详细的叙述，非篇幅所许，我只得撮举几点来谈谈。

照相部的暗室，用不着关门而仍是黑暗的，因为里面的构造曲曲折折，由工程师特为设计建造的，所以光线经了相当曲折，你虽开着门工作，它无从进来。

进图书室去，看见几十个画师在斜靠着的画版上绘画，好像跨进了什么美术学校。

有二十二架轮转机，专印《柏林画报》，每星期所印数量，在一百八十万册以上。

专印定期刊的印机，每月所印在九百万册以上。

最有趣的是在第二层楼装订部里所见的自动装订机，机长八十九尺，一本原书或一册厚杂志在未装订前的各部分，如插图封面各页等等，各放在机上相当的地方，它能自动地把各物搜集起来，按序拼好叠好运送到机上一处装好订好，最后又会自动地把这些装订好的册子运送到裁机（Cutting

Machine）上去裁平，这裁机每小时能裁完原书（例如该公司所出的每册一百四十四页的*Uhu*杂志）一万二千本。

彩色的印刷机，有三色有四色的，该厂里还有一架六色轮转机，在印刷间里昂然独霸一方，数年来也因为生意萧条，成为废物，和上面所说的每小时可印三万份报纸的最新轮转机，陷于同样的命运！

我看完了这样大规模的出版机关，心里暗作妄想，如中国有一天真实行了社会主义，或至少真向着了社会主义的大道上走，由大众化的国家办理这类大规模的文化事业，区区小子，得在这样的一个机关里竭其微力，尽我全部的生命在这里面，那真是此生的大快事，大幸事，这样大众化的事业，比之操在资本家的手里，以牟利为前提的事业，又大大地不同了。

因为乌斯太音一向在德国出版界和报界都很占势力，也许可视为一种代表典型，所以谈了一大堆，现在转回来再稍稍谈到德国一般新闻业的现状。

这大概是诸君所可以猜想得到的，现在德国的报纸，已全成了纳粹政府宣传部的附属机关。德国原有新闻业协会，由各报公举主席，希特勒上台后，即“收为国有”，废除原有主席，由宣传部新闻科派人充主席，每晚开会，由各报派代表出席，静听政府中人演说！要从事新闻业的须经政府认为“无碍”后，加入该会，略一不如其意，即被开除出会，即等于永远打破饭碗，从此不许在新闻业上做事。新闻记者——无论是主笔或访员——都变成了道地十足的应声虫留声机！遇有国际上或本国里有何重大事件发生，只要是稍稍不合于统治阶级的口味的，报上一些不许泄漏，评论更不必说，德国人便如蒙在鼓里，莫名其妙。结果有许多人觉得本国报没有什么看头，要找些真消息的，只有向外国报上去看看。但是一般人民不是都懂得外国文的，一般人民不是都有能力看外国报的，于是便等于愚民政策——不折不扣的愚民政策。

不管是非，只顾一致，新闻既是“一鼻孔出气”，言论也须“一鼻孔出气”，结果当然不免单调，这不仅是一般读者的感觉，就是等于德国报界的顶头上司宣传部长葛伯尔斯博士，最近对于德国报纸的单调也表示不满意。有个星期日报名叫*Grüne Post*（德国著名的报纸之一，亦为乌斯太音所有）的主笔在社论里，对这位宣传部长的不满意，略为报界辩护了几句，被罚停刊三个月（此为本年五月初的事情），罪名是“不负责的曲解”，这在我们中国话说来，是“只许州官放火，不准百姓点灯”。

记者曾到德国新闻学研究院去参观，和该院院长兼教授徒费法特博士（Dr. Emil Dovifat）谈过两次。我曾提出新闻学上几个问题和他讨论，其中有一个是言论自由问题，他认为言论自由，在原则上他是赞成的，不过在革命过程时期，此自由不得不有限制，等到革命成功之后，再可开放。我说这就要看所谓“革命”是否真正革命，倘若自己在口头上叫着“革命”，在实际上是反革命，反而要压迫真正革命的言论——真正为大众谋利益的言论——那便是自掘坟墓的行为了。（纳粹不但自命“革命”，其宣传部长并宣言纳粹所行的是“实际的社会主义”。）

这位老教授不敢再说下去，我也不愿使他为难，便转着语锋到别的讨论上面去。

一九三四，六，七，伦敦。

六四　南德巡礼

记者于四月六日下午乘一点三十六分火车离开柏林，两点到莱城（Leipzig），承友人周景俞君到站照拂。周君担任莱城大学东方学院中国文讲师，在德十年，专研哲学，一望而知为学养渊深的学者。我们相见后，除交换关于德国的感想外，大谈哲学问题。莱城虽为德国中部名城，但街道上行人稀少，气象静穆，已远非柏林之急迫尘嚣可比，所以连日偕同奔走参观，而在途中步行的时候，我们两个人却好像一直开着谈话会！

到的当天下午，记者就和周君同往参观战胜拿破仑纪念碑（德文原名为Völkerschlacht-Denkmal，可译联军战役纪念碑）。这纪念碑是纪念一八一三年普鲁士，俄国，奥国和瑞典等的联军战败拿破仑于该地而建立的。当时拿破仑率军十八万人，联军达二十七万五千人，两方人数共在四十五万人以上，不能不算是一场大战了。连打四天，才决胜负，拿破仑终于不得不率领着残军退出德国。这个纪念碑虽名为碑，其实不止是个碑，好像是个大石塔，在一个十八尺高的小墩上，前面临着一个大池塘，石塔本身有三百尺高，石塔前面有两百尺阔，由石门入内，登五百石级，得窥全城远景，内部高亦两百尺，有奇大无比的四大石像，象征勇敢，自我牺牲，信仰，和民族的力量。每一石像有三丈高（坐着的），手指一个有四尺长，脚一只有七尺长，头一个有三万斤重！这纪念碑开始建造于一八九八年，十五年才造成，用石六万万磅，用费六万万马克。可以算一个“大”字！上海话有所谓“戆大”，“大”的东西看去确有些“戆”气！我对周君说，我们中国的不平等条约真正废除后，也要用一种“戆”而且“大”的建筑物来纪念它一下！

第二天（四月七日）上午参观德国图书馆（Deutsche Bücherei）和大理院（Reichsgericht）。

这个德国图书馆是德国南方的一个最重要的，凡是用德文著的书报，无论在国内外发行的，都搜藏在里面，尤以每年编行两次的最完备的图书目录为其特色。该馆开始建筑于一九一三年，在欧战困难期中仍努力进行，一九一六年居然完成。建筑费用去二百万马克，每年经费需二十五万马克，办事者一百五十人，现有藏书百万余卷，将来逐渐扩充，可藏三四千万卷。第一层最大的阅书室里可坐五百人，这阅书室里所有定期刊物达两万种以上。据说每天读者人数约自一千二百人至一千五百人。但看该馆所备统计表，自一九三〇年以后，读者的每年总数，一年比一年减少。我们知道世界经济恐慌是开始于一九二九年的，刚开始的第一年中也许还见不到影响，从第二年起，影响便很明显。可见精神的滋养料固重要，而面包问题更重要。

欧洲各国对于大理院的建筑，大都特别考究，莱城的大理院既为全德国的最高法院，其建筑之堂皇富丽，那是不消说的，该院的中央高顶就有二百二十四尺高。我们进去参观时，正在审问一个共产党的案子，我们旁听了半小时。受审的那个共产党员两旁有两个警察夹着坐，森严得什么似的。但是在那样美术化的法庭，旁观者却好像在那里看戏。不过大理院虽巍然存在，现在留下的效力有多少，倒是个很大的问题。纳粹得势之后，穿着褐衫或黑衣的党员，随便可以抓人，随便可以处罚，已不知置法院于何地，最近于五月三日索性另立所谓“人民裁判法庭”（People’s Tribunal），每院五个法官，均直接由希特勒委任，专司判定有碍于“纳粹国家”行动的死刑，或无期徒刑的刑罚，以期迅速了事，且不得上诉。这样一来，大理院当然可以空闲许多，被认为该死的也可以死得多些快些，横直无须有什么“上诉”的麻烦手续，说你该死就该死，多么痛快！

中午承周君和他的未婚夫人韩女士（奥国人）请在一个有四百年历史的“地下菜馆”（Auerbachs Keller）吃午餐，这菜馆完全在地窖里，从前德国名诗人歌德（Goethe）屡次在这里喝酒，这菜馆便因此大著名，至今还把当时歌德用的玻璃酒杯特别装置在一个玻橱里，以供后来的酒徒欣赏。歌德的名著《浮士德》（*Faust*）中的人物浮士德，据说当时确有其人，也到过这菜馆里喝过酒，他所用的酒桶，至今还在，另在一室布置着《浮士德》中的一幕，以供众览。这菜馆竟把已死的歌德做“招徕工具”了！

午餐后韩女士请我们同到她的大学女生寄宿舍里喝她自备的咖啡。她是曾来中国讲学的德国哲学家杜里舒的内侄女，莱城大学医科高材生，专研妇女儿童科，那几天正在应考德国国家博士学位。周君在杜里舒家里遇着她，做了一年多的朋友，因通信研究人生观而成了知己，将来中国多着一位良医，却也是一件好事。

下午五时许周君带我去看一位“中国迷”的莱城大学东方学院教授爱吉士（Prof. Dr. Eduard Erkes），号好古。他是个德国人，研究中国国学已二十年。听说对于训诂学很有工夫，曾随周君到中国住北平一年，穿中国衣服，过中国人的生活，和周君换帖，称呼周君的老太爷做“老伯”，能说中国国语，虽不见得很流利，但已可完全达意，能夹在中国朋友中谈天，已很不容易了。满书房里都是中国的线装书。他觉得德国什么都不好，中国便什么都是好的。他尤其念念不忘的是中国浴堂里的擦背，他说真舒服，在欧洲无论如何享不着这样的福气！外国人喝茶必须加糖，有的还要加上牛奶，他却只喜欢照中国的喝法，光喝茶，不加什么，喝的是中国的很小杯子的龙井茶，他说加了糖就喝不来，他还想到中国来做中国人。

莱城向以德国的书业中心著名，书店有一百零十五家之多，有的街上就接连的开着，好像上海石路的衣庄店一样，容纳雇员八千四百人；大小印刷所亦有一千零廿六家，容纳职工三万四千人。但据周君说近年来生意都很萧条，此业中人叫苦连天。其实书业恐慌随着经济恐慌而俱来，这也是很自然的趋势；因为饿着肚子看书，谁也难于坚持到底的！

欧洲各名城中——至少是记者所曾经过的若干名城——都不免有“野鸡”点缀着，莱城既是名城之一，当然也不能例外；但是有一个特色，那便是不但有“鸡”，而且有“老鸡”！这些“老鸡”因为无他法苟延残喘，虽到了四五十岁以上的“鸡”，还须涂脂抹粉，在门口寻生意，只须数十分尼（几毛钱），就得“老风一度”（此处实在加不上一个“春”字了）。周君偶然谈起这件事，也在晚间带我到那几条类乎伦敦的“东伦敦”的街上去“巡礼”一下，只得说一句不忍卒视。我问周君这样的“老风”谁要？他说得不到“春风”的可怜虫，“老风”也要！

有一夜我独自一人回旅馆，途中经过这类街道的附近，有一只“老鸡”向我低声呼唤，我加速度向前直趋，还听见她——也许只好说是它——狠声用德语骂我一声“猪猡”（schwein）！

四月八日，记者于下午乘着一点十四分的火车离开了“老鸡”的名城，于未到门兴（München）以前，顺途先弯到一个小城名叫爱郎根（Erlangen）的，去看看同船同舱出国而又同游意大利的朋友周洪熙君。当日下午六点十一分到爱郎根。这仅是居民不过三四万人的大县城，中国人来的很少，本地人所看见的中国人当然也极有限，觉得中国不是姓陈的，便是姓张的，要末便是姓周的，所以有时街上儿童们遇见了中国人，便叫你做“陈张周”（Chen—Chang—Chow）！这也算是就他们所见识到的范围下的判断。

到爱郎根后，曾和周君及另一位对中国特别有好感的德国朋友梅雪尔君，同乘着一两小时的火车，到附近一个小名城Nürnberg去游览了一天。该城约有三十万人口，是中世纪留下来的未经改变的古城，古的城池，古的城堡，古的教堂，古的房屋，古的街道，可谓尽古色古香的能事，在德国各城中确有其特具的气象。我们到了一个五百年前留下的，据说差不多是原样子的菜馆，吃了一顿饭。这菜馆就只有两个小房间，每间大概只有十尺左右宽，二十尺左右深的小地方，每间摆着两三张小桌子，挤做一团，而却是游客必到之地，尤其是因为有各国不少的名人到过。备有两大厚本的来宾题词的簿子，里面各国文字都有，独缺中国字，所以我虽非名人，也写上几句中国字以留纪念。周君也随着写了几句中国字；梅雪尔君正在学中国文，也叫我替他拟几句话，他照抄在上面。该馆以腊肠为最脍炙人口（味道的确特别的好，系中国菜的好味道，不像外国大菜里的东西），但很小，还不及中国式的腊肠一半大，而且一盘只有两根放在一堆萝卜丝上面。这本题词的簿子里，有人题着英德法等国文字的诗，多同声称赞腊肠的美味，但也都嫌小而且少。我们望着盘上两根“短小精悍”的腊肠，看看簿上的题诗，念着吃着，都不禁失笑。也许他们有意叫人吃得少，觉得味道更美，横直他们的生意实在好，不在乎。

四月十三日上午乘九点廿八分车，十二点五十分到门兴。到后承蒙从前同游意大利的朋友李汝照汝亮昆仲和新到德国学习电学的王辅世君同来陪伴同游，很不寂寞。到门兴后，第一印象是所见的男男女女，都和在北德所见的不同——都不及北德的男女生得美，老实的样子和有些土头土脑的样子，随处活跃着。门兴是巴伐利亚邦（Bavaria）的首都，纳粹的发源地，有该党总部称“褐色屋”，现在也是实行“褐色恐怖”的一个大本营。该处的德国博物馆（Deutsches Museum）是世界上最大的工业博物馆，里面绕走着观览的行人道有一万五千米达长（约等三十里路）。据说仅仅快走一遍要三小时。其中尤其宏伟的是关于开矿（煤矿）工作的部分，在大地窖里布置着大规模的煤矿内部及工作的种种情形，和真的一样，工作的工人就用和人一样大的模型；仅仅许多大整块的煤，当时如何运来布置，就须很大的工程了。

四月十五日上午乘八点十八分车离门兴，下午三点十分到德国西部之佛城（Frankfurt am Main），承丁文渊君照拂，偕同参观了两个报馆，一个是国际闻名的老资格的《佛城日报》（*Frankfurter Zeitung*），素以经济消息及评论擅长，现在“一鼻孔出气，之下，也已奄奄无生气了；一个是纳粹的本地党报，是没收了从前社会民主党的报馆办的，所以馆址及设备都颇完备。此外还看了歌德的故居，他原出身有钱的人家，所以房屋和设备都讲究，现在是空着专备人游览（要买门票）。这位文学家并兼恋爱家，他的房间里壁上，还挂有他的姘头和女朋友的像。

丁君是佛城中国学院的副院长兼讲师，惨淡经营，任劳任怨，现已颇具规模。承他介绍一位该院的女高足德国李格尔女士晤谈（她的中国别号为木兰）。她的德文原名为Mariaune Rieger，将姓译成中国文李格尔，将名译成中国文的别号木兰，都颇具匠心，对中国女子特钦慕木兰，也很有意思。她大概有二十三四岁，学习中国文三年，中国国语已能朗朗上口，和记者晤谈时，便是全用中国国语，婉转柔和，她的声气语调，维妙维肖一个中国北平来的好女子，谈话时间虽短，已很使人叹服她的聪明。我笑语丁君说，这是贵院成绩的活标本。

四月十七日晚乘十二点十五分车离佛城，十八日下午四点四十二分到伦敦，由暖热而阴凉，使人感觉到是截然两地了。

一九三四,六,八，伦敦。

六五　游德余谈

关于记者游德的印象和感想，大概可说是谈完了，但是还有几个零星杂感可以附记在这里：

巴黎，伦敦，柏林：这三个名都的交通各有其特色。巴黎以地道电车为最便，伦敦以公共汽车为主要，柏林以“环城电车”为交通的中心。所谓“环城电车”，是我替它定的别名，德文原名是“Stadtbahn”，可译“城市铁道”；但是就其形式说，实以“环城电车”为尤切。听说这电车双轨是就拆去的城墙原址上建设的，所以是高悬在空中，遇着跨过街道的时候，就造成铁桥渡过，桥下仍可通车行人；全城的这个“环城电车”的轨道成为椭圆形（有的地方伸出城外去，那是例外），椭圆形的中间还横着一条轨道，好像接着一个鸡蛋的两尖头（如把一个鸡蛋代表这个椭圆形）。

于是把这鸡蛋分成南北两个半圆圈：北的半圆圈的轨

道上有来往两列车循环来往走着，经过各站近三十个，南的半圆圈的轨道上也有来往两列车循环来往走着，经过各站亦有二十几个（附图是大概，原形略有曲折，并有伸出城外去的路线）。车辆很多，大概每三五分钟即有一次车来。有这样的一个交通网笼罩着全城，交通之便，可以想见。乘满半个圆圈，大概需要一个半小时。如买月票一张（三等十个马克，亦有每周票可买），出入各站自由，一天可乘无数次，极为便利。每次来车往何处去，站上半空中有各个地名牌子，随时由自动机放下表示。我初乘时不知道有这样的地名牌在半空中抽上放下，一见车来即匆匆乱乘上去，往往弄错了方向，反而开倒车；或想乘北半圈的车子，跨上了南半圈的车子，兜兜转，大兜其圈子，忽然知道错了，到一站即赶紧下车换别个车子，又往往跨上另一列错误的车子，再兜圈子！钱虽不多化，时间却很不经济。但是在屡次乱闯之中，留心寻出症结所在，终由经验知其所以然，以后便不慌不忙地看清半空放下的地名牌，时间反而比匆匆欲速时经济得多。

来来往往的每列车子有五六辆连着，其中有一辆是头等车；三等车外面漆的是黄色，里面木椅也是黄色的；头等车外面漆的是蓝色，里面有弹簧绒垫椅。但三等车人常满，头等车乘客寥寥，往往全车空着驶来驶去。

我常想不知中国何时也能有这样迅捷便利的“环城电车”。

在柏林看了大规模的动物园，植物园，和水族馆等等，十分歆羡他们民众教育机关的完善；想起中国，令人不胜惭愧。其中尤以水族馆为更有趣，更令我惊叹。馆内两边壁上装着厚玻璃面的大方框，里面装满着水，每个大方框里就布置海底的情形，放着海底的种种生物，海底的种种植物。中间广阔的甬道有意使得黑暗，两边玻璃框内就用电光陪衬出来，碧绿的海底植物，五颜六色的大大小小形形色色的海底动物，使人恍若置身水晶宫里。各玻璃框内都有特备的气管在水里继续不断地放出氧气，听说各框内所贮的水，都须依着各该类的动植物在原来海底时的水的成分而特备的，使它们虽移地而仍能生存。玻璃面的外面下方有各种动植物的名称。这里面不知费了多少专家的心血和工作。我和张博士同去看，三小时才匆匆看完，脚都差不多跑酸了。

一到假期或星期日，这类寓有教育意味的娱乐机关，便是一般民众麇集的所在，尤其有益于孩子儿童们，使他们耳濡目染，增加他们的科学常识，潜培他们的研究意味，这都不是在几本死板板的教科书上所能有效的。

我希望一个国家内充满了这类有益民众教育的大规模而完善的娱乐机关，完全扫除一班军阀官僚和其他剥削者的广宫大厦！

资本主义制度发达的国家，他们的人民，就大概说，当然比殖民地及半殖民地的人民生活程度，不知好多少倍，非我们的生活所能比拟；但就他们自己而论，特权享用的阶级和被剥削的阶级，生活程度仍然相差很远。以伦敦的繁华，而有“东伦敦”的贫民窟，以巴黎的繁华，而有圣登尼（St. Denis）一带的贫民区域；而这类贫民窟和贫民区域里面的人物又都是属于劳动阶级——工人们。在这样的实际状况之下，我们如不为表面的繁华所蒙蔽，作进一步的观察和思考，就好像只见有一班人在那里兴高彩烈地视为当然地吮吸着另一班人的血！

柏林怎样？也不能例外。柏林的住宅区，西部南部和西南部是资本家贵族和小资产阶级麇集的地方；东北和北部是无产阶级麇集的地方。我们只要在北半圈的“环城电车”上向北部远望，即可看见一望无际的矮小的木棚，和所见的资产阶级的广宫大厦，成尖锐化的矛盾现象。我曾花了大半天的工夫，到那些无产阶级区去奔走了许多地方。所谓近代化的文明的享用，都没有他们的份儿。那些栉比相连的木棚棚，虽比我们江北同胞的草棚棚高明些（大都有窗，里面也比较地干净），但是狭窄矮小，拥挤不堪，在他们所谓“文明人”看来，也就很不堪的了。

极有趣的是在纳粹未上台以前，各阶级所住区域的人，对国会选举竞争所投的票，也显然地阶级化。资产阶级区所投的票大都是属于右派的政党，小资产阶级区所投的票大都是属于社会民主党，无产阶级区所投的票大都是属于共产党。现在不同了，现在纳粹的重要口号是“全体的（？）利益”！

在柏林闹热街市的Kurfürstendamm一带，“野鸡”之多，不亚于巴黎的Mntomartre，伦敦的Piccadilly，夜里九点钟左右就上市，在两旁行人道上来来往往擦着厚厚的粉，涂着红红的胭脂，大都不成了人形，看着令人退避三舍。还有几条街原来也是有的，近来却不大见这班人体妖形的货物，我说这倒是纳粹的一种成绩，后来才知道是依新出的禁令，只许“野鸡”们散在咖啡馆里面寻生意，不许在马路上兜圈子；偶尔在马路上兜着，远远地望见了警察挺胸突肚地荡过来，即须一溜烟地望附近的咖啡店里钻。我才知道只须出禁令叫“野鸡”们躲在咖啡店里，这问题就算解决了！

德国在世界大战中死去的男子有二百万人之多，失踪的亦达七十一万八千人，所以现在女子的数量多于男子三百万左右。因为有这么多“生产过剩”的妇女，于是有了“丈夫荒”的现象。现在德国一般妇女们心目中最重要的问题只两个：一个是“arbeit”（工作，或职业）；一个是“heirat”（结婚）。即使真能照希特勒的志愿，把个个女子都推到“床铺上”去，无奈“床铺”不够何！（这里的“床铺”当然是指男女合作的。）不过讲到性的解决问题，欧洲各国一般的妇女们，尤其是工女们，或是寻常的雇员们，已不算作什么一回事了。（在这里不过客观事实的叙述，并未涉及反对或提倡的范围。）试就柏林说，我有个朋友在柏林一个很大的医院里养病，亲见着这么一件事：有一个青年女看护，尚未出嫁，忽而生下了一个小孩子，有好几个男朋友来慰问她，有一个当众笑着叫大家来仔细看看这孩子究竟像谁，问者听者都一笑置之，不算作一回事。我这位朋友又听说在这医院里还有个女看护，三十多岁了，不愿嫁，却渴想有个孩子，去同院长商量，院长也想不出办法来！

大概一部分由于经济的原因，一部分也由于女性过剩罢。中国留学生在柏林的，如住了一年半载以上，大半都有女朋友；在柏林找女朋友，比在任何国容易（德国女子也的确比任何国的坦白豪爽）。有一个中国学生每月用一百五十马克，这在中国留学生里算是俭省的了，有个德国女朋友对他说，如他们同居，她可招呼他一切，费用也不过此数；他说他在国内已经结婚，不能娶她；她说不要紧，尽管作临时的同居，他答应了，得个临时的太太，一切都舒服了，费用又不加，不能说不是一件便宜的事情。这不过拿来表现德国女子——至少是一部分——对于两性结合的态度，只是一个例子，如诸君里面有特为跑到柏林去找临时太太的，记者却不能写包票！

当纳粹初上台时，一般党员对外人——尤其是东方人——的气概都不可一世，因为他们“政治领袖”特重“血统的感觉”，当然更看不起他们所认为“劣等的人民”。那时中国人如带着德国女朋友到跳舞场里去周旋，每每不免触霉头，弄得不好，大有被打的资格。但是大都市如柏林，有许多人的职业如旅馆菜馆游戏场交通机关等等，多半要靠外国人的生意，况在经济走头无路的时候？所以后来又想出什么“登记的马克”（registered Mark，带此马克在德国使用，可得到八折的便宜，惟须在德国完全用完，不能再带出国），以及由他国到德国旅行的来回火车票或船票又得到七五折减价便宜之类的招徕外国人的办法，于是对外国人也不得不放松一步，中国人带女朋友出去也不像从前那样危险了。这似乎可说是“经济的感觉”胜过“血统的感觉”。

谈到这里，我想介绍一位爱护中国人的有趣人物。

这位爱护中国人的有趣人物是德国人塔特女士（L. Thater）。她今年五十三岁了，她只受过小学教育，十四岁就离开了学校，父亲做过森林管理员，一个弟弟，姊妹四人，她第三。廿二岁时，她到一个名女优Fritsehe家里去襄助家务，这女优待她很好，最初这女优因为是名优，交游素广，经济亦甚充裕，后来慢慢地失了势，穷起来了，朋友也少起来了，大家都纷纷散去，只有塔特女士始终如一地陪伴着她，安慰着她，她死的时候，一无所遗，仅有的遗物是一副家具，感激塔特女士的情义，遗嘱就把这副家具送给她做纪念。这名女优是一九二三年死的，塔特女士在她死后就把所租的屋转租给人以自维生计。第一来租的学生，凑巧就是个中国人，她待中国人好，中国人待她也好。她觉得中国人比任何国的人都好，十年来就只肯租给中国人。几年前友人张博士租她的房屋，后来张博士在中大时的老同学崔小姐来了（崔之兰女士，在德专研生物学，许多朋友都叫她做崔小姐，我也叫她做崔小姐），张博士以女子寻觅好屋较不容易，就把自己的房屋让给她住。塔特女士爱护崔小姐的周密体贴，如同慈母，有一次崔小姐病，她一天到晚不离她的床前。最近崔小姐毕业回国去了，动身的时候，这位“慈母”眼睛都哭得红肿了。

从前有个中国学生有肺病，往瑞士去医，说是医好了，回德后又发，幸而住在塔特女士的屋子里，她真照拂得好；他每日一出去，她就把他的房间的窗户全开着，让新鲜空气尽量进来；他进来后，她又很留神地替他关上一部分窗，免他受寒；此外更在饮食上替他照顾得详密周到。不久这个中国学生的病竟养好了。他现在已回中国，对这位“慈母”当然是铭感不忘的。

塔特女士所租的房屋，除她自己所住的房间外，转租的就只有两个房间，一个是书房兼卧室，一个是客室兼膳室。这里面的一副家具就是那个名女优送给她的，那名女优的美丽的大相片，也仍然高悬着。这两个房间她每月去了六十马克租来的，转租给中国学生只六十五马克，比任何房屋都便宜。不过她吃饭是和住的学生一同吃的（不出钱）。她替你烧饭，替你洗衣服（洗得十分整洁，比外面便宜，而且一有破即替你好好地补上），替你照顾一切。她替你备的膳食也比外面的便宜得多，东西却特别的好。她一天到晚所顾虑所作为的，就只是你的安宁，你的幸福，和慈母对于自己的爱子并没有两样。住在她那里，简直就像有了一个“慈母”。

因为她是这样的一个“慈母”，住她那里的学生的朋友们渐渐地都知道了，大家都争着做候补者，所以她从来无须招租；因为一个尚未走，另一个已准备着接下去了。崔小姐去后，张博士已搬回去住。他大概不久以后也要离开柏林，已有几个中国女学生争着接替。

她还有个特色，便是能烧中国菜——而且烧得非常之好。红烧牛肉尤其是她的拿手好菜。听说有的中国学生向来不喜欢吃牛肉的，吃过她的红烧牛肉后，不喜欢也喜欢了。因为她很聪明，你照中国菜的大概告诉过她买什么，怎样烧，她听后照办，不要你亲自指挥，能烧得比你所说的更好，中国话所谓“青出于蓝”，这也是个好例。她又很灵敏，什么人在那里吃过饭，欢喜吃什么，主人不觉得，她却知道（她也在一起吃中国饭）。我是喜欢吃汤的，在崔小姐未动身前，就在她那里聚过餐，第二次有一夜又去吃的时候，原来这位“慈母”事前听说我当夜要来吃晚饭的，已烧好了一大碗好鸡汤。上桌的时候，她捧着一大碗鸡汤进来，一面笑着自言自语地说：“今天有了一碗好汤！”在旁同座的张博士才笑着把上面的事实告诉我。

我第一次看见这位“慈母”就感觉她的慈祥，和爱，诚恳。

现在受过她的厚惠的中国学生，都想起这位“慈母”的将来问题，因为恐怕她的年龄一天大一天，将来再老了，也许有不能工作的时候，岂不是要吃苦？所以大家正在商量，或由大家凑出款子，把她接到中国来养护她的一生。问她愿不愿来中国，她表示愿意，不过大家已有这个办法的拟议，她还不知道。大家所虑的就是中国夏天天气比德国热得多，深怕这位“慈母”的身体吃不住。

我在柏林虽不很久，已吃了不少这位“慈母”的好菜；

临动身的时候，因为有两件衬衫来不及洗，还是她替我赶着洗好的——洗得十分干净，烫得又十分平服。

这位“慈母”感人的地方，就在她的诚诚恳恳的爱，纯纯粹粹的爱。

韬奋生平与著述简表

1895年　11月5日（农历乙未年九月十九日）出生于福建永安。祖籍江西余江。原名恩润，乳名荫书。韬奋为其笔名。

1900年　全家迁往福州。父亲为他“发蒙”。

1909年　考入福州工业学校。

1912年　到上海南洋公学下院（附小）读书。

1914年　升入南洋公学中院（附中）读书。

1915年　在《学生杂志》上首发文章。

1917年　升入南洋公学上院（大学）电机工程科学习。

1919年　开始在《申报·自由谈》上发表文章。9月考入圣约翰大学文科三年级，主修西洋文学。开始试译杜威的《民本主义与教育》。

1921年　7月毕业于圣约翰大学。先后在厚生纱厂、上海纱布交易所任英文秘书，在申报馆帮助处理英文函件。

1922年　担任中华职业教育社编辑股主任。

1923年　《职业教育研究》由商务印书馆出版。与叶复琼结婚。

1925年　《生活》周刊创刊。从第1卷第2期起，为之撰写文章。

1926年　10月接办《生活》周刊。从第2卷第1期起开辟《读者信箱》专栏。与沈粹缜结婚。

1928年　译作《一位美国人嫁与一位中国人的自述》由《生活》周刊社出版。

1929年　译作《一位英国女士与孙先生的婚姻》由《生活》周刊社出版。

1931年　《小言论》第一集、译作《一个女子恋爱的时候》由《生活》周刊社出版。

1932年　《生活》周刊销数增达155000份。7月生活书店正式成立。参与发起筹办《生活日报》。《最难解决的一个问题（信箱汇集之一）》

由生活书店出版。

1933年　参加宋庆龄、蔡元培、鲁迅发起的“中国民权保障同盟”，当选为执行委员。7月14日，从上海乘意轮佛尔第号流亡国外，先后到达意大利、瑞士、法国、英国，随程撰写通讯《萍踪寄语》。《韬奋漫笔》《小言论》第二集、第三集由生活书店出版。

1934年　考察法国、比利时、荷兰、德国，到苏联访问考察。《萍踪寄语》初集、二集由生活书店出版。

1935年　赴美，对美国社会做深入考察和研究。8月27日抵达上海。《大众生活》创刊。与沈钧儒、马相伯等组织上海文化界救国会。《萍踪寄语》三集由生活书店出版。

1936年　11月与沈钧儒等救国会领袖在上海被捕，后移至苏州看守所羁押。在看守所动笔撰写自传《经历》。《大众集》《坦白集》由生活书店出版。

1937年　7月韬奋等“七君子”获释。11月乘轮前往香港。《读书偶译》《展望》《经历》《萍踪忆语》由生活书店出版。

1938年　主编《抗战》《全民抗战》等。

1939年　4月当选为生活书店总经理。译作《从美国看世界》《苏联的民主》由生活书店出版，《韬奋时事论文集》由中流书店出版。

1940年　《事业管理与职业修养》由重庆生活书店出版。

1941年　2月秘密离渝，流亡香港。撰写长文《抗战以来》，连载于香港《华商报》，8月由华商报社出版部结集出版。

1942年　香港沦陷，流亡广东等地，考察苏中、苏北抗日根据地。

1943年　耳疾恶化，诊断为中耳癌，回上海治疗、手术，以化名不断转换医院。

1944年　开始撰写《患难余生记》。7月24日晨7点20分逝世于上海医院。10月1日重庆各界隆重召开追悼大会。11月22日延安举行追悼大会。